Hafid Bouazza

PARAVION

Roman

Aus dem Niederländischen
von Ira Wilhelm

Klett-Cotta

An Fatima

I

1

Hör' zu.

Was wie eine Mahnung zur Stille klingt – scht! –, ist in Wahrheit der Wind in den Bäumen, ein Flüstern, mit Zungen in den Blättern gewispert. Und das Gezwitscher unsichtbarer Vögel, warum sollte das kein Klatsch und Tratsch sein?

Eigentlich wollte er heimlich abreisen. Baba Baluk und seine Frau verschwiegen die bevorstehende Reise, aus Angst vor übler Nachrede und Unheil – dem bösen Auge –, aber umsonst. Wer nur hatte ihr Geflüster in gardinenbehängter Nacht aufgefangen? Wer weiß schon, welche unsichtbaren geflügelten Horcher schwere Sommerfinsternisse bewohnen? Seine Frau hatte am Nachthimmel einen Lichtschein gesehen, er flackerte auf und verschwand. Höchstwahrscheinlich Feuerfliegen, doch sie war überzeugt, es sei das Feuer, um das sich jede Nacht die Dämonen scharen und sich die Neuigkeiten erzählen. Das geschah gewöhnlich im Abqar-Tal, direkt hinter dem Haus. Eine Hochzeit hier, eine Reise dort, ein Greis auf dem Abtritt, eine Jungfrau im Badehaus, ein schwarzer Schäfer am Nachmittag: Niemand war vor den Streichen der Dschinns sicher. Die Zärtlichkeit ihrer hoffnungs- und angstbeladenen Gespräche hätte nicht mal mit der größten Mühe die Schwelle des Schlafzimmers zu überwinden vermocht: Das Ohr, das sie belauscht hatte, konnte kein menschliches gewesen sein.

In den Tagen der gedämpften Gespräche und der Verzweiflung war ihre Zweisamkeit liebevoller denn je. Jahre zurückhaltender und häuslicher Zuneigung tauchten die Augen der Frau in kürzester Zeit in die Farben schamfreier Liebe: Die Iriden blühten auf wie Sonnenblumen. Die Schwangerschaft hatte die Pupillen erweitert. Sie nahmen das Bild ihres Mannes von allen Seiten gierig auf, worauf ihre Wimpern es langsam absenkend nach innen sogen und dort zum späteren Gebrauch aufbewahrten. Es war eine fast fromme Bewegung. Baba Baluks Blick und Liebkosungen wurden sanfter und jünger. Wenn er sie streichelte, dann streichelte jede Falte seiner Hände sie mit, und sie wurden zu Wasserstrudeln, die sich über die Haut der Frau ergossen und ihre Mundwinkel zum Kräuseln brachten. Sie erschauderte. Seine Fingerspitzen waren zärtlicher als katzbalgende Windstöße im Apfelbaum, der allerdings nicht so erröten konnte wie sie.

Ihre Haut – eine Landschaft der Helle, worin ihr Gesicht den Osten bildete: Dort gingen zwei Sonnen wie Röten auf – und den Westen formten ihre Brüste: Sie gingen dort unter wie zwei Aureolen. Sie war so weiß, als ob sie einzig im Finstern lebte, nie das Tageslicht sah noch das Tageslicht sie. Vielleicht aber war sie es auch, weil sie so oft ins Badehaus ging. Sie war verrückt danach und verbrachte viele Nachmittage dort. Ihre Füße waren so rot wie die Erde, auf der sie ging. Die anderen Frauen, selbst Haselnuß oder Mahagoni, beneideten sie um ihren Alabaster. Ihr Name war Mamurra.

Und nachdem sich die Augen an seinem Bild satt gesehen hatten, preßte sie ihre zerbrechliche Wärme rücklings an seine Brust, wo pochend ein Brief verborgen lag. Seine Arme umschlangen ihren lebentragenden Leib, umfaßten sie wie einen Korb voller Sommerfrüchte. Sie räkelte sich in seiner Umarmung und schaute zu ihm auf; er hielt ihr

Gesicht in den Händen eingekerkert. Ihr Kinn ruhte dort, wo die Fersen seiner Handflächen sich trafen, und er küßte ihren Mund und die Stirn. Verflucht und nochmals verflucht sei der, der den Grund dieser Körperverschlingungen verriet!

Und die ganze Zeit über lebte der Brief unter ihnen, wie ein Kind oder ein weiteres kostbares Haustier, zusätzlich zu den zwei Ziegen und dem Esel.

Es schmerzte sie, daß die Vorsichtsmaßregeln sich als vergeblich erwiesen hatten. Sie war wehrlos gegen das flüsternde Gerücht, das nie schlief und in den Schluchten und Ebenen des nördlichen Morea (das Land der Mauren für Sie, meine Herren) zahllose Echos als Dienstmägde unterhielt, dort, wo sich mühsam das weiße Dorf auf der roten Erde behauptete und alles in sich aufsog, was in seinem langweiligen Leben Zerstreuung versprach. Ein einziges Wort, aufgefangen von einem Blatt des Weinstocks, der, samenlos noch wie die Lust einer Frau, an den Mauern ihrer beider Haus hochkroch, auf das Jenseits der schreilärmigen Märkte zu, ja, mag sein des sündigen Glases – ein einziges dieser Worte, dem Wind mitgeteilt, der es den Frauengemächern weitersagte, genügte, und das Dorf geriet in helle Aufregung und schlackerte vom Klatsch und Tratsch wie ein Segel im Wind.

Auch die Amulette und Sprüche der Hebammen Cheira und Heira, eines unzertrennlichen Paares, welches Mamurra erzogen hatte, waren sinnlos gewesen. Am Morgen seiner Abreise, als der Verrat offenbar wurde, brach die arme Mamurra in herzzerreißendes Weinen aus.

Zehn Jahre, nachdem sein Vater, ebenfalls mit Namen Baba Baluk, abgereist war, beschloß Baba Baluk, Mamurras Ehemann, ihm zu folgen. Sieben Jahre zuvor hatten sie den

Brief des Vaters erhalten. In jenem Jahr, als des Nachbars Esel in die Schlucht fiel, im Jahr des Mangels (die Kartoffeln kosteten Unsummen). Danach hörten sie nichts mehr von ihm. Eine Eule besuchte jede Nacht ihr Haus und gab am Fenster ein trauriges U-hu von sich. Das Geheul war ihnen ein Trost, sie spürten, daß Vater wohlauf war. Mamurra hatte eine Fehlgeburt, die Blutungen wollten gar nicht mehr aufhören. Blutklumpen bedeckten das weiße Laken. Die Krämpfe waren furchtbar, doch Cheira und Heira gaben ihr eine Medizin, die ihr Erleichterung verschaffte, aber auch wunderliche Träume und Visionen.

Das kinderlose Paar gab damals nicht auf. Es kümmerte sich nicht um das Geläster der Nachbarinnen – jede Frau war der anderen Nachbarin: So klein war das Dorf –, und sein Sex wurde verbissener, effektiver, aber auch verzweifelter. Baba Baluk mochte es im Bett an Phantasie und Einfallsreichtum fehlen lassen, doch er machte das mit einer Ausdauer wett, die vielleicht monoton war, aber auch ein untrüglicher Beweis dessen, was er unter Männlichkeit verstand. Was wollte man mehr? Seine Frau schwieg und war geduldig.

Während einer weißen Siesta-Stunde kam schwitzend und rotbestaubt der Postbote auf seinem mitgenommenen und rotbestaubten Moped, einem Solex, angefahren. Gefolgt von einer Meute aus Staubwolken. Wer nicht im Haus war, unterbrach seine Tätigkeit, sofern er eine hatte, und sah ihm ehrfürchtig nach. In den Häusern beschäftigte Frauen kamen herausgerannt. Vor Baba Baluks und Mamurras Haus blieb der Postbote stehen, stieg vom Solex und lehnte es an die Wand. Die Staubwolken verendeten.

Er nahm seine vergilbte Mütze ab, wischte sich mit dem Unterarm Schweiß und Staub von der Stirn und blinzelte mit zugekniffenen Augen und zitternden Wimpern in die

Sonne. Nachdem er ausgespuckt hatte – die Leute wichen erschrocken zurück –, klopfte er an die rostige Tür und händigte Baba Baluk einen Umschlag aus, der so mitgenommen und rotbestaubt aussah, als hätte er die ganze Strecke zu Fuß zurückgelegt. Die Ecken des Umschlags waren buchstäblich zu Eselsohren geworden, so oft hatten die unterschiedlichsten Hände daran gezupft. Eine blau-weiße Briefmarke mit einem komischen Vogel darauf trug den Namen des Landes, aus dem der Brief stammte. Die Adresse war in anmutiger Schrift gekritzelt, maschenförmige Buchstaben, dunkle Federn auf der weißen Brust eines Raubvogels. Baba Baluk bedankte sich beim Postboten, der davonfuhr und rote Luftgespenster hinterließ. Bebend und ehrfürchtig öffnete er den Umschlag und entfaltete den aus mehreren Blättern bestehenden Brief. Das Papier war dünn und fein, ein bißchen grieskörnig wie die Gänsehaut eines jungen Mädchens. Weinend betrachtete er ihn, küßte die lila Tinte mit seinen dunkelvioletten Lippen; und bei jedem Blatt, das er eines nach dem anderen in die Hände nahm, weinte er noch lauter.

»Gib doch acht«, warnte ihn Mamurra. »Sonst fließen noch alle Worte weg.«

Die Menschen drängten sich neugierig vor dem Haus, sie linsten unter der Tür durch, ein Mann wollte gar mit Hilfe des Weinstocks, den er unter seinen Babuschen zerdrückte, aufs Dach klettern, doch als er dort auf ein Chamäleon traf, fiel er vor Schreck herunter.

Baba Baluk trat aus der Tür, und die Menge stob in alle Himmelsrichtungen davon. Er bestieg den Esel und ritt Richtung Stadt, wo er jemanden zu finden hoffte, der ihm den Brief vorläse. Doch war ihm auf einmal so, als könnte er die Worte des Vaters auf den Lippen schmecken, und so hielt er auf halbem Weg inne und kehrte, indem er den Esel anspornte, seinen Zuckeltrab zu beschleunigen, nach Hause zurück. Vielleicht lag es daran, daß er von der Tinte gekostet hatte, oder aber daran, daß er in den unbegreiflichen Worten, die er betrachtet hatte, seines Vaters Stimme zu hören glaubte, jedenfalls stellte er fest, daß er wußte, was in dem Brief stand. Die Tinte floß in seinen Adern. Die Worte waren ihm ins Herz gebrannt.

Er trabte mit dem Esel geradewegs ins Haus, und noch bevor sich seine Frau vom Schrecken erholen und ihn zurechtweisen konnte – sie hatte gerade den Boden gewischt –, senkte er die Lider und sprach gebieterisch: »Hör zu!«

Der Inhalt des Briefes sprudelte ihm aus dem Mund. Seine Frau begann vor Freude zu schluchzen.

»Warum hast du mir nie gesagt, daß du lesen kannst?«

»Das kann ich auch nicht«, antwortete er wahrheitsgemäß. Er wußte sogar, wie die Adresse auf dem Umschlag lautete, und wie der Name des Landes, in dem sein Vater sich niedergelassen hatte: Paravion. Das stand auf der großen, rechteckigen Briefmarke. Weiß auf Blau: Die Farben von Paravion.

In dieser Nacht schlief sie ein zur Melodie der väterlichen Worte, die er unzählige Male wiederholte. Das Paar hütete den Brief wie einen Augapfel.

Der Umschlag überlebte viele Jahre, dann zerfiel er allmählich zu Flaum, der im Sonnenlicht tanzte. Das Papier wurde gröber, bekam Knicke und andere Altersgebrechen, die Tinte blutete aus und löste sich auf in Staub, welcher dem Umschlagflaum im Lichtstrahl fröhlich hinterherhüpfte. Doch der Inhalt blieb auf den Lippen und im Herzen Baba Baluks und auch Mamurras, die die Worte während der Hausarbeit vor sich hinmurmelte, wie andere Frauen summten oder sangen. Ja, später würde sie sie sogar laut singen. Sie hatte eine wunderschöne Stimme. Als sie ein

Kind war, so erzählten es ihr Cheira und Heira, habe sich eine Nachtigall auf ihre Lippen gesetzt. Und ihre stets roten Backen seien zwei glückliche Rotkehlchen gewesen. Sie hätten sie unter einem Baum gefunden, ein Findelkind, eine Tochter des Mondes.

Baba Baluk mußte abreisen. Der Mangel wurde immer bedrängender. Die Preise für Gemüse, vor allem für Tomaten und Kartoffeln, erreichten spektakuläre Höhen, und nichts, vor allem das Wetter nicht, gab zur Vermutung Anlaß, daß sich das in absehbarer Zeit ändern könnte. In Paravion dagegen erwarteten ihn fruchtbare und arbeitsreiche Zeiten. Und wenn er wiederkäme, würde er seine Frau mit Kleidern und Kleinoden überhäufen. Erblühen und erglühen würde sie vor lauter Gold wie ein Zitronenbaum.

Baba Baluk und Mamurra waren bei den Dorfbewohnern nie beliebt gewesen. Sie begegneten ihnen mit Mißtrauen. Vor der Frau hatten sie Angst wegen ihrer unbekannten Herkunft und ihrer ätherischen Erscheinung; oh, dieses Wunder an weißer Haut, die gegen die Dolche ihrer Blicke immun zu sein schien. Doch vor allem fürchteten sie sie, weil sie zu Cheira und Heira gehörte, die sie für Hexen hielten, obwohl sie von deren Kräutern und Amuletten gern Gebrauch machten, wenn finstere Krankheiten und Leiden sie heimsuchten. Sie glaubten, daß Mamurra die Tochter eines Dämons sei. Für Baba Baluk aber hatten sie nur unverhohlene Verachtung übrig, und sie nannten ihn einen Sklaven. Wäre er nicht mit Mamurra verheiratet gewesen, hätten sie ihn längst aus dem Dorf gejagt. Diese Verachtung und dieser Neid waren, wie so oft, mit Neugier gepaart. Und so versammelten sie sich, nachdem Baba Baluk den Brief erhalten und sie sich umsonst schleicherisch bemüht hatten, etwas vom Inhalt in Erfahrung zu bringen, unter dem indigoblauen Nachthimmel: Entweder Baba Baluk und seine Frau weihten sie in den Inhalt des Briefes ein, oder sie würden sie aus dem Dorf steinigen. Diese Geheimniskrämerei! Unerhört! Die reinste Frechheit, ja, das war's. Sie beschlossen, sich am nächsten Morgen vor dem Haus der beiden wieder zu treffen, und hielten sogleich Ausschau nach geeigneten Steinen; sie hätten den Plan zweifellos in die Tat umgesetzt, hätte der Dorfälteste nicht eingegriffen. Das tat er weniger aus Mitleid als aus Angst vor der Rache Cheiras und Heiras, die mit zugekniffenen Augen und zitternden Lidern die Menschen im wahrsten Sinne des Wortes erstarren lassen konnten. Auch die Kinder kannten die Fiesheit ihrer Finger: Wie oft waren sie gezwickt worden, nachdem sie die beiden Frauen beschimpft oder mit Steinen beworfen hatten? Kein Mücken- und kein Wespenstich war so schmerzhaft wie die Stiche ihrer Nägel. War einer der Bengel so verwegen, sie von weitem zu verhöhnen, hatten sie ihn, egal, in welcher Entfernung er stand, sofort in den Klauen – »hierher, Sohn einer Mistpforte« – und zwickten drauflos. Niemand wagte es, Einspruch zu erheben, alle fürchteten sie die verschlossenen Münder und die drohenden Blicke; und wenn die Frauen den Jungen endlich freigaben, war ihm eine tüchtige Abreibung der Eltern sicher. Manchmal brachte eine Mutter die beiden mit flehentlichem Bitten dazu, von ihrem Opfer abzulassen, denn herzlos waren sie nicht. Dann sahen die verängstigten Augen des Jungen die schwarzen Nägel schon bedrohlich nah und er machte sich fertig für einen Schrei, der bereits aus der Tiefe seiner Eingeweide heraufbrodelte, doch da hielten die Frauen inne: Die Mutter fiel auf die Knie, rollte sich im Staub, küßte die Rocksäume der beiden. Diese ließen das Balg los, die Mutter packte es am Oberarm und zerrte es nach Hause, wo es dann verdroschen wurde, und zwar erbarmungsloser, als es die Strafe der beiden Scharteken hätte sein können.

Oft genug kam es vor, daß eine der Mütter am nächsten Tag den Hügel zu den Zwillingen hinaufstieg, um Wolfsdistelsalbe für die blauen Flecke des Sohns zu holen.

Waren die Kinder ungezogen, und das war bei den Jungen der Dauerzustand, brauchten die Mütter nur mit den beiden Hexen zu drohen, schon plärrten die Kinder los, als wären die gefürchteten Frauen schon unterwegs. Ein probates Mittel, und nach einer Weile ließen die Jungen Cheira und Heira ganz in Ruhe. Manchmal bedauerten die beiden das.

»Laßt gut sein«, sagte der Dorfälteste jetzt, »unsere Zeit kommt noch.« Enttäuscht trollten sich die Leute, nicht ohne wütende Blicke, die eine baldige Rückkehr androhten, Richtung Tür zu werfen. Wartet nur!

Baba Baluk und Mamurra waren unterdessen selig unwissend über das, was sich um sie herum zusammenbraute. Vor lauter Freude über den Brief lebten sie wie im Frühling. Sie naschten die väterlichen Worte wie Äpfel von den Lippen des anderen. Sie küßten und umarmten sich. Baba Baluk nahm sich sogar Zeit für das Vorspiel – nicht viel zwar, aber immerhin. Mit dem Brief schien der milde Geist Paravions über ihn gekommen zu sein. Seine Finger fuhren fröhlich Schlittschuh auf Mamurras Haut. Ihr Speichel war ihm eine Erfrischung. Der Himmel spiegelte sich in ihren Lidern und füllte ihren Mund, wenn sie die Augen schloß, um in dieselbe Finsternis einzutauchen, in der der ungeduldige Baba Baluk bereits verschwunden waren. Doch Frühling hin oder her, in ihrem Schoß wollte keine Frucht gedeihen.

Die Bergkarawane am Horizont brach nicht auf und kaum auch nirgendwo an. Nach einigen Sommern hörte man in den steinigen Höhen erstmals das Echo eines Eulenrufes, von da an kehrte es jede Nacht wieder. Die trockenen Jahreszeiten zogen so langsam vorüber wie die Bergkette. Das Eulengeheul kam immer näher, und kurze Zeit später landete das Tier auf dem Fensterbrett ihres Schlafzimmers. Eine weiße schädelförmige Eule mit kaum sichtbarem Lockenschwarz auf der Brust wie eine unordentliche Handschrift und mit großen schwarzen Augen; den Kopf drehend – u-hu – kundschaftete sie die vier Himmelsrichtungen aus und flog von Haus zu Haus. Und zwei Monate vor Baba Baluks Abreise war Mamurra schwanger, später als die anderen Frauen. Die Trauben reiften, durch ihre transparente Haut waren deutlich die Kerne zu erkennen, wie Föten. Mamurra weinte Glücksperlen. Die meisten Kräuter und Mittelchen hatten bei Baba Baluk nicht angeschlagen, aber Heiras und Cheiras Ratschlag, seine Fußsohlen mit Fledermaushirnsalbe einzureiben, schien am Ende geholfen zu haben.

Aus Baba Baluks Haus schwebte Flaum, weiß wie Mandel- und Zitronenblüten. Die Kinder rannten hinterher. Einen Moment lang glaubten die Leute, es schneie, bis die Fläumchen auf ihren Handflächen landeten.

Wer aber hatte nun den geheimen Entschluß der beiden verraten?

Die Zwillingsschwestern Cheira und Heira wohnten auf der Hügelkuppe, in einem kleinen verfallenen Haus, das sich unter den Laubschatten eines Johannisbrotbaumes verbarg. Dieser eine Baum platzte vor Vögeln und deren Gesang, und doch waren sie meist unsichtbar. Die Blätter bewegten sich unaufhörlich. Die zwei Frauen waren unzertrennlich. Niemand hatte jemals die eine ohne die andere gesehen. Auch war keinem klar, wie sie sich fortbewegten, die

Füße waren nie zu sehen, denn die Fransen ihrer Kleider reichten bis zum Boden. Sie gingen, sie schlurften, nein, watschelten eher, oder noch besser: Sie kenterten unter dem Faltenwurf ihrer schlampigen und weitfallenden Kleidung in stetiger Umarmung vorwärts, jede auf einen Stock gestützt. Auf dem Kinn hatten beide eine Tätowierung, die Hände waren schwarz von verschwenderisch verwendetem Henna und faltig wie eine Felswand oder eine verkrüppelte Weide. Ihre Münder gingen unter den Hautverwerfungen fast verloren. Wenn man bedachte, daß sie mehrere hundert Jahre alt waren (Sie müssen wissen, meine Herren, die beiden haben die Berge wachsen sehen), so sahen sie für ihr Alter noch recht gut aus. Haut war drapiert wie ihre Gewänder, die so typisch waren für die alten Frauen in diesem Land: übereinandergelegte Stoffetzen, da und dort verknotet und mit sackartigen Ausstülpungen, die man sowohl für welke Körperrundungen als auch für bauschige Falten halten konnte, dazu viele falsche, lose hängende Goldfäden, und über all diesem trugen sie ein weites gestreiftes Umschlagtuch. Sie bestanden aus mehr Schichten als eine Zwiebel.

Ihre tiefliegenden Augen mit den traurigen Lidern beherbergten in graugrünen Iriden ein lebendiges Licht – »rastlose Augen« nannte man das hier: Augen, denen nichts entging und die eine Vorliebe für die obszönen Seiten des Lebens erkennen ließen. So amüsierten sie sich zum Beispiel unter schrillem und schallendem Gelächter über die Granatapfelblüten, die sie sich auf den Schoß legten und Mamurra zeigten, um diese damit in die anatomischen Geheimnisse des Frauseins einzuweihen. Über das gelbe Pulver der Staubgefäße, das an ihren Fingern kleben blieb, und über die zweideutigen Worte, die nur Frauen kannten und die Mamurra bis zu den Haarwurzeln vor Scham erröten ließen, obwohl das schwer zu sagen war, da sie andauernd rot wurde. Sie streichelten Mamurras Haut und betasteten die geschmeidigen Gliedmaßen mit größerer Lust als für das Mädchen gut war.

»Hoffentlich weiß dein Mann etwas mit diesem Satinfleisch anzufangen«, sagten sie und wieherten wieder vor Lachen. Dann faßten sie Mamurra beim lieblichen Kinnkinnchen – so nannten sie es – und seufzten über so viel Schönheit, über die Farbpalette ihrer Augen und über den Mund, ein im Schnee zusammengerollter Ibis.

»Leih uns deine Brüste, Kind, eine nur. Unterschätze deine beiden Mütter nicht.« Sie zupften daran und strichen ihr zärtlich über Locken und Hüften.

Was sie Mamurra mit Hilfe von Feigen lehrten, bedarf keiner weiteren Erklärung.

»Na, na, na!« murmelte Mamurra.

Sie drückten sie innig an ihre überquellenden Brüste und lachten entzückt. Ihre Liebe für das Mädchen kam der einer leiblichen Mutter gleich. So, wie sie damals unter diesem Feigenbaum im Abqar-Tal gelegen hatte, ein gurrendes Menschenmolekülchen, ein strampelnder Mondtropfen, über die kleine weiße Körperperle spielten grüne und gelbe Schattenpunkte, war ein ungeheuer betörender Duft von ihr ausgegangen, die Augen groß und glücklich mit dem Himmel in den Lidgewölben.

Cheira und Heira fehlten die Zähne, und der einzige Zahn, den sie noch hatten, war gelbliches Elfenbein. Die kühlen Stunden des Tages verbrachten sie mit der Suche nach Kräutern und Heilpflanzen. Sich kabbelnd, quasselnd und kichernd wie Frauen beim Einkaufsbummel durchkämmten sie die ingwernen Flächen, kümmeligen Täler und zimtnen Bergpässe. Obwohl die Landschaft verdorrt war – hier wuchsen vor allem Kakteen, Disteln und graue, trokkene Olivenbäume –, kehrten sie stets mit großen Vorräten in den Rockschößen nach Hause zurück. Prachtgebinde aus frischen, saftigen Pflanzen, die eigentlich nur in wasserreichen Gebieten, in der Nähe von Bergbächen oder fruchtbaren Wadis wuchsen, eigentlich überall, nur nicht dort, wo sie wohnten. Sie sammelten Harmelkraut, Nachtschatten, Wolfskraut, Mandragora, Mohnkapseln und Mutterkorn, außerdem verkauften sie Petersilie, Lavendel, Rosmarin, Koriander und Krauseminze an Frauen, die die Kräuter beim besten Willen nicht finden konnten. Jede noch so düstere Krankheit und Anfechtung, worunter vor allem die stets klagenden Greisinnen zu leiden hatten, vermochten sie mit ihren heilkräftigen Pflanzen zu kurieren. Nicht umsonst hielten die Leute sie für Hexen.

Nach jeder Exkursion kehrten sie fröhlich, voller Heiterkeit und schmutziger Witze zurück, als wären sie nicht in Hitze und Trockenheit über tote Erde und an kahlen Bergen vorbei gegangen, sondern hätten einen Nachmittag im Knabenbordell verbracht.

Und von jedem Besuch bei ihnen brachte Mamurra irgendein Kraut oder Amulett mit nach Hause. »Gib das deinem Mann zu essen, hänge ihm das um«, forderten sie sie auf, »dann wird die Nacht ein Freudenharem für dich werden. Wenn's nicht hilft, komm wieder.« Dann verabschiedete sich Mamurra und rannte den Hügel hinunter. Auf dem Grundstück, das seit Generationen zum Erbe der Baba Baluks gehörte, prüfte sie, ob die Früchte des Feigenbaums bereits reiften, und rannte danach den Hügel wieder hinauf zu ihrem Haus. Der Abend war gelb bepudert, die Nacht brach an, und auf dem Platz sah sie ein Feuer leuchten.

Diesmal nicht eines von Dämonen oder Feuerfliegen. Die Dorfbewohner hatten sich unter der Führung des Dorfältesten versammelt, um darüber zu beratschlagen, was jetzt, da sie Baba Baluks Pläne kannten, zu tun sei. Der Dorfälteste nickte fortwährend, den Stock wie eine Enkeltochter gegen die Brust gelehnt. Die Stechmücken tanzten einen Feuertanz, die Sterne blinkten. Die Jungen, die bei der Versammlung anwesend sein durften, waren auf den Schößen ihrer Väter eingeschlafen. Das zustimmende Nicken mancher Männer war unbemerkt in ein Nickerchen übergegangen. Nachdem alle den Entscheidungen zugestimmt hatten, erhoben sie sich gichtgekrümmt und knacksend und schlurften mit den Kindern auf den schläfrigen Armen nach Hause; dort legten sie sich auf ihre Frauen, nicht alle machten sich erst die Mühe, sie zu wecken, und befruchteten sie im selben Moment, als hätten sie es verabredet – da war Baba Baluk noch beim Vorspiel –, nur das vertrocknete Dorfoberhaupt enthielt sich; seine Libido war längst erloschen, er legte sich ächzend und stöhnend neben sein betagtes Eheweib, das schlief wie ein Rosenstrauch.

Am nächsten Tag bereiteten sich die Jungen schon einmal auf ihre zukünftige Aufgabe vor, indem sie ihre Schwestern, egal ob jünger oder älter, herumkommandierten und in die Häuser prügelten. »Ab ins Haus!« lautete der am häufigsten vernommene Ruf. Die Väter sahen es mit Wohlgefallen und streichelten ihre knorrigen Wanderstöcke, mit denen sie nur selten wanderten.

Als Baba Baluk abreiste, erging es den Mädchen lausig, waren alle Frauen im vierten Monat und die Jungs wahre Monster geworden.

Am Tag vor dem Aufbruch betrachtete Baba Baluk wie ein Reiher sein Wasserreich die Feigenbäume unten im Abqar-Tal, ein trauriger König. Der Abend war gelb und blau und füllte sich bescheiden mit dem Glöckchengeläut seiner zwei mageren Ziegen, die unter den Bäumen kauten, in Gesellschaft des Esels. Baba Baluk ging hinab, um sich von den Ziegen zu verabschieden, die sich durch seine Umarmung beim Weiden nicht stören ließen, und nahm den Esel mit nach oben, um ihn zu tränken. Ein letztes Mal blickte er hinauf zum gewölbten Dom. Er hatte einen Kloß im Hals und blinzelte heftig.

Im Haus unterhielt sich Mamurra gerade chaotisch und lebhaft mit Cheira und Heira, die ihr bei der Zubereitung einer üppigen Abendmahlzeit halfen. Aufgeregt rannte sie hin und her, lachte laut und gekünstelt, um ihr verkrampftes Herz zu überstimmen. Cheira und Heira schüttelten darüber betrübt die Köpfe. Mamurra wich ihren Blicken aus und hob nicht einmal den Kopf, als Baba Baluk auf der Türschwelle erschien. Die Zwillinge gaben ihm mit Zeichen zu verstehen, daß er weggehen solle. Als sie die Schultern von Mamurra, die ihnen den Rücken zugewandt hatte, zucken sahen, ließen sie alles stehen und liegen und nahmen sie in die Arme: Mamurras Augen waren zwei Wasserfälle.

»Still, Schätzelchen, still, hach, Schönpüppchen, alles wird gut, Milchschlabbertrienchen, alles wird gut.«

Sie hatten Mamurra bisher mit ihren komischen Worten und Kosenamen immer zum Lachen bringen können, und es gelang ihnen auch jetzt. Mamurra lachte unter den Tränen, doch nur um, wie in solchen Fällen oft, danach um so heftiger weiterzuweinen. Den alten Frauen brach es fast das Herz. Eine Eidechse beobachtete die Szene.

Nach einem ausufernden Mahl und einem langen Abschied auf dem Hof gingen Cheira und Heira nach Hause. Baba Baluk und Mamurra sahen ihnen nach, wie sie im Mondlicht den Hügel hinabwankten. Merkwürdig, daß sich kein Mensch draußen zeigte und nicht das geringste Geräusch aus den Häusern drang.

Nach einem außergewöhnlich zärtlichen Minnespiel – Hüftespiel, wie Cheira und Heira das nannten – konnte Mamurra keinen Schlaf finden. Sie stützte sich auf ihren Ellenbogen und sog das schlummernde Profil ihres Mannes in sich auf, verzehrte es geradezu mit Augen, die nur aus einem Glitzern und Pupillen bestanden. Baba Baluk und Mamurra hatten sich eben zum ersten Mal vollkommen nackt geliebt, zum ersten Mal hatte er sie voller Bewunderung von allen Seiten betrachtet, und voller Bewunderung hatten seine Hände sie gestreichelt. Sie hatte ein schamloses Gurren von sich gegeben, während ihre Haut prickelte und ein Rieseln sich hinunter zu ihrem Unterleib zog. Sie lächelte selig, weil er endlich verstanden hatte, daß sie an seinem Streicheln spüren wollte, wie schön er sie fand, und daß er sie *sah* und nicht nur begehrte: Körbeweise sollte er erst den Blick mit ihren Formen und Schattenlinien füllen, bevor er sie mit kräftigen Händen bei den Flanken packte. Er sollte unbedingt ein vollständiges Bild von ihr besitzen, bevor er mit ihr in einem gemeinsamen Universum verschmolz und sie sich im Tastsinn und Speichel auflösten.

Ihr Gesicht strahlte jetzt vor Liebesstolz, und in ihrem Körper taute noch der Rausch, doch ihre Lippen und Augenbrauen trauerten. Er war unmittelbar danach eingeschlafen: Ob Cheira und Heira vielleicht auch ein Mittel für das Nachspiel hatten? Die Eule flatterte vom Dach zur Fensterbank und wollte etwas sagen, kam aber nur bis zum Fragepronomen. Mamurra war vor lauter Gerührtheit wie betäubt, was übrigens nur Frauen passiert, und die Eule stotterte im Rhythmus ihres rätselhaften Herzens. Ab und zu brummte Baba Baluk im Schlaf und schüttelte den Kopf, als plagte ihn eine Mücke, dabei waren es ihre Finger, die sein Gesicht streichelten und abwärts tippelten, über die Schlüsselbeine stolperten und zu seinem Nabel hinabglitten. Noch nie in ihrem Leben hatte sie getan, was sie jetzt tat: Sie berührte seinen Striemel, der träge im Gekräus lag, eine kleine Fleischaubergine: dunkel, glänzend und, vor allem in letzter Zeit, samenprall. Er war rührend anzusehen, gerippt, als stünde jede Linie für ein Jahr oder die Male, die sie ihn empfangen hatte. Und unter dem Striemel der Doppelstulp einer Weide. Der Anblick faszinierte sie, und ihr Herz verfiel in Galopp. Die Eule flog davon.

Baba Baluk lächelte. In der Ferne fingen Frösche plötzlich an zu quaken und hörten erst auf, als sie erschrocken die Hand wegzog. Er drehte sich auf die Seite. Sie legte den Kopf auf das Kissen und schloß die Augen, um ihr Herz zur Ruhe kommen zu lassen, es wechselte allmählich vom Trab zum Schritt. Ihr war, als dämmerte in ihrem Unterleib ein Morgen, ihre Beine wurden weich, doch traute sie sich nicht, ihn zu wecken. Die Frösche fingen wieder an zu quaken, und es klang wie Gelächter; sie mußte an das laute Lachen von Cheira und Heira denken.

Als er sich auf den Bauch drehte, betrachtete sie lange seinen Rücken, bevor sie ihn berührte. Erfolgreich unterdrückte sie das Bedürfnis, sich auf ihn zu legen, wenn auch auf eine erwachsenere Art als früher, wenn sie auf den Rükken ihrer Mutter kletterte. Die Wollust tobte durch ihren Körper wie ein hippeliges Kind. Vollkommen ratlos brach sie in stille Tränen aus, Tränen, die auf seinen Rücken fielen und in seinem Traum gleichzeitig vom Himmel Paravions stürzten, welches grün war und auf dessen Bächen und Flüssen vom endlosen Regen lauter Punkte zu sehen waren. Er träumte, daß er auf dem Rücken in diesem Wasser trieb, zufrieden und glücklich, ohne Arbeit zwar, aber im Bewußtsein des größten Luxus; die Ufer auf beiden Seiten waren von Obstgärten verschattet. Das Wasser war flüssiger Diamant, Pfauen spiegelten sich darin, aber plötzlich begann er zu sinken, denn ihm wurde klar, daß er gar nicht schwimmen konnte. Doch tauchte er gleich wieder auf, von einem angenehmen Gefühl erfüllt, hervorgerufen von einer vollen Blase oder von einem Blutstau. Ein Glitzern blendete ihn, Trauben geschälter Früchte mit glänzendem Fleisch baumelten über ihm. Das Wasser rauschte laut. Der Regen berührte die Oberfläche seines Traums.

Als er sich auf den Rücken drehte, setzte sich Mamurra vorsichtig rittlings auf ihn. Ihre Finger tasteten nach dem Saum des Nachtgewandes, weil sie es hochheben wollte, aus reiner Gewohnheit, doch sofort erinnerte sie sich daran, daß sie ja nackt war. Ein Phantomgefühl. Ihre Hand umfaßte sein Leben und umschloß es wie mit kräftigen Labien.

Mamurras Gesicht war eine fragende Fratze, mehr Schmerz als Lust; sie hielt den Atem an, ihre sich seitwärts neigenden Brüste, die scheinbar ein vom Oberkörper unabhängiges Leben führten, ihre Mondäpfel, schaukelten auf und ab, während ihr Körper durchrüttelt wurde von einer Lust, die kein Ende nehmen wollte, schon gar weil sie den aufkommenden Schrei unterdrückte. Rosafarbene Striemen vom strammsitzenden Büstenhalter zeichneten sich auf ihrem Bauch und Rücken ab – pausenlos plappernd hatte ihn Baba Baluk heruntergezerrt, denn nie wußte er, wie man dieses Ding auf elegante Weise aushakte –, die Brüste aus dem Fleisch weicher Lycheefrüchte seufzten, von Schwangerschaft geschwellt.

Ohne ihn zu wecken, stieg sie von ihm herab und schmiegte sich an ihn. Ihre Augen brannten vom Weinen, doch Ruhe war ihnen nicht vergönnt. Welch ein Glück, daß er sich auf den Rücken gelegt hatte. Das Froschspektakel, das an Lautstärke noch zugenommen hatte, verstummte. Warum nur kam das Gute so oft zu spät, fragte sie sich und schlief endlich ein.

Neid folgt merkwürdigen Gesetzen – wie Faulheit auch. Die Dorfbewohner hatten Baba Baluk stets verachtet. Ohne davon auch nur eine Ahnung zu haben, führte Baba Baluk mit seiner Frau ein zurückgezogenes Leben. Doch als die Dorfbewohner hinter seine Pläne kamen, ergrimmte es sie, daß er ihnen nichts davon erzählt hatte. Das sei, so fanden sie, seine Pflicht gewesen, und sie hielten sein Schweigen für Verrat. Gemeinschaften dieser Art mögen keine Leute, die selbständig sind, und Verachtung ist in ihnen stets der Nährboden von Schadenfreude. Mamurras Fehlgeburt erweckte denn auch große Schadenfreude: Nicht auszumalen, daß dieser Kerl sich auch noch fortpflanzt! Doch daß selbst die Frauen, die von den sogenannten Männersachen meist ausgeschlossen sind, diese Schadenfreude teilten, war merkwürdig. Keine setzte sich für Mamurra ein. Und Baba Baluk wurde vorgeworfen, er zeige kein Mitleid mit ihrer Misere, die bereits Jahre andauerte und Mamurra und ihn weniger hart zu treffen schien als sie. Dachte er wirklich, er könne allein weggehen und sie der Dürre und ihrem Schicksal überlassen?

Das Dorfoberhaupt schüttelte mißmutig den Kopf, wie immer, wenn seine Frau, ohne gefragt zu sein oder ohne seine Erlaubnis, ihre Meinung zum besten gab. Wie damals, als ein Teppichhändler ins Dorf gekommen war und sie sich in die Verkaufsverhandlungen – reine Männersache – eingemischt hatte. Er hatte sie ins Haus geschickt und sich beim Händler entschuldigt, der ihn so erschrocken ansah, als habe er eine Eule reden hören. Mit einem Kopfschütteln – eine der Hauptbeschäftigungen alter Männer – fuhr er schließlich fort, die Teppiche zu entrollen und die Lobeshymnen auf die jeweilige Qualität herunterzuleiern. Auf dem Rückweg überlegte er, wie er seinen Freunden im Teehaus diesen Vorfall erzählen wollte: Hört zu Brüder, stellt euch vor, was mir heute passiert ist ...

Viel übler noch nahmen die Leute den beiden das gute Verhältnis zu Cheira und Heira, die das Paar immer mit frischem Gemüse und Kräutern versorgte. Einmal hatten sie ihnen sogar Tauben und Wachteln vorbeigebracht, und vom Duft des süßen Bratens lief so manchem im Dorf das Wasser im Mund zusammen. Wer sich mit Hexen einließ, konnte wohl kaum auf Sympathie rechnen. Daß das ganze Dorf für das Notwendigste – Krauseminzetee und Heilkräuter – von Cheira und Heira abhängig war, wurde der lieben Ordnung halber einfach vergessen.

In den Augen der Leute vom Dorf war Baba Baluk undankbar, nicht nur weil er sich absonderte, sondern auch weil er Geheimnisse hatte. Sie meinten, er solle dankbar sein, schließlich hätten sie ihn die ganze Zeit geduldet, nicht wahr? Daß ihm kein Haar gekrümmt worden war, sei ihr Verdienst. Wo bleibe seine Nächstenliebe? Er wolle also Reichtümer sammeln, während ihre Not immer größer wurde? Was für ein Bastard!

Des Selbstmitleids voll bemurmelten und besangen die Männer ihr elendes Schicksal. Was hätten sie auch tun können? Auf Arbeitssuche gehen? Das wäre eine Möglichkeit. In die Stadt zu ziehen oder selbst auf Reisen zu gehen, eine andere. Doch keiner schlug dergleichen vor, weil es nämlich keinem in den Sinn kam. Für manche ist schon das Aufbringen von Geduld oder Passivität eine Arbeit. Und eine ermüdende obendrein, das jedenfalls ließen die zahlreichen Seufzer und das laute Ächzen der Männer vermuten. Einst hatten sie unruhige Zeiten erlebt, damals, in den regnerischen Jahreszeiten – lange, lange schienen diese her zu sein –, als sie im Schatten blühender Mandeln, Zitronen und Oliven sitzend die Frauen beaufsichtigten, die tiefgebückt, manche mit Babys auf den Rücken, die Felder beackerten, bevor sie nach Hause gingen, um den Haushalt zu versorgen. Die Insekten zur Erde und zur Luft führten eine ähnlich anstrengende Existenz wie die Männerhände, die sie verjagten.

Es sei beschlossen, so verfügte das Dorfoberhaupt, Baba Baluk dürfe unter keinen Umständen Früchte ernten, und davon kosten schon gar nicht. Zufrieden beendete er die Zusammenkunft und erhob sich. Von seinen Händen schüttelte er weißen Flaum, der ins glimmende Feuer schwebte.

Es war eine Stunde vor Sonnenaufgang, und die Welt hielt den Atem an. Eine Eidechse an der Wand war Zeugin von Baba Baluks und Mamurras Abschied, bevor sie zwischen den Balken unter dem Bambusdach davonhuschte. Baba Baluk drückte Mamurra fest an sich und spürte die Fülle des Busens und die harte Schwellung der Schwangerschaft, angenehm gerundet beide. Diesen Abdruck ihres Oberkörpers würde er noch lange spüren, Proviant für zukünftige einsame Schlummerstunden. Sie küßten sich lange und innig, Speicheltausch von heißen, schmelzenden Zungen; sachte drückte er sie von sich, und sie öffnete die Augen. Ihr wurde schwindlig, und sie mußte sich an ihm festhalten. Langsam wich die Finsternis in ihrem Kopf der Dämmerung im Haus. Auf dem Hof brüllte der Esel sein morgendliches Geheule, mit langgerecktem Hals und aufgekräuselten Lippen, ein keuchender Stotterer, und peitschte mit dem Schwanz. In seinen Augenwinkeln hatten sich schwarze Tränen gesammelt: Fliegen. Ein Hahn krähte nicht, der war schon vor langer Zeit der Not zum Opfer gefallen.

Baba Baluk band sein Ränzel – Roggenbrot, Käse, Oliven, Orangen, Feigen – an den Gürtel, ein Stück Tau, und klemmte sich sein Fahrzeug unter den Arm. Mamurra betrachtete die gekrümmten Schultern und den kraushaarigen Hinterkopf. Geistesabwesend streichelte sie ihren Bauch. Er öffnete die Tür. Sie schluckte. Er warf ihr über die Schulter noch einen letzten Blick zu. Sie nickte. Er tat einen Schritt vor die Tür, hielt einen Augenblick inne, ging weiter. Sie stürzte zur Türöffnung und entdeckte in diesem Moment, daß ihrer beider Geheimnis entweiht war. Da brach sie zusammen.

Der Morgen dröhnte sonor vom morgendlichen Vogelsang. Alle hatten die Häuser verlassen, die Frauen standen aufgereiht hinter ihren Söhnen, die ihnen mit stolzgeschwellter Brust und erhobenem Kinn den Weg versperrten. Jeder von ihnen hielt den Stock fest, den ihm sein Vater am Abend zuvor in einem Abschiedsritual überreicht hatte. Bis auf das ganz vorn stehende Dorfoberhaupt saßen alle Männer auf einem gemeinsamen Fahrzeug. Füße hingen herab, Babuschen baumelten an Zehen, Hände winkten, frühstückslose Münder gähnten, Hoden wurden zurechtgerückt und hingebungsvoll gekratzt. Schnappsäcke dienten als Kissen, denn eine Reise bedeutet ja nicht zwingend einen Wechsel der gewohnten Körperhaltung. Es gibt kein festeres Band als das zwischen der Schwerkraft und der Körperseite eines Faulpelzes. Geschürzte Lippen grinsten verschlagen, als die Reisenden den völlig entgeisterten Baba Baluk vor sich sahen. Diese Rache war honigsüß! Sie ließen ihm keine Zeit, sich von der Verblüffung zu erholen, und flatterten im gleichen Moment lärmend auf, um sich in ein Gebrüll aus gelbem Licht zu stürzen, das ihre Silhouetten in eine doppelte Aura tauchte. Sonnenlicht füllte ihre aufgerissenen Münder, ohne jedoch, obgleich sehr grell, die braunen und gelben Zahnzinnen der Männer weiß schrubben zu können. Die Männer flogen geradewegs in die Lilienfelder der Morgendämmerung, welche eine Vorwegnahme war von Paravions schwindelerregender Umarmung. Paravion rief und winkte, und sie gehorchten. Hier sind wir! Hier sind wir!

Die Frauen schwenkten unsichtbare Palmwedel aus Abschieds- und Segensworten.

Mamurra sank zu Boden, die Beine eingeknickt, mit hängendem Kopf, die Mutlosigkeit selber. Aber Baba Baluk gab den Mut nicht auf. Mit frechem Grinsen und einem Zucken der Augenbrauen – aufgepaßt, mein Schatz – sprang er auf sein Vehikel und stieg auf. Im Flug glitt er an Mamurra vorbei und streifte waghalsig ihre Wange mit den Fingern, er schraubte sich in die Luft und verschwand im Morgen, der sämtliche Fenster aufgerissen hatte. Er wurde zu einem schwarzen Punkt und löste sich schließlich auf in etwas, das aussah wie eine einsame Wolke.

Die Jungs machten sich sofort an die Arbeit. Sie schickten die Mütter in die Häuser. Die Frauen ließen sich allerdings die Gelegenheit nicht entgehen, vorher Mamurra mit bösen Augen Blicke des abscheulichsten Hasses zuzuwerfen, mit den gelben Zähnen zu knirschen und ihr schwarzes Zahnfleisch zu zeigen; endlich konnten sie mit obszönen Gesten ihren jahrelang unterdrückten Neid zum Ausdruck bringen. Manche streckten Mamurra gar die mißgestalteten Hinterteile entgegen und schleuderten mit stampfenden Füßen Staub auf. Dann folgten sie ihren Bauchgloben, in denen sich vier Monate altes Leben kringelte, in die Häuser. Nachdem die Mütter verschwunden waren, streckten die Jungen Mamurra ihre weißen Zungen raus – sie hatten noch nicht gefrühstückt – und folgten den Frauen in die Häuser, wo sie sofort unklare Befehle zu brüllen begannen. Die Frauen, endlich vom Joch der Männer befreit, hatten keine Lust, sich gleich erneut unterjochen zu lassen, und versetzten den Söhnen gleichzeitig wohlgezielte Ohrfeigen, die in deren Ohren ein betäubendes Sausen erzeugten und auf den Innenhöfen hübsche Echos.

Das Dorfoberhaupt blieb als einziger zurück. Er wandte sich Mamurra zu, grinste das schiefe Grinsen eines Schurken, stampfte laut mit dem Stock auf den Boden und spuckte, den Blick starr auf sie gerichtet, einen Batzen Morgenschleim aus. Unbeirrt warf Mamurra ihm einen Warte-nur-Blick zu: Cheira und Heira würde schon etwas einfallen. Und so war es auch. Kurz danach starb der alte Mann auf dem Abtritt, im Licht eines einzelnen Sonnenstrahls, worin grautönig die Mücken mit Staubpartikeln Walzer tanzten. Es dauerte eine Weile, bis seine Frau ihn fand, denn er nahm sich, ja, ja, das Alter, immer viel Zeit für sein Geschäft. Erst als sie es wirklich nicht mehr aushielt und aus purer Not an die klapprige, kaum etwas verbergende Tür klopfte, fand sie die Leiche ihres Mannes, neben ihm der unvermeidliche Stock. Den brauchte der alte Mann als Stütze, wenn er unter hohem Kraftaufwand sich des unwilligen Stuhls zu entledigen versuchte. Auf seinem Gesicht dümpelte wie eine Mondsichel in einem Bach ein seliges Lächeln, das Lächeln vom ersten befreienden Pressen, welches ihm jetzt offenbar zum Verhängnis geworden war. Die Frau erhob ihr großes Gejammer erst, nachdem sie sich erleichtert hatte.

Mamurra erhob sich würdevoll, die Sonne hatte ihre Tränen getrocknet, und schlug mit dem Fuß die Haustür hinter sich zu. Was für ein Hintern! dachte das Dorfoberhaupt noch. Und wahrhaftig: Was bei anderen Frauen lediglich eine drollige Geste gewesen wäre, war bei Mamurra ein Akt der Verführung.

Die Wolke, in der die Reisenden verschwunden waren, zerfiel langsam zu weißen Flocken, doch niemand sah diesen wundersamen Schnee – kein echter Schnee übrigens, sondern nur ein Taumeln ungezählter weißer Federn –, außer ein schläfriger, alter Schäfer, der im Tal unter einem Olivenbaum stand, und dieser Schäfer dachte, es wären Mandel- oder Zitronenblüten; auch ein Fischer am Narvelmeer sah ihn und er hielt Netze und Boot bereit, weil er genau wußte, was dieser gefiederte Fall zu bedeuten hatte. Die Jahreszeiten sind auch nicht mehr, was sie mal waren, dachte sich der Schäfer und zog eine Flöte aus der Schäfertasche.

Nicht alle konnten den Männern hinterherwinken. Zartgliedriger Senunu, sechs regenarme Lenze alt, schlief noch auf dem Schaffell neben der durchgelegenen Matratze seiner Eltern, die ihn nicht hatten wecken wollen. Aber nach kurzer Zeit erwachte er doch, denn eine ungewöhnliche Stille im Haus stört den Schlaf bisweilen nicht minder als Lärm. Er blinzelte, schien sich nicht entscheiden zu können zwischen den Traumfarben, deren Rot noch auf seinen Wangen zu sehen war, und der Dämmerung im Zimmer, und wählte schließlich letztere. Schnell sprang er auf und rannte hinaus, wo sich die Menge versammelt hatte. Er griff nach irgendeiner anonymen Hand – sein verschlafenes Haupt war eine schwarzstachlige Distel, was seine Mutter so sehr an ihm liebte. Doch als er bemerkte, was los war, ließ er die Hand los und lief, zuerst nur mit zugeschnürtem Hals, dann wimmernd und schließlich laut schreiend den Männern hinterher. Mit aller Kraft, die sein kleiner Körper aufbringen konnte, das Kinn auf die Brust gepreßt, die Fäuste geballt, die Daumen abgespreizt, Bäuchlein vorgestreckt, sauste er in seinem gestreiften Gewand, das ihm bis zu den Knien reichte – er war darin tatsächlich herangewachsen, hatte nie etwas anderes getragen –, barfuß den Hügel hinunter. Die anderen Jungen lachten. Er rannte so schnell, daß er nicht mehr anhalten konnte, ohne hinzufallen, und fiel deshalb auch in einer Staubwolke direkt aufs Gesicht. Unter Tränen und atemlos rappelte er sich auf, und ging zurück, wo er beschämt in den Falten unter Mutters Bauch verschwand. Sie klopfte ihn lachend ab und streichelte ihm tröstend übers Haar. Vater kommt bald wieder. Die Jungen schnoben voller Verachtung über Senunus Weinen durch die Nase: Pfff, und so was will der Mann im Haus sein!

Senunu hob den tränenklaren Blick, worin der Morgen untergegangen war. Es war nicht die Abreise des Vaters, die ihn so traurig machte – das bedeutete nur weniger Prügel für ihn –, auch nicht der Umstand, daß er ihm nicht hinterherwinken konnte, nein, Senunu gehörte zu den rätselhaften Jungen, die es nicht ertragen können, wenn sie jemanden anderen nicht überholen können oder von diesem überholt werden.

2

Fünf Monate später brachten alle Frauen des Dorfs am selben Tag und zur selben Zeit ein Mädchen zur Welt. Die erfahrenen Frauen kauerten sich in ihren Kleidern auf den Schlafzimmerboden und preßten der Tochter, die jetzt Hebamme sein mußte, mühelos das Kind in die Hände. Für die jüngeren Frauen war die Geburt schmerzhafter und wurde begleitet von lautem Gebrüll; auf dem Rücken liegend sammelten sie zwischen dem Gekeuche genug Atem, um ihre abwesenden Männer zu verfluchen. Die Jungen nörgelten die ganze Zeit – schon wieder ein Familienmitglied mehr – und versteckten sich, aus Angst, die Mutter könnte sterben, doch noch größer war ihre Angst, der Vater könnte die Flüche der Mutter hören, so laut wie diese schrie.

Die Luft erschrak von den ersten Schreien, die alle zur gleichen Zeit ertönten, und die Vögel flogen auf. Die Babys wurden an die Brust gelegt, und die Mütter kehrten zu ihren Alltagsbeschäftigungen zurück. Sie, die geübter waren im Gebären, pflegten die Frauen, die wohlrosig und schwächlich das Bett hüteten, ein verträumtes Lächeln auf den Lippen.

Das alles hörte Mamurra in ihrem Haus und warf Cheira und Heira einen Blick zu. Sie nahm gerade einen Vogel aus, während die eine der beiden alten Frauen in einem Steinmörser Pfeffer zerdrückte und die andere Bohnen palte. Sofort unterbrachen sie ihre Tätigkeit, um Mamurra mit klebrigen Fingern zu trösten. Seit Baba Baluks Abschied verbrachten sie jeden Tag bei ihr, nur schliefen sie nicht im Haus. Die Nacht, so sagten sie und zwinkerten dabei, sei ihr Arbeitsfeld. Mamurra fürchtete die einsame Finsternis im einsamen Zimmer auf ihrem einsamen Bett, eine zärtliche Beute für Alpträume. Die mußte sie ertragen, denn aufgrund der Schwangerschaft konnten Cheira und Heira ihr keine Kräuter geben. Statt dessen legten sie Mamurra ein Messer und ein bißchen Salz hinters Kissen, damit sie nicht mitten in der Nacht aufwachte. Manchmal übernachtete Mamurra bei den Zwillingen, während diese zur Arbeit auszogen. Lärm und Aufruhr im Johannisbrotbaum gaben Mamurra zu denken, was taten die beiden eigentlich, bevor sie mit einem Kloß im Hals und ihrem Mann im Herzen einschlief. Das Kringeln des Kindes in ihrem Bauch beruhigte sie.

Nach Baba Baluks Abreise hatte sie die Zwillinge aufgesucht und überredet, jeden Tag zu ihr zu kommen und ihr bei der Zubereitung einer üppigen Mahlzeit zu helfen. Weil, so erklärte sie und starrte dabei ins Leere, er Hunger haben müsse. Cheira und Heira gehorchten ihrer zarten Laune. Sie hatten Mamurra noch nie etwas abschlagen können. Nach dem Kochen schloß sich Mamurra im Schlafzimmer ein und warf sich in Schale. Sie zog den kostbaren grünsamtnen Kaftan mit den gelben Sonnenmotiven an, am Kragen hatte er eine Goldborte und Knöpfe aus Goldfaden, und auch die Ärmel waren mit goldnen Litzen eingefaßt. Aus Mangel an Edelsteinen trug sie eine Halskette aus weißen und roten Blüten, Cheira und Heira hatten sie für sie geknüpft, ein Collier aus der Frühjahrskollektion.

Vor dem zersprungenen ovalen Spiegel kniend, bürstete sie die lockigen Ranken ihres schwarzen Haars mit Aufwärtsschwung vom Kopf weg, schlang sie zu einem Knoten und steckte sie mit einem Dorn fest. Das Kinn auf die Brust gedrückt, tätschelte sie den Dutt, als wäre er der Popo eines Negerkindes, wobei sich ein paar Strähnen lösten. Die langen Wimpern umrandete sie mit Kajal, bis sie wie knospende Zweige aussahen. Ihr zartes Fleisch war durch die Schwangerschaft voller geworden, und die Arme und Wangen hatten Grübchen bekommen. Hier und da zeichneten sich unter ihrer Haut blaue Äderchen ab wie Schatten von Ästen auf sonnenbeschienenem Schnee. Sie sah aus wie weiße und blauschwarze Trauben des Weinstocks, für keinen Markt bestimmt.

Sie setzte sich an den gedeckten Tisch und griff zu, aber erst, nachdem sie Baba Baluks Geist aufgefordert hatte, sich als erster zu bedienen. Cheira und Heira amüsierten sich köstlich über dieses Ritual, es war wie früher beim Hüttenbauen, woran sie sich noch aus den naßlila Nebeln ihrer antiken Kindheit erinnern konnten. Mamurra aber war es bitterernst, ihr Mann konnte nicht wirklich weg sein, wenn sie überall seine Anwesenheit spürte. Er war da, im Geruch der von ihm zurückgelassenen ungewaschenen Kleider, in dem Paar gelber Babuschen, den gestopften Wollsocken, die durchs Haus irrten. Früher hatte sich Mamurra stets über diese Nomaden geärgert, jetzt aber waren sie Anlaß für liebevolle Seufzer. Außerdem gab es noch seinen Fußabdruck vor der Türschwelle zum Schlafzimmer: Einst war er unglücklicherweise in den nassen Zement getreten, der die Risse im offenen Innenhof kitten sollte. Wenn die Toilettentür quietschte, ein paar Bretter, zusammengehalten von Eisendraht und ein paar rostigen, krummen Nägeln, glaubte sie, er träte gleich heraus. In ihrer Erinnerung hatte sich sein Bild in Bruchstücken bewahrt: ein sinnierendes Auge, die Rundung seiner Nasenflügel, auf denen das Sonnenlicht spielte, die beiden tiefen Furchen zwischen den Augenbrauen, seine Gesichtszüge, die sich bei höchster Lust zusammenzogen, als müsse er sich mühsam an etwas erinnern. Zugleich spürte sie ihn noch in der Leere, die er hinterlassen hatte, im Bett, im eingedellten Kissen, in ihren verlassenen Armen. Verlassen, weil der Körper schnell vergißt, viel zu schnell, dachte sie. Sie hatte eine zwiefache Schwangerschaft, zu schwer für eine so zarte und zerbrechliche Frau wie sie, eine Schwangerschaft des Bauches und eine des Busens.

Ihr Leben mit einem Geist dauerte schon einen Monat, als Cheira und Heira beschlossen, daß es so nicht weitergehen könne, und Mamurra mit ins Badehaus nahmen. Sie verbrachten einen heiteren Nachmittag. Dann nahmen die Zwillinge sie mit zu sich nach Hause. Dort geschah es, daß Mamurra eines Nachts verschwand und nicht mehr aufzufinden war. Cheira und Heira entdeckten das leere Bett und suchten nach ihr. Erst im weißen und roten Morgen fanden sie sie im Abqar-Tal, leise singend betastete sie mit zärtlichen Fingern die reifenden Feigen. Ein warmes Glühen ging von ihr aus, die Mundwinkel waren gelöst, die Locken zerzaust, und ihre Augen schielten leicht und beschwipst. Sexgesättigt sah sie aus, müde, aber nicht befriedigt. Bei jedem Schritt sackte sie in den Hüften, die sie phlegmatisch wiegte, etwas ein. Die Zwillinge begriffen, daß Mamurra nicht mehr zu helfen war, und brachten sie nach Hause zurück. Im Haus des Dorfoberhaupts erhob sich gerade lautes Gejammer. Sie sahen sich an und lächelten.

Jetzt palten sie die Bohnen aus der Fruchthülle, wobei ihnen zum ersten Mal auffiel, wie sehr jede Bohne einem Embryo ähnelte. Der gemahlene Pfeffer ließ ihr Kichern im Niesen enden. An den grauen Ringen unter Mamurras Augen konnte man erkennen, daß die Schwangerschaft ihr schwerfiel. Sie hatte sich ein Tuch fest um den Bauch gebunden, der Rücken schmerzte; sie stützte die Hände in die

Lendengegend und beugte sich leicht nach rechts und nach hinten. Immer wieder schwankte sie, ließ den Kopf baumeln, fing sich jedoch, bevor Cheira und Heira aufspringen konnten, um sie aufzufangen, wieder und lachte mit kokettem Achselzucken laut auf. Die beiden machten sich große Sorgen. Mamurras Stirn war von einem Sommer voller Sprossen geküßt worden, ein Ton heller in der Farbe als ihre Brustwarzen und vom Schweiß benebelt. Die Haken ihres Büstenhalters waren abgesprengt, weshalb sie ihren Busen jetzt in ein altmodisches Brusttuch gewickelt trug, das nicht bequem zu sein schien, denn sie zupfte fortwährend daran. Schwangere Frauen können bekanntlich nie die Finger von ihren Papusen lassen. Ihr Duft spielte einen Tick ins Zitronen- und Anishafte, ein opalner Geruch aus den Schattenreichen der Achseln und zusammengepreßten Brüste. Sie mochte diesen Geruch und inhalierte tief ihr eigenes Parfüm. Auch Cheira und Heira sogen Mamurra tief in sich ein, winkten mit ihren gehöhlten Händen, und hätten sie sie mit ihren im Kneten und Kneifen so geübten Fingern auspressen und als Saft trinken können, sie hätten es getan (das gilt auch für Sie, meine Herren). Mit eingefallenen Mündern küßten sie Mamurras blühende Unterlippe, die voll war und leicht herabhing, mit einer Kerbe in der Mitte, ein rotes Lilienblatt.

Das Essen war fertig. Mamurra zog sich weder um noch schminkte sie sich. Baba Baluk war weg, sie hatte es endlich begriffen. Nach ihrem Verschwinden veränderte sie sich. Sie wurde ruhig. Auch fragte sie nicht mehr, wann er ihr wohl endlich schreibe.

Die Geburt von Töchtern feierten die Mütter nicht.

Der karmesinfarbene Sonnenuntergang vollzog sich wolkenlos und verlassen, verlassen deshalb, weil auf den Hügeln die Silhouetten der Männer fehlten, die sich vor dem Abendessen die Beine vertraten, um die Trägheit aus den Gliedern zu vertreiben und den Appetit anzuregen; früher zog dort stets diese kleine schwarze Prozession, die zerfiel und sich wieder zusammenfand, mit den Bäumen verschmolz und sich von diesen wieder löste. Jetzt tobten Kinder auf den Hügeln herum, hüpften wie Spatzen, kletterten auf Bäume. Zum ersten Mal seit langer Zeit verspürten die Frauen, die vor den Häusern standen, um die Sprößlinge ins Haus zu rufen, so etwas wie Wehmut und Nostalgie. Ein Gefühl der Verlassenheit erfüllte die Luft und ihre Herzen. Alles schien so traurig zu sein, der Tod war mehr als dereinst die einzige Gewißheit, das Leben werde nur gelebt, um neues Leben hervorzubringen, und dieses neue Leben, das so leise atmend schlief in ihren warmen Armen, unterschied sich in nichts vom Frieden des Todes, nur war der Tod nicht so süßduftend, wenn auch für ihre Körper nicht minder verwelkend. Das Zirpen der Grillen ließ sie vor Wehmut zusammenschaudern. Wären die Augen vom vielen Weinen der ersten Ehejahre nicht vertrocknet gewesen, hätten sie jetzt geweint. Vor langer Zeit waren sie heilige Mütter gewesen, jetzt lagen Kindheit und Jugend in ihren verdorrten Leibern begraben: Mamas und Mumien gleichzeitig. Nur der Biest, die Vormilch ihrer Brüste, war jung.

Sie seufzten und riefen, lauter jetzt, die Buben nochmals, sie sollten zum Essen kommen. In der Stille, die danach einsetzte, verschwanden sie in den Häusern. Wie Läuse sprangen Schemen aus den Bäumen und stürmten die Abhänge hinab. Vor den Resten des Lichts flammten die Streichholzgestalten der kleinen Teufel im Goldstaub auf, den sie aufwirbelten. Als sie atemlos die Haustüren erreichten, war die Nacht bereits hereingebrochen.

Mamurra war eine himmlische Köchin, und das im wahrsten Sinne des Wortes, denn sie kochte mit Vorliebe Geflügel. Nicht das Geflügel, welches Sterbliche zu verzehren pflegen, sondern Vögel wie Stare, Amseln, Finken und manchmal sogar Nachtigallen. Ihre Erfindungsgabe in der Zubereitung war grenzenlos und variantenreich, auch wenn sie vom Fang abhängig war. Wäre sie je in den Besitz eines Kranichs oder eines Phönix gekommen, so hätte sie auch an diesen ihre Kochkünste erprobt. Baba Baluk, der Mamurras feine Küche anfangs gar nicht mochte, wurde mit der Zeit zum wohlgenährtesten Mann der Gegend. Die Vögel fingen Cheira und Heira für sie, der Baum hinter ihrem Haus war eine Taverne für das unterschiedlichste Federvieh, vor allem Spatzen flatterten höchst anmutig torkelnd draus hervor, besoffen vom eigenen Gezwitscher. Vogelleim oder Fallen waren unnötig; die Tiere fraßen den beiden buchstäblich aus der Hand.

Amseln und Stare füllte Mamurra mit Rosinen und Nüssen und servierte sie gegrillt oder gebraten mit gekochten Quitten, die sie mit Federn spickte, so daß sie aussahen wie Seeigel. Wildtauben briet sie in echter Butter, Zwiebeln und Zimt an und bestreute oder füllte sie danach mit Mandeln, Pistazien und Rosinen, dem Ganzen gab sie mit gemahlenem Safran, der bei fast keinem ihrer Gerichte fehlte, Farbe: Das Auge esse noch vor dem Mund, pflegte sie zu sagen. Gegrillte Finken bettete sie auf Bananen- und Weinblättern, bedeckte sie mit Wachteleidottern und Rosmarin, würzte mit Zimt, Kardamom und Muskat und krönte alles mit einer Zuckerglasur. Die Nachtigallen wickelte sie mit Rosinen und getrockneten Feigen in Palmblätter und begrub sie für längere Zeit in glimmender Asche, danach bestrich sie sie mit Rosenhonig und Orangenblütenwasser und streute Granatapfelkerne darüber. Als Garnitur dienten Zitronen- und

Pfirsichblüten. Baba Baluk aß mit Wohlgeschmack und lautem Schmatzen, wie es einem Leckermaul ohne Manieren geziemte, die dankbaren Esser aber waren Cheira und Heira.

Mamurra hatte keine Ahnung, woher sie diese Cuisine kannte; sie mußte wohl ein Erbe aus ihrer Kinderzeit sein, denn der Geschmack entwickelt sich in frühester Kinderzeit, aber Mamurra wußte ja gar nicht, wo die Wiege ihrer Kindheit lag. Immerhin hatten Cheira und Heira ihr die beste Milch eingeflößt, von Kühen, edlen Kamelen und sogar von Gazellen. »Milchschlabbertrienchen« hatten sie sie genannt, sie hatte ihre Milch auch wirklich immer gierig und unersättlich geschlabbert. Und es war diese heilsame Milch, die jetzt durch ihre Haut schimmerte.

In den ersten Tagen nach Baba Baluks Abreise kochte Mamurra nur Fisch. Cheira und Heira erhandelten ihn beim Fischer im Tausch gegen Cannabis und Mutterkorn. An der Küste des Narvelmeers benetzte Meeresbrausen mit salzschläfrigem Tau ihre Augenlider. Zum Mittagessen grillte Mamurra kleine Sardinen mit Zitrone. Für den Abend stellte sie eine Auswahl aus Meerbrassen, Schwertfisch, Else, Merlan, Knurrhahn, Königsbarbe und Seehahn zusammen. Das Narvelmeer war an Fauna sehr reich, an Silberschuppen und Maschengold, entstanden aus dem alchemistischen Zusammenspiel von Sonne, Schaum und Aquamarin. Die rote Seebrasse – Cheiras und Heiras Lieblingsfisch und von ihnen ausgenommen – marinierte sie mit Koriander, Petersilie, Paprikapulver, Kümmel, Salz, Zitrone und Knoblauch und füllte den Fisch mit Reis, Oliven und Tomaten, bevor sie ihn auf ein Bett aus Kartoffeln legte und mit Tomaten bedeckte, damit er im Lehmofen nicht verbrannte: ein einziges Loblied auf das Land und das Meer, verführerisch triefend, als wäre alles gerade den Wellen entsprungen.

Als Dessert erwarteten ihn Stapel von Früchten, aufgelesen aus dem Füllhorn des Überflusses, in dem auch das Meer beheimatet ist.

Cheira und Heira, obgleich in Sorge darüber, welchen Aufwand Mamurra für den abwesenden Baba Baluk betrieb, ließen es sich schmecken, wischten die fettigen Finger und Lippen an den Fransen ihres Umschlagtuches ab. Kein Wunder, daß sie enttäuscht waren, als Mamurra nach ihrem merkwürdigen Verschwinden keinen Fisch mehr kochen wollte.

»Er kann keinen Fisch mehr sehen«, erklärte Mamurra.

An diesem Abend saßen sie vor einer einfachen Mahlzeit aus Huhn und Bohnen. Sie hörten die Haustüren des Dorfs in raschem Marschtempo zuschlagen. Danach folgte eine kurze Stille, die vorher stets von Mamurras Frage gefüllt worden war, wann er wohl endlich schreibe. Cheira und Heira hatten es sich angewöhnt, erst mit dem Essen zu beginnen, nachdem diese Frage gefallen war, und auch jetzt waren ihre Augen auf Mamurra gerichtet, die Finger lagen auf dem Tellerrand. Mamurra brach das Brot für sie. Sie hörten das traurige Gemecker der Ziegen im Tal. Im Innenhof zerkleinerte der Esel die Gemüseabfälle. Kiefer und Zunge des Tiers kreiselten, als versuchte es ein festsitzendes Stück Gemüse zwischen den Weisheitszähnen hervorzupulen.

Nach dem Essen war Mamurra müde und ihr war so wohl, daß sie sich gleich hinlegte – sie aßen natürlich auf dem Boden – und sofort einschlief. Die Zwillinge deckten sie mit einem Laken zu, räumten das Geschirr auf, spülten es im träumerischen Schein der Karbidlampe kauernd ab. Danach wachten Cheira und Heira bei ihr, die im Licht des Mondes, so rund wie ihr Bauch, dalag wie die Wölbung einer verschneiten Höhle am Ufer eines zugefrorenen Sees.

So saßen sie, bis die Morgendämmerung das veilchenförmige Flämmchen verwelken ließ, dann verschwanden sie lautlos. Das Geschrei des Esels weckte Mamurra nicht. Sie schlief den ganzen Morgen, der nichts Neues brachte, und erwachte erst gegen Mittag. Eine wirklich schöne Frau ist beim Aufwachen am schönsten, dann, wenn in ihren ausgeruhten Augen ein verwunderter Blick liegt, der Körper durch und durch warm ist und das Haar ein kunstreiches Nest. Und so, wie sie dasaß, gestützt auf die eine Hand, den Kopf gegen die aufragende Schulter gelehnt, die Locken ein Lorbeerkranzgewirbel, die andere Hand schlaff und handflächennackt im Schoß liegend, eine Schale aus Schatten, dasaß mit trägen Muskeln und Wimpern und einem raubtierhaften, dunkelroten Gähnen, war sie zum Anbeißen schön.

Da erst bemerkte sie, daß nicht das Rattern der Zikaden sie geweckt hatte, sondern das stotternde Solex des Postboten, der, umgeben von den Halos der Noon-Sonne, einem Engel gleich auf die Siedlung zugefahren kam.

3

»Hör zu!« sagte die Mutter.

»Nein!« antwortete ihr Sohn bestimmt und stampfte mit den Füßen auf. Als sie die linke Hand erhob, keineswegs in der Absicht, ihn zu schlagen, sondern nur als Drohung, duckte er sich und schaute sie mit einem so herzzerreißend ängstlichen Blick an, daß sie Mitleid bekam. Der rechte Arm war vom Baby besetzt, das unbeirrt und mechanisch an ihrer Brustwarze nuckelte. An der Schläfe des Kindes pochte eine kaum sichtbare Ader wie in einer anderen Welt.

Ob es an der Geburt oder der Abwesenheit ihres Ehemannes lag, sie wußte es nicht; doch sie war spürbar nachgiebiger geworden. Auch die anderen Frauen legten eine Weichherzigkeit an den Tag, was sie selbst anfangs verwirrte, ihnen aber schließlich ein Gefühl der Ruhe verlieh, ja, des Stolzes. Das, so dachten sie sich, sei wahre Mutterschaft, ungeachtet des harten Schicksals, der täglichen Misere und der körperlichen Entbehrungen, die sie durchlitten. Wie erwachsen die Jungen sich auch gaben, es gelang ihnen nicht zu verbergen, wie sehr sie ihre Väter vermißten und wie schwer sie daran zu schlucken hatten, daß sie trotz aller Anstrengungen die Rolle des Mannes nicht so erfüllen konnten, wie ihre Väter es getan hätten oder wie ihre Väter es von ihnen erwarteten. Sie waren einfach noch zu klein dazu.

Sie waren und blieben, trotz rauherer Haut, ausgiebigem, von einem Brummen begleiteten Ausspucken und hingebungsvollem Kratzen an ihren kleinen Hoden, Kinder, Kinder zwar, die auf der Schwelle zur pubertären Hormonhölle standen, aber doch noch Kinder. Es kostete die Mütter viel vergebliche Mühe, sie dazu zu überreden, mit den kleinen Schwestern zu spielen und zwar liebevoll, nicht wie jemand, der nur auf sie aufpassen soll, sondern wie jemand, der Brust und Gebärmutter mit ihnen geteilt hatte. Die Jungen waren entsetzt. Respekt vor der Mutter, das ging ja noch, aber vor der Schwester, vor einem *Mädchen*?

Die Mütter, wie Mütter übrigens oft, seufzten gutmütig, umarmten die weinenden Mädchen und schleuderten die Splitter der Stöcke, die sie zerbrochen hatten, ins Feuer. Es war immerhin schon ein Fortschritt, daß die Burschen die Mädchen in Ruhe ließen, auch wenn sie ihnen Aufmerksamkeit und Zuneigung verweigerten. Die Mütter schmeichelten und streichelten, was das Zeug hielt, doch das Verhältnis unter den Geschwistern konnten sie dadurch nicht verbessern. Die Mädchen gaben sich alle Mühe, teilten jedes noch so rare und gehütete Stück Süßigkeit mit den Brüdern, doch den Jungen fiel darauf nichts weiter ein als immer wieder zu sagen: »Geh ins Haus!« Ihre Phantasie reichte einfach nicht zu mehr und war in dieser Richtung schon gar nicht trainiert.

Immer wenn eine Mutter den Sohn rief und ihn halb scherzenden, halb flehenden Tones aufforderte, sein weinendes Schwesterchen zu trösten, weil es das blutende Knie beweinte – ein Kind entdeckt die Welt über die Knie –, tat der Junge mit aufgerissenen Augen ein paar Schritte rückwärts, hob beide Hände zur Abwehr und schüttelte heftig den Kopf. Beharrte die Mutter jedoch darauf, war er es, der in Tränen ausbrach, als hätte er sich gerade massenhaft das Knie aufgeschlagen. Bei diesem Anblick brach das hingefallene Mädchen in Lachen aus, stand auf und streckte dem

Bruder die Zunge raus. Dann verschwand der Junge in den Falten der mütterlichen Umarmung, weniger auf der Suche nach Trost als nach einer Erklärung für diese vollkommen überflüssige Demütigung, während das Mädchen nach draußen rannte, um im Schatten des Hauses die geronnene Blutnaht abzukratzen. Und während die Heulsuse, als solche das Mädchen den Bruder beschimpft hatte, sich mit den Fäusten die Augen trockenrieb, hatte das Mädchen den Kampf gegen die wehrhafte, dolchspitze Erde längst wiederaufgenommen. Die Jungen hatten das Nachsehen, als sie mit nackten Füßen davonflog, gezäumt vom Wind. Der Bruder aber verließ ebenfalls das Haus und schlug die Tür hinter sich zu. Ein paar Kinder jagten ein Mädchen, das einen kleinen Wirbelwind verursachte. Der Junge, Senunu natürlich, startete seine eigene Staubwolke und sauste hinter ihnen her.

Doch die Mütter gaben nicht auf, obwohl der Kampf gegen ein versteinertes Jungenherz unmöglich zu gewinnen ist. Schwieriger ist für eine Mutter nur noch, den Sohn um die Essenszeit herum zu finden, wenn dieser sich in einem hohlen Baumstamm versteckt hielt, weil er gerade eine zweite, noch viel größere Demütigung erlitten hatte: Er war überholt worden, und zwar von einem Mädchen.

Doch weil Drohungen auch jetzt nichts nutzten, ließ sie die Hand sinken. Eine andere Strategie mußte her, eine von Bestechen und Versprechen. Sie wurde allmählich ungeduldig, der Eselskarren konnte jeden Augenblick eintreffen, und sie mußte sich noch schminken. So versprach sie, ihm vom Basar etwas Süßes mitzubringen.

»Zuckerwatte?«

Nein, Zuckerwatte würde die Fahrt nicht überstehen.

Der Postbote hatte nur einen einzigen Brief gebracht. Er war an alle sieben Frauen gerichtet, für Mamurra keinen, welche hin- und hergerissen war zwischen Beruhigtsein – schließlich hatte sie nichts anderes erwartet – und Betrübnis – sie hätte ja wider Erwarten eines Besseren belehrt werden können. Sie wand ihr Haar in einen Knoten, legte sich das Umschlagtuch um und ging zu Cheira und Heira.

Die Frauen umdrängten den Postboten. Er las die Namen auf dem Umschlag vor und übergab ihn der ältesten Frau, die mit kokettem Augenaufschlag die Hand danach ausstreckte. Der Brief war aber gar nicht an sie adressiert, sondern an ihren Sohn. Lüstern betrachteten die Frauen den blau-weißen Aufkleber mit dem Paravion; diese beiden Farben bedeuteten ungeheuer viel, sie beinhalteten das ganze Wesen des neuen Landes, die Fingerabdrücke ihrer Männer, das glaubten sie jedenfalls. Den Umschlag aufzureißen wagten sie nicht. Der Postbote weigerte sich, den Brief vorzulesen, nicht aus Unwillen. »Viel Arbeit, kann nicht!« sagte er, als spräche er zu einem Ausländer, und deutete auf sein keuchendes Solex. Er erklärte sich jedoch bereit – »falls ich noch Zeit habe« –, für eine Transportmöglichkeit zu sorgen, die die Frauen zum Basar brachte, wo sie einen Schreiber finden konnten, der ihnen den Brief vorlas. Sie gaben ihm Wasser aus einer mit Teer bestrichenen Schale zu trinken, dazu ein Stück Brot, Oliven und Mandarinen als Belohnung für sein Versprechen, für seine Mühe und als Wegzehrung. Er verstaute den Proviant in den Satteltaschen seines Solex, bestieg das Gefährt, tippte gegen den Schirm seiner Mütze und schuckerte davon. Er watete durch die wabernde Fata Morgana.

Die Frauen blickten einander an und wurden rot, die Herzen, an die sie den Umschlag abwechselnd preßten, flatterten. Es war ihr erster außerehelicher Kontakt, und er versetzte sie in amourös-heitere Stimmung. Einen Augenblick lang trugen sie wieder die Spatzenflügel der Jugend. Die Mütze des Postboten war nur noch blaßblau und so zerknittert, daß es aussah, als ob er sich öfter draufsetzte als sie aufsetzte. Liebend gern hätten die Frauen die Mütze für ihn gewaschen, notfalls hätten sie sich sogar drum geschlagen.

»Ach, ich weiß jetzt, was ich dir mitbringe«, sagte die Mutter. »Laß dich überraschen!« Aber damit war es der kleine Bursche natürlich nicht zufrieden und schüttelte schmollmundig die Grannen seines dickköpfigen Schädels. Sie flüsterte ihm etwas ins Ohr und eilte ins Schlafzimmer, um sich zu schminken und umzuziehen. Der Junge war plötzlich so aufgeregt, daß er hinterherrannte, um sich bei ihr, die schon vor dem Spiegel saß, zu vergewissern, ob er richtig verstanden habe. Als sie bejahte, stürzte er zu seiner Schwester, umarmte sie unbeholfen, küßte ihre Schillerlocken und streichelte ihr über den Rücken, als wäre sie ein Stachelschwein.

Da schallte aus allen Häusern gleichzeitig ein »Mama!«, und zwar mit sehr langgedehnter zweiter Silbe und so heiser geschrien, daß diese Schreie ununterscheidbar in das Krächzen der aus den Olivenbäumen aufflatternden Krähen übergingen: Alle Jungen des Dorfes streichelten in diesem Moment als Reaktion auf Mutters Versprechen die Schwestern.

Mama selber verschönerte gerade ihr Gesicht: Kajal für fließende, ägyptische Augen mit schwarzen, tränenförmigen Augenwinkeln, die das Weiß des Augapfels betonten; perfekte Rouge-Kreise auf glänzenden Wangen; mit einem Stück Walnußbaumrinde rieb sie sich die Zähne weiß, doch färbten sich Zahnfleisch und Lippen dadurch so dunkel wie Gazellenlefzen; nun noch Rosenwasser und Lavendel für Hals und Achseln. Die hennaroten Finger waren Jujuben. Geschmackvoll abgerundet wurde das Ganze mit einem lila eingefaßten Schleier.

Der Karren, gezogen von einem augenklappenbewehrten Maulesel, traf ein. Der Eseltreiber, ein magerer Greis mit langem Gesicht, zerrte mit dem dazugehörigen »u-hu« am Zaumzeug. Staub legte sich wie ein Brautschleier auf den schweißnassen Widerrist des Esels. Ein Frühling aus tausend Farben und Gerüchen trat aus den Türen, und der Eseltreiber wäre fast vom Bock gefallen. Die Frauen schepperten in den Wagen hinein, so üppig war ihr kupferner und silberner Schmuck. In Anwesenheit ihrer Männer wickelten sie sich von Kopf bis Fuß in weiße Überwürfe, jetzt aber hatten sie diese über die Unterarme gelegt, so daß sie über den Boden schleiften und die Schulterpolster ihrer bunten Kleider deutlich zu sehen waren. Nur Halsketten aus Bernstein und Lapislazuli bedeckten die obere Brust.

Die Jungen standen in den Haustüren und sahen den Müttern nach, ohne ihr Winken zu erwidern: Sie hielten ihre widerstrebenden Schwestern im Arm oder im Schwitzkasten, wild entschlossen, das gegebene Versprechen, brav zu sein, auch zu halten. Ihre Augen waren so rund und vor Erwartung glänzend wie die versprochenen glasierten Äpfel. Die sieben Babys schliefen in einem kühlen Raum, beaufsichtigt vom ältesten Mädchen des Dorfs, fünfzehn war sie und voller pubertärer Launen und Rundungen: Weder wollte sie mit Jungs schlafen noch ihre Haut der Sonne bloßstellen, ihre Wölbungen konnten sich zwischen Stolz und der Furcht vor Fettsucht noch nicht entscheiden.

Die Peitsche kringelte sich in der Luft, knallte zufrieden; der Wagen setzte sich fast kenternd in Bewegung. Der Eseltreiber schüttelte sich vor Lust und grinste über die Rosensträucher und Obsthaine hinter ihm, in Rauschen versetzt von den unruhigen und wohllautenden Vögeln ihrer Stimmen. Er fuhr jetzt langsamer, gab dem Maulesel die Anweisungen lauter als nötig. Die Frauen zitterten und schwirrten vor lauter bezauberndem Entzücken wie Prinzessinnen in ihren verschlossenen Gärtlein. Wartet nur, dachte er, wenn ich das den Brüdern im Teehaus erzähle! Die Geschichten des Teppichhändlers würden dagegen verblassen, und seine Teppiche auch.

Sie kamen an Mamurra vorbei. Die Frauen steckten die Köpfe zusammen, tuschelten, und wie herausgeputzte Strauchgewächse erbebten sie vor Fröhlichkeit, als ihr Krähenlachen aufflatterte. Der schwankende Wagen, der durch die schiefen Räder schmale Hüften zu haben schien, hinterließ eine Spur aus Linien und Sicheln. Linien und Sicheln. Linien und –

»Hu!« rief der Eseltreiber, und der Maulesel blieb stehen. Melancholisch ließ er den Kopf hängen, durch die Augenklappen erblindet, ein vierbeiniger Schwarzseher.

Der Wagen stand vor dem Eingang zum Lumpenmarkt auf dem großen Platz der kleinen, roten Stadt. Menschentrauben warteten auf die Busse. Diese kamen an und fuhren weg, bis zum Anschlag voll mit Passagieren, Köpfe ragten aus Fenstern, ein Fahrgast saß sogar auf dem Dach. Leute, die mit Busfahren bisher noch keine Erfahrungen gemacht hatten, benutzten die Schultern und Nacken anderer als Trittbretter, um einen Platz zu ergattern. Im Gedränge wurde einem Jungen die Mütze gestohlen, ohne daß er es der Mutter zu sagen wagte, die ihn wie ein Gepäckstück hinter sich herschleifte. Abgase von Solexen und Autos. Klingelgeklingel. Passantengeschrei. Ein vor einer durcheinandergeratenen Ampel wartender Esel preßte eine perfekte Kugel aus seinem Hintern, der sich wie eine Rosette öffnete und wieder schloß. Ein Polizeibeamter ruderte heftig mit den Armen, pfiff sich die Backen rund und die Lungen leer, doch der Verkehr auf Rädern, Hufen, Babuschen und Schuhen wollte gar nicht geregelt werden. Zwei Männer in braunen, grobwollenen Gewändern, der eine saß seitlich auf einem Esel, und der andere trug einen Schnappsack und neue Turnschuhe, die so gar nicht zum Rest seiner ländlichen Erscheinung paßten, schüttelten sich eine ganze Weile die Hände. Sie hatten sich offenbar seit längerem nicht gesehen, unterhielten sich ausgiebig, ohne die Hände loszulassen, und versperrten die Straße. Ein Mann steckte den Kopf aus dem Fenster seines Simcas und schleuderte Verwünschungen an die nickenden Köpfe, doch sie hörten ihn nicht. Gerade, als der Mann aus seinem Wagen steigen wollte, erwachten sie aus ihrem Zwiegespräch und rückten, ohne ihre Haltung zu verändern, ein Stück zur Seite. Obstverkäufer, Eismänner, Verkäufer von gekühlter Orangen- und Mandellimonade, alle hinter ihren kleinen Karren stehend, und Händler von Was-weiß-der-Himmel sangen Lob und Preis ihrer Waren. Gendarmen, die Baretts entweder auf dem Kopf oder in der Hosentasche, patrouillierten mit schweren Knüppeln, die sie gegen die Hüfte prallen ließen, und verjagten zur Aufrechterhaltung einer Parodie von Diensterfüllung ab und zu einen Bettler. Schwarze, von der Sonne geröstet, in Scharlachkleidung und schwarzen venusmuschelverzierten Mützen, kauerten am Boden und rösteten Erdnüsse. Kioske boten Zeitungen, Zeitschriften, Zigaretten und Postkarten an. Eine Biene ließ sich von der Abbildung einer Rose in die Irre führen und knallte immer wieder gegen das Harte. Auf ausgebreiteten Laken wurde Schmuck dargeboten, alles Stücke – das versicherten jedenfalls die wollbemützten und aufmüpfigen Verkäufer – aus purem Silber. Fliegen waren Stammkunden. Von einem fernen Brunnen, der eine Kristallähre mitsamt irisierenden

Grannen versprühte, kamen einige Wassertropfen auf fliegenden Teppichen des Windes neugierig angeflogen. Bürgersteig und Grünanlagen waren übersät mit Spelzen von Sonnenblumenkernen. Alte Männer spielten unter den Platanen Dame oder stützten sich auf alten Bänken sitzend auf ihre alten Spazierstöcke, ein vertrauter Anblick in jeder Stadt der Welt. Einer schlief auf einer Bank, die Zeitung über das Gesicht gebreitet, und las in seinen Mittagsträumen. Bettler hielten ihre Jeremiaden, Esel iahten, Autos hupten. Es war ein glückliches Chaos.

Der Eseltreiber verkündete, daß das Ziel erreicht sei. Die ganze Reise über hatten die Frauen gequasselt, gesungen, in die Hände geklatscht, den Schmuck klirr-klirren lassen, geschwiegen, bis die Stadt sie übertönte. In den verstreut liegenden Dörfern unterwegs kamen neugierige Kinder angerannt, manche warfen mit Steinen; Jungen, die mit Körben voller Obst am Straßenrand standen, liefen hinter dem Karren her. In der Ferne winkte ein Schäfer und setzte danach sein Flötenspiel fort. Ein Solex fuhr am Horizont Richtung Ende der Welt.

Die Frauen waren entschlossen, den Tag bis zur Neige auszukosten. Warum auch nicht? Sie wollten es sich gut gehen lassen, schließlich war das ihr erster Tag ohne Babys, Kinder und außerhalb der Küche, und so, wie sie das Leben kannten, würde das auch ihr letzter sein.

Der Eseltreiber drehte sich um und sah niemanden mehr. Bei der Ankunft in der Stadt waren die Frauen eine nach der anderen von der Ladefläche gesprungen, um sich das Fahrgeld zu sparen. Sie brauchten das Geld dringend für die Rückfahrt. Wo vorher Rosen, Jujuben und Jasmin geblüht hatten, erstreckten sich jetzt nur noch die trocknen Planken des Karrens. Das Segeltuch des Sonnenverdecks flapperte im Wind, als übermittelten die Geflohenen damit eine Nachricht. Er ließ seinen Blick schweifen, obwohl es unmöglich war, die Frauen unter all den Frauen hier wiederzufinden, da sie alle die gleichen weißen Überwürfe trugen. Er war sich sicher: Im Teehaus würde er heute das große Wort führen. Er lachte und setzte seinen Maulesel in Bewegung.

Vor dem großen Tor des roten Basars stand ein Geschichtenerzähler in weiten, schwarzen, fledermausärmligen Gewändern, um den Kopf einen zerwickelten Turban, und schlug elegant gestikulierend einen Kreis Zuhörer in den Bann. »Hört zu, meine Herren!« befahl er, und die Leute wichen vor Schreck zurück. Mit wundervollen Augen, aus denen die Nacht mit ihren Sternen nicht weichen wollte, nahm er das Publikum in Augenschein, bevor er fortfuhr. Er war ein Riese von einem Mann, die Falten seiner eleganten Kleidung bildeten eine Skulptur, und es war nicht zu sehen, ob er auf einer Seifenkiste stand, einem Sockel. Vor ihm auf der Erde lag aufgerollt sein fliegender Teppich, von einem Stein an Ort und Stelle gehalten; diese Dinger waren unberechenbar, man konnte sie kaum allein lassen, egal, was die verkaufstüchtigen Teppichhändler behaupteten. Es war mit ziemlicher Sicherheit ein Nevernym.

Eine kleinere Menschenmenge hatte sich um einen Zauberkünstler geschart, der gerade ein neues Kapitel seines Auftritts eröffnete. Er bat um einen Freiwilligen. Ein großer Schwarzer in gelbem Rollkragenpulli und verschossener Cordhose, die, obwohl von einem Stück Seil gehalten, von seinen Hüften zu rutschen drohte, trat vor.

Mit einer machtvollen Geste rang der Zauberkünstler den Zuschauern Aufmerksamkeit ab: »Aus dem Hintern dieses Mannes«, so sprach er geheimnisvoll, »werde ich gleich eine Frucht hervorzaubern. Na, worauf hättest du Lust?«

Der Freiwillige überlegte einen Augenblick, lächelte eine Mondsichel und antwortete: »Auf eine Banane!«

Der Zauberkünstler bat ihn, die Antwort laut zu wiederholen, und nachdem er gehorcht hatte, brüllte der Zauberer ins Publikum: »Hört, hört, dieser Herr will eine Banane!« und brach in gellendes Gelächter aus. Das Publikum stimmte ein. »Als ob deine Fresse eine Banane wert wäre!« Verächtlich sah er den Freiwilligen an, der verstört schluckte. »Weißt du, was du von mir kriegen kannst? Eine getrocknete Feige.« Darauf zog der Zauberer eine solche aus der hinterwärtigen Hosennaht des Freiwilligen, auf dessen Stirn die Sonne den Flügel einer Elster offenbarte: Sie schimmerte magisch blau. Die ihm angebotene Feige wies er jedoch zurück, schließlich wußte er, wo sie herkam, und reihte sich wieder ins Publikum ein, das laut applaudierte. Tsss, dachte der Zauberer noch und schüttelte den Kopf, hat man so was schon ... eine Banane!

Er griff nach seinem Bettlernapf, um die Runde damit zu machen, doch das Publikum war, na klar, wie durch Zauberhand verschwunden.

Eine fröhliche Gruppe aus sieben Frauen ging kichernd am Geschichtenerzähler vorbei in den Basar.

»... im Hintergrund zählte der Kuckuck eine Ewigkeit von Stunden auf, die Grillen zirpten, und süß drang in seine Ohren das Läuten von Ziegenglöckchen. Wie soll ich, meine Herren, das Mädchen beschreiben, welches er da gewahrte ...«

Im Basar war das Schauspiel nicht weniger bunt als das Warenangebot. Links gingen die Frauen zum Badehaus, rechts die Männer Richtung Grillbuden, wo der Duft von Lamm und Koriander aufstieg, appetitanregend, egal, ob man satt war oder nicht. Ein Bündel Lanzenschäfte aus getrübtem Sonnenlicht wies den Weg zur Kasbah, wo Gewürzpyramiden die Nasen der Passanten reizten und zum

Niesen brachten: das Samtrot von Paprikapulver, das Schwarz gemahlenen Pfeffers, Pfefferkörner wie Kaviar, gemahlener Ingwer und Ingwerwurzeln, schneebedeckte Berggipfel rohen Salzes, Panflöten aus Zimtstangen, Dünen aus gemahlenem Zimt und Kümmel, nachmittaggelbes Safranpulver; Petersilie, Koriander und Krauseminzeblätter bildeten einen Urwald, Frühlingszwiebeln ein schilfbewachsenes Ufer, Knoblauch Sträuße: eine Stadt orientalischen Reichtums in nuce.

Unsichtbare Kupferschmiede schlugen das Metrum eines unhörbaren Gedichts. Geruch von Sägemehl und Zitronenholz drang wie der Duft neugeborenen Lebens aus der Ecke der Zimmermannsgilde. In den Buden der Juweliere tanzten grelle Kaleidoskope. Nähmaschinengeratter war aus der Welt der Schneider zu hören. Ambra und Moschus – egal ob vom Wal, Hirsch oder der Ratte, vermutlich aber synthetisch – betäubten bei den Parfumeuren die Passanten. Alte Frauen, aus Berggestein geschaffen, mit eingedetschten Gesichtern und greisigen Spaltkiefern, verkauften Pfauenfedern, getrocknete Chamäleons, mumifizierte Reptilien, Getränke, Kräuter; doch nur Cheira und Heira kannten den wirklichen Verwendungszweck all dieser Waren, und sie lasen außerdem noch gleichzeitig Hände und legten Karten. Oder umgekehrt.

Die Frauen gingen zum zentralen Platz des Basars, dem Treffpunkt der Fliegen, wo Metzger in ihren weißgekachelten Buden Fleisch zerhackten, zerschnitten, filetierten, entsehnten und Eingeweide und Köpfe auf den Theken drapierten. An Fleischerhaken hingen halbe und ganze Schafe, Lämmer, Hühner, Kapaune, Ochsen- und Kuhviertel, Landkarten aus zartem Rot und unverdaulichem Weiß. Schafsköpfe streckten ihre rauhen rosa Zungen heraus. Abgehackte Hufe lagen auf dem Boden. Gegenüber den Schlachtern befanden sich die Fischer, stinkend wie Meerjungfrauen, ihre Theken waren Salzstrände aus angespültem Silber und Kupfer. Aus großen Kesseln, in denen Schnecken gekocht wurden, stieg Dampf auf. Und in allen Ecken erklang das Geschrei der Händler.

Am Ende der Passage, auf dem Platz mit der Palme in der Mitte, saßen die Schreiber an Tischchen, auf denen rote Schreibmaschinen standen. Die Frauen holten den Brief hervor und gingen, eine kleine Prozession bildend, die jüngste vorneweg, auf die Schreiber zu. Dann blieben sie einen Augenblick stehen, um sich zu beraten, für welchen sie sich entscheiden sollten. Für den schönsten natürlich, doch waren ihre Geschmäcker verschieden. Die Zeigefinger an die Unterlippen gepreßt, eine Geste tiefen Nachdenkens, unterhielten sie sich über die Männer und betrachteten einen nach dem anderen.

Der älteste, der Zeichen von Vitiligo aufwies, obwohl es auch sein konnte, daß sich das Grauwerden bei ihm einfach nicht nur auf das Haar beschränkte, schied sofort aus. Seine Haut war mit Mondflecken bedeckt, Spuren verlorengegangenen Pigments. Ein anderer, der mit verknoteten Händen und kreiselnden Daumen über dem runden Bauch hinter seinem Tischchen döste, den Hut ins Gesicht gezogen, sah geheimnisvoll aus. Plötzlich schreckte er hoch, schob den Hut nach hinten; er hatte obszön dicke Augenbrauen, die er fragend hob. Er räkelte sich und zwinkerte den Frauen zu, doch die kehrten ihm den Rücken zu.

Ein dritter Mann, mit Sonnenbrille und Turban, der sich ihm wie ein Fahrradschlauch um den Kopf schlang, ohne die Kopfmitte zu bedecken, spielte mit einer weißen Maus. Sehr unhygienisch. Und als wäre das noch nicht genug, rief er ihnen noch zu: »Kommt zu mir, meine Damen, ich werde eure Enveloppen schon aufmachen!« Alles lachte. Die

Frauen schnoben stolz durch ihre pferdigen Nüstern. Die älteste entschleierte ihr Gesicht, und was sie offenbarte, ließ die Männer sofort verstummen und schamvoll die Blicke senken.

Da entdeckten sie ihn. Abseits von den anderen sitzend, tauchte er mit einemmal im grünbraunen Schatten der Palme auf. Vor ihm auf dem Tisch lag eine ordentlich zusammengefaltete Zeitung und ein Päckchen Zigaretten. Die schwankenden Palmblätter kleckerten ab und zu etwas Licht über sein hübsches Gesicht, das von einem Schwall Locken umrahmt wurde, als wären es Rabenfedern. Samt und Leben lagen in seinem Augenaufschlag, über den sich sogleich die Wimpern fächerten. Er war ganz in Schwarz gekleidet, ein Herr aus der Unterwelt oder ein Verbannter vom grünen Himmel – schwer zu sagen. Der Wind bewegte seine Haarschnörkel mit den flinken Fingern eines Friseurs. Eine einsame Locke baumelte über den Falten der nachdenklich verdüsterten Stirn. Es ging ein Traum von ihm aus, dessen dunstige Vision jedoch keiner deuten konnte.

Perfekt.

Die Frauen küßten ihre aneinandergepreßten Fingerspitzen. Und ein weiterer Glücksfall: Hinter ihm verkaufte ein älterer Mann, bekleidet mit einem Arbeitskittel und rotem Halstuch, glasierte Äpfel. Die glänzenden Früchte hingen an den blättrigen Zweigen eines dünnen Baumstamms, den er gegen die Schulter gelehnt mit beiden Händen festhielt. Sie sahen frisch aus, am Morgen gepflückt, wie er den Frauen später sagte.

Die jüngste wurde nach vorn vorgeschubst, um das Wort zu führen, und sie ließ es mit gespielter Widerwilligkeit geschehen. Dann setzte sie sich mit ihrem besten Hüftschwung, präzise einen hennaverzierten Fuß vor den anderen plazierend, in Bewegung, ein sinnlicher Ritualtanz von

Spann und Zehen in hübschen Sandälchen. Unter dem zierlichen Bogen ihrer Fußsohle hätte eine sich räkelnde Katze Platz gehabt. Sie ließ sich ihm gegenüber auf einem Stuhl nieder, auf dem ein altes Stück Sämischleder lag: Ganz langsam sanken ihre eigensinnigen Pobacken auf die braune Schafshaut herab, der schlanke Rücken folgte in einer schwungvollen Bewegung, eine elegante Phiole. Der Mann selbst saß auf einem zusammengelegten Teppich.

Schweigend, aber mit geschwätzigen Augen übergab sie ihm den Brief. Die Wimpern schienen ihrem heißen Blick Kühle zuzuwedeln. Mit einem Nicken nahm er den Brief in Empfang und öffnete den Umschlag. Der Wind spielte ein Glissando zwischen den beiden, und ihr Schleier antwortete mit einem Glissando der durchsichtigen Falten. Die Genossinnen standen direkt hinter ihr, und doch in einer gänzlich anderen Welt. Alles geschah langsam: Wie seine Finger sich bewegten – ein roter Stein funkelte an seinem Ringfinger –, wie das Papier flatterte, wie sie atmete, die blinzelnden Augen, der Sonnenkronleuchter in der Palme: träger konnte keine Seeanemone tanzen.

Der Tag würde lang werden, vor allem für die ungeduldigen Kinder zu Hause.

»Meine Dame«, sprach er und sah sie einen Moment lang an. Der Basar fiel in sein ursprüngliches Tempo und Getöse zurück. »Hören Sie zu.«

Bevor sie zu Cheira und Heira ging, brachte Mamurra den Esel ins Abqar-Tal hinunter und band ihn an einen Feigenbaum. Sie setzte sich, um Platz für ihren Bauch zu schaffen, mit gespreizten Beinen auf den Boden und streichelte den Ziegen über den Rücken. Einst, gut möglich, daß sich die Zwillinge noch daran erinnern konnten, war hier ein Bach geflossen. Jetzt war das Bett vollkommen ausgetrocknet, die

Strömung des Wassers hatte tiefe Furchen hinterlassen, Disteln wuchsen am Rand dieses Orts, wo der Bach begraben lag, die krummen Feigenbäume ließen traurig die Äste hängen, bedeckten mit den Blättern ihre fruchtlose Scham. Hier wollte sie begraben werden oder aufgebahrt für die Aasgeier.

In einem Haus fingen die Babys an zu schreien, verstummten aber nach kurzer Zeit wieder. Mamurra summte leise vor sich hin, streichelte den Bauch und blickte neben sich auf den Boden. Nein, hier gab es kein Spiegelbild, nur ihren Schatten. Das Kind in ihrem Bauch drehte sich um, und sie sah, wo sein Po gegen die Bauchwand drückte.

Sie sang:

Innige Umarmung einer inneren Welt
in meinem Bauch, dem Lebensglobus, mein Kind;
werde ich mein ganzes Leben lang spüren, wie eine
Leere meine Gebärmutter aushöhlt,
wenn du einen Kreis bildest um meine Brustwarze,
deine Arme eine Schnur um meinen Hals sind,
und du mir ganz nah sein wirst,
doch nie mehr so nah wie jetzt?

Sie fragte sich, ob das Kind nur das Klopfen ihres Herzens hörte oder auch das gedämpfte Wiege-wiegen der Feigenblätter.

Wie schön wäre es, hier Kränze flechten zu können, inmitten eines gurgelnden Vogelchors, heimlich beobachtet von Baba Baluk, den Jungen, den Männern. Nackt könnte sie ins Wasser steigen, ihr Körper im Gekräusel wie Wasser in Absinth, die äußeren Labia wie zwei Rosenblätter, die die Strömung nicht mit sich reißen könnte: sie würde sich benetzen, von den Flecken Sonnenlichts die Haut schrubben lassen, während der Wind bereitstand mit tausenden spinnwebgewebten Handtüchern. Räkelnd und rosafarben und mit geschlossenen Augen empfinge sie dann ihren Gatten, der sie bekröche, wobei sie anfangs unwillig zu sein schiene, das läge am Wasser, ihn aber dann doch mit ihrer Taunässe willkommen hieße. Den Mund würde sie zu einer Mohnkapsel hohlbeuteln, damit er seinen Durst stillte an ihrem Saft. Die Frösche würden quaken, die Grillen zirpen, die Vögel alte Motive zwitschern, dann würde er brummen und sie kurz und melodiös stöhnend den Rücken krümmen und zerspringen.

Aber sie wußte auch, daß zu der Zeit, als das Wasser rauschte und die Felder noch lebendig waren, sie sich von alledem nichts hätte ausmalen, nichts hätte erlauben dürfen. Sie war eine andere Frau geworden, früher hätte sie solche sinnlichen Phantasien verabscheut. Jetzt aber genoß sie ihren neuen Geruch und Körper. Es war noch nicht lange her, da hatte sie ihre Scham in einer Spiegelscherbe betrachtet, voller Herzklopfen und der Angst vor unsichtbaren Blicken, obwohl sie ganz allein im verschlossenen Raum gewesen war. Aber jetzt sei sie schwanger, und dann müsse sie auch diesen Teil ihres Körpers kennen, hatte sie die Tat vor sich gerechtfertigt. Und was sie sah, sie gestand es sich verlegen ein, war etwas Wunderschönes. Etwas, das sie stolz und glücklich machte; und zu Cheiras und Heiras Rührung und Freude hatte sie sich mit den beiden aufgeregt und ausführlich darüber unterhalten. Eine Gelegenheit mehr für die beiden, ihr Lieblingsthema zur Sprache zu bringen: »Wir haben unsre Rührbutte beim Altwerden verloren, wir wissen nicht mal mehr, wo sie mal war«, sagten sie und lachten selbst über ihren Witz. Mit Baba Baluk hätte Mamurra nie über so etwas reden können: Der war an Details nicht interessiert.

Eine Eidechse war Zeugin ihrer Visionen und ihres Nachsinnens, mißtrauisch und jederzeit zur Flucht bereit.

Senunu kam den Hügel heruntergeflogen und störte ihre Tagträumerei. Nachdem sein Schwesterchen sich doch seiner Obhut entrissen hatte, übte er durchs Dorf rennend seine Flugkünste. Die Flucht der Schwester machte ihm Sorgen, er würde von der Mutter sicher kein Geschenk bekommen, wenn sich herausstellte, daß er nicht auf sie aufgepaßt hatte. Aber er beruhigte sich damit, daß er sie schon auftreiben werde, wenn der Wagen in der Ferne auftauchte. Er war ja nicht umsonst, trotz des Fehlschlags neulich und des Getuschels der Kinder, der schnellste von allen!

Ab und zu hopste er in die Luft, als wolle er sich in die Lüfte erheben, wollte fliegen, doch pflückte ihn die Schwerkraft aus der Luft, wo seine Füße noch wild strampelten, dann rannte er weiter, schneller schneller, streckte die Arme aus, brachte die Feigenblätter in Aufruhr. Der Esel wurde unruhig. Mamurra erhob sich mühsam und stieg keuchend den Hügel zum Haus der Zwillinge hinauf.

Das Billigste, was die Frauen auftreiben konnten, war ein verdeckloser Wagen mit einem Karrenlenker, der aus dem gleichen Holz gezimmert zu sein schien wie das Gefährt. Er war klein und hatte viereckige Knochen. Unklar war, was so knarrte, die Planken seines Fahrzeugs oder seine Schultern. Jedesmal, wenn er röchelnd hustete, fielen Staub und Stroh von ihm ab. Die Frauen, durch den Aufenthalt in der Stadt kokett und anspruchsvoll geworden, konnten sich nur mit Mühe dazu überwinden, auf dem Karren Platz zu nehmen, und wedelten bei jeder Lungeneruption des Mannes vielfingrig die belegt riechenden Schwaden von sich weg. Kaum zu glauben, daß es ihnen bisher nicht aufgefallen war, wie erbärmlich die Umgebung war, in der sich fortzubewegen sie gezwungen waren! Und dieser vollkommene Mangel an Manieren bei den meisten Männern.

Der Mann hüstelte unaufhörlich und mußte vom Staub, den er selber abgab, ständig niesen. Er nieste auf seine höchst eigene Art, es klang wie Habtschah, Habtschah!

»Sag dann doch wenigstens ›Hatschi!‹ wie jeder vernünftige Mensch!« rief ihm die älteste der Frauen mürrisch zu.

Der Karrenlenker verstand sie nicht richtig und entschuldigte sich: »Pardon, meine Damen, ich kann nichts dafür. Ich habe früher als Vogelscheuche gearbeitet.«

Die Frau wiederholte ihre Bemerkung, lauter jetzt, er aber lächelte nur hold und sagte: »Das können Sie laut sagen, ja ja, schwere Arbeit!« Die Krähen hatten ihn ertauben lassen.

Nach einer endlos erscheinenden Fahrt erreichte der Karren im Trab das Dorf, just zur Stunde, als der Nachmittag sich allmählich abkühlte. Sie stiegen aus, von ihrem Putz war nur noch wenig übrig, alles ein Opfer von Staub und Bazillen. Sie kamen zur richtigen Zeit, denn die Babys hatten gerade ein Gebrüll angestimmt, das nur Muttermilch stillen konnte. Sie bezahlten den Eseltreiber und eilten in die Häuser, bevor er ihnen danken konnte.

Senunu kam spät nach Hause geschwebt, erquickt von großen Schlucken Äthers, an Leib und Gliedern leicht. In der Ferne sah er einen Eselskarren davonschwanken. Der Mann auf dem Bock hopste immer wieder, begleitet von höchst ungereimten Lauten, auf und ab, und der ganze Wagen, inklusive Esel, hopste mit. Er brauchte die Peitsche nicht zu schwingen, die knallte von allein. So hopsten und hicksten sie vorwärts, bis sie nicht mehr zu sehen waren.

Senunu flog ins Haus, wo seine Schwester mit einem unausstehlich triumphierenden Blick, wie ihn nur Kinder haben können, an der Zuckerglasur eines Apfels leckte. Vollkommen außer Atem flehte er seine Mutter an, sie möge ihm zuhören, er könne alles erklären, weil und dann, und er, und dann, und dann, und sie, ja, vor allem sie, ja *sie*, und er deutete mit sämtlichen Zeigefingern auf seine Schwester, und das Wasser lief ihm im Mund zusammen, und er weinte und seine Zunge raste im Schädel herum wie er am selben Nachmittag über die Felder. Echt, genau so war es!

Mutter stopfte ihm mit einem Apfel den Mund, sonst hätte er an diesem Abend nicht mehr aufgehört zu reden. Vor dem Einschlafen flüsterte er der Schwester mit klebrigen Lippen ins Ohr, was er wirklich von ihr hielt, und daß er es gar nicht ehrlich gemeint habe, als er am Morgen so lieb zu ihr gewesen sei, und daß es nie mehr, ganz sicher nie mehr vorkommen werde. Daran könne eine ganze Apfelplantage nichts ändern. Sie aber ließ sich nicht einschüchtern und bedachte ihn mit einem so verblüffenden Schwall Schimpfworte, daß man hätte denken können, Cheira und Heira seien ihre Lehrmeisterinnen gewesen. Warm war ihrer beider Atem und süßsäuerlich.

Mamurra blieb bei den Zwillingen und kehrte auch nicht in ihr jetzt unbewachtes Haus zurück. Zwei Monate lang blieb es unbehelligt, dann wurde es aufgebrochen und in Besitz genommen. Man pflückte die Trauben und verkaufte sie teilweise. Das Haus wurde zum zusätzlichen Gemeinschaftsraum umfunktioniert: Im Hof wusch man Kleider und hängte sie zum Trocknen auf, Wäscheleinen kreuzten sich mit dem Haus und untereinander wie Telegrafendrähte, auf denen die Spatzen schliefen, und wenn das Dorf sich zum gemeinsamen Essen traf, dann wurde hier gekocht. Sämtliche Spuren Mamurras und Baba Baluks wurden getilgt. Man stritt sich um den Spiegel. Abends trafen sich hier heimlich die Jungen, um Zigarettenstummel zu rauchen, die sie tagsüber auf dem Schulweg gesammelt hatten. Hier erzählten sie sich haarsträubende Sexgeschichten, ohne die Mädchen, die schickten sie erst weg.

Der Herbst hielt Einzug, nicht erkennbar an der Farbe oder den Niederschlägen, sondern nur an der Länge der Nächte; die Kinder, die Jungen, gingen zur Schule. Der Schreiber aus dem Basar – ah! sag nichts, was für ein Mann! – war gleichzeitig Lehrer, er arbeitete in einer Schule der Vorstadt. Der Schulweg der Kinder war sehr lang, sie verlümmelten, was die Mütter übrigens wußten, unterwegs mehr Zeit, als sie fürs Lernen aufbrachten. Dafür hatten die Frauen ihre Ruhe, die Jungen waren inzwischen kaum mehr zu bändigen.

Der Postbote kam und ging. Briefe brachte er nur wenig, dafür aber in unregelmäßigen Abständen einen Beutel voller Geld. Er sammelte auch das Schulgeld ein, wenig Münzen für wenig Wissen.

Weiße Eulen besuchten die Häuser und flogen von Fensterbank zu Dach. Sie heulten laut.

Vor und während der Geburt hatte Mamurra nur ein Thema: Baba Baluk. Sie beschimpfte ihn so, wie das sonst nur perfekte Mütter und Hausfrauen können. Warum nur hatte er einen Teppich der Marke Nevernym gekauft? Beschwatzen hat er sich lassen vom Händler, der ihn aus Prinzip so wenig leiden konnte wie die Dorfbewohner. Jeder wußte, und Cheira und Heira hatten ihm das auch mehrmals gesagt, daß ein Teppich der Marke Shlomon viel besser und zuverlässiger sei. Aber Männer und ihre Männersachen! Natürlich wollte der Teppichhändler an Baba Baluk seine schlechte Ware loswerden, die gute Ware war den anderen Männern vorbehalten. Sie habe selber gesehen, wie der Dorfälteste, der jetzt in der Erde vor sich hinschimmelt, sich übertrieben gestikulierend mit dem Teppichhändler unterhalten und dabei auf ihr Haus gezeigt habe. Gut, das

Verhandeln war Männersache, das wollte sie ja gar nicht leugnen, doch was konnte ein Mann schon wissen über die Qualität eines Teppichs oder über dessen Knüpftechnik! Cheira und Heira waren Spitzenkenner, doch Baba Baluk hörte nicht auf sie, lieber vertraute er dem Dorfältesten und dem Teppichhändler, blind für deren Verachtung.

»Hör zu«, hatten die Zwillinge zu ihm gesagt, »ein Nevernym fliegt am Anfang ausgezeichnet, aber nach einer Weile läßt er sich immer schlechter lenken; er bockt wie ein cholerischer Esel und ist unberechenbar, außerdem franst er leicht aus und windfest ist er auch nicht.«

Aber er wollte ja nicht hören, dieser Depp, dieser Gimpel!

Sie hatte auf ihrer linken Seite gelegen, jetzt drehte sie sich auf den Rücken. Die Preßwehen setzten ein.

Cheira und Heira forderten sie auf, zu pressen und ihre Schimpfkanonade fortzusetzen.

Dieser Gimpel, dieses Mondkalb, dieser Grützkopf: Die Zwillinge freuten sich diebisch daran. Was für eine Stimme! Und was für Worte!

»Taub und stumm sind sie, die Männer. Sie sehen nie was«, tobte Mamurra weiter. Sie konnte sich gut daran erinnern, wie Baba Baluk ihre Einwände lächelnd weggewischt hatte, und wegen dieser einen Geste, wegen dieser einen Schiefmäuligkeit hätte sie ihn jetzt erwürgen können, ihm den Hals wringen wie einen nassen Mop.

Was sollte nur aus dem Kind werden?

Cheira und Heira blieb nichts übrig, als zu nicken und sie anzuspornen.

Ihre Vagina, die sie so bewundert hatte, zerriß zur großen Wunde, ein Schlachtfeld, aus dem das Kind wie ein Überlebender hervorkroch. Das verschmierte Köpfchen mit seidigem, wie mit Pomade eingeschmiertem Haar wurde sichtbar. Ein letzter Schrei der Mutter, und das Neugeborene zitterte in den Händen der Zwillinge. Der Junge kreischte, Kopf und Mundwinkel hingen traurig herab, als wäre er erkältet. Das schwarze Hodensäckchen schien viel zu groß zu sein für den kleinen Körper. Überall an ihm waren noch die Falten der gekrümmten Haltung zu sehen. Sie schnitten die Nabelschnur durch, wickelten ihn in ein Tuch und legten ihn auf Mamurras Busen, diese aber zerfloß gerade in einer Schmerzenswelt, war ein tauentfesselter Bach.

»Mein Kind, mein Kind«, flüsterte sie weinend, »mein Kind, ich werde dich nicht verlassen.« Das wiederholte sie immer wieder, und bevor sie starb, sagte sie etwas, das Cheira und Heira nicht verstanden, die letzten Silben hörten sich an wie »bleiben« oder »schreiben«. Offenbar delirierte sie, denn sie blieb weder noch konnte sie schreiben. Vielleicht meinte sie ja Baba Baluk damit, wer weiß. Es fiel eine vollkommene Stille, das Baby atmete schnell, die Zwillinge drückten Mamurra die Augen zu und legten sich das Kind, nachdem sie es nur mit Mühe der klammernden Umarmung der Mutter hatten entreißen können, auf den Schoß und ließen voller Trauer die Köpfe hängen.

Sie begruben Mamurra unter dem Feigenbaum. Jeden Abend besuchte eine Eule das Grab und stimmte eine monotone Elegie an. Cheira und Heira kümmerten sich um den Jungen, wie sie sich um Mamurra gekümmert hatten. Sie nannten ihn Baba Baluk, nach seinem Vater und Großvater. Er wurde gestillt und bekam vierzig Tage lang Harmel eingeflößt, damit er Kräfte sammeln und tief durchschlafen konnte. Sie beschmierten seine Handflächen mit Henna, damit die Fingernägel nicht wuchsen, färbten seine Augenlider gegen das böse Auge mit Indigo, und um den Hals knüpften sie ihm ein Amulett mit Harmel, gegen Erdgeister und die Mutter der Nacht, und ans Ohr hängten sie ihm einen Kupferring, abermals gegen das böse Auge. Trotzdem wurde das Kind später empfänglich für das Flüstern und Murmeln von Finsternis und Tal. Das Abqar-Tal war nun einmal ein Ort der Heimsuchung.

Mit zwei Jahren beschnitten ihn die Zwillinge, danach brach eine Zeit der Verwöhnerei an. Um die Knöchel schnürten sie ihm ein kleines Säckchen mit Salz und Kräutern, damit sein Striemelchen rascher verheilte. Sie legten ihn sich auf den Schoß und lausten ihn. Hörbar zerknackten sie die Tiere zwischen den Fingernägeln: »Da, guck mal, was für ein großer!«

Mit fünf nahmen sie ihn zum ersten Mal auf dem Esel mit ins Badehaus. Dort lehrten sie ihn die Funktionen seiner Anatomie und zeigten ihm auch das Schwalbennest, dem er entflogen war.

»Siehst du, aus solch einer Rührbutte bist du gekrochen, und eines Tages wirst du nichts lieber wollen, als dahin wieder zurück, und zwar mit deinem Lausewenzel hier.« Und sie deuteten auf seine kleine Rute, der sie diesen Ammennamen gegeben hatten. Ihr rauhes Gelächter brach sich an den Fliesen des Badehauses. Sie lachten nur noch selten. Nach Mamurras Tod war Trauer in ihren Herzen und in ihre Blicke eingezogen. Im Dampf bewegten sich monsterhafte Schatten. Die beiden schrubbten den Jungen, als ginge es um Leben und Tod. Abgestorbene Haut löste sich; wie schwarze Würstchen, sagten sie.

Baba Baluk erschrak zutiefst, als er Cheira und Heira nackt sah. Woher hätte er auch wissen sollen, daß die beiden siamesische Zwillinge waren? Er sah die grobe Naht, die sie an den Körperseiten miteinander verband, ein schlampiger, fleischiger Batzen Teig; jede von ihnen hatte ihr eigenes Herz und jeweils einen Arm; sie teilten sich ihre Rührbutte, und hätte Mamurra sie jemals so gesehen, dann hätte sie gewußt, daß die beiden nicht gespaßt hatten, als sie behaupteten, sie hätten vergessen, wo diese liege. Irgendwo zwischen den massigen Fleischfalten und der ewigen Dämmerung mußte sie geblieben sein. Sie hatten zwei Beine, die jetzt ausgestreckt auf dem Boden lagen und die sie gerade hingebungsvoll kratzen. Wer von beiden die schwerere Last trug, war nicht zu entscheiden, und wer aus wem herausgewachsen war, auch nicht. Baba Baluk brach in untröstliches Weinen aus. Nach beendigter Waschung glänzte er in seinem neuen Gewand, das die Zwillinge für ihn gekauft hatten, wie Ebenholz. Das Sonnenlicht glitt an seiner Haut herab.

Als Baba Baluk sieben wurde, brachten Cheira und Heira ihn ins Abqar-Tal, zum Grundstück mit den Feigenbäumen, das er geerbt hatte. Sie gaben ihm einen Krummstab und eine Schäfertasche. Von nun an mußte er die beiden Ziegen seines Vaters hüten. Ein kleiner Bach, der gerade laufen gelernt hatte, holperte unter den Bäumen entlang, und Gras sproß dort für sein Vieh. Die jungen Halme bewegten sich im Wind, erstaunte Keimlinge in einer neuen Welt. Unter dem Baum hatte sich ein Findling niedergelassen, er hatte dort eigentlich nur etwas Kühlung gesucht und mußte jetzt erkennen, daß seine Reise hier zu Ende war: Er wurde zum Sitzplatz des jungen Schäfers. Dort aß Baba Baluk mittags Roggenbrot mit Käse und Oliven. Seine Fingerspitzen wurden ganz gelb von den Mandarinen und Orangen, die er Tag für Tag schälte und tropfend verschlang. Danach hielt er einen Mittagsschlaf.

Der Postbote verließ das Dorf. Weil um die Mittagszeit immer alle Siesta hielten, sah nie jemand, daß währenddessen Tag für Tag in einer Fata Morgana Paravion auftauchte: graue Kuppeln von alten Kirchen, verwitterte Kirchtürme, in denen Glocken zwar glitzerten, doch schwiegen, obwohl sie einst vermutlich lang und wohllautend geklungen hatten. Andere schlanke Türme überragten sie, zu welchen Gebäuden sie gehörten, war nicht zu erkennen, so hoch reichte die Fata Morgana nicht. Auf den Stromleitungen der Straßenbahnen schliefen die Spatzen, wunderliche Wolken schmückten den Azur, und überall an diesem glückseligen Ort atmete reiches Schattenlaub, eine grüne Antwort auf die Baumwolle, die am Himmel wuchs.

Der Postbote schauderte durch die Luftspiegelung, als führe er durch flappernde Schleiergewänder, er stoppte sein Solex vor den Toren der Stadt und stieg ab. Dann warf er sich die Posttasche über die Schulter, spuckte aus, nickte den Torwächtern zu und betrat Paravion.

II

1

Ein Mandelbaum blühte als erster.

Auf Befehl des Windes hin huben die Bäume im Tal an zu sprechen, sie schüttelten die Blätter wie Waschfrauen am Waschtag ihr Leinzeug, der Bach strömte entschlossen und brachte Abkühlung, die Feigen reiften. Im Wasser trieben Goldfrüchte, die die Sonne fallen ließ. Die Ziegen waren wohlgenährt, und in ihrem Meckern klang ein trauriges Vibrato. Baba Baluks Stirn war schön rund, er hatte den Mund seiner Mutter, die Oberlippe war bei den Schneidezähnen etwas aufgeworfen, die Unterlippe hing leicht herunter, ein kleines Becken bildend, in dem Speichel glitzerte und das das Zahnfleisch entblößte. Er hatte eine reizende, runde Stupsnase, und seine Wimpern wölbten sich stolz wie die Blätter einer vollerblühten Lilie. Im Weiß seiner Augäpfel lag ein weiter, diesiger Himmel. Die genetischen Wunder seiner Mutter glommen an verschiedenen Stellen. Der Rücken war hohl und der Bauch rund, sein Hintern sprang hervor. Die Sohlen seiner hornhäutigen Füße waren wie grobe gelbliche und rosafarbene Schuhe, weil er immer barfuß ging. Er war schweigsam, bewegte sich still und mit launiger Anmut, strahlte die junge Ruhe eines Kindes aus, das unerfüllte Wünsche gewöhnt war. Cheira und Heira waren seine Mütter. Obwohl sie sich in einem Sarkophag aus apathischer Schwermut zu bewegen schienen, war ihre Liebe für das Kind überschwenglich. Die Kräfte hatten sie zum großen Teil verlassen, die Dorfjungen, die sie jetzt in

Ruhe ließen, hatten keine Ahnung, daß ihre verkrümmten Finger kaum noch zwicken konnten. Sie waren vertrocknet und knotig wie Reisigholz und würden vermutlich zerbrechen.

Wie schon bei seiner Mutter war es eine intensive Liebe, die sich nur körperlich zum Ausdruck bringen ließ. Und wie zärtlich sie ihn zwickten und mürbe drückten! Die Milch, mit der er gestillt worden war, hatte gute Arbeit an seinem Skelett und seinen Muskeln getan. Zum Frühstück bekam er Honig, Datteln und Feigen und zum Abendbrot verschiedene Arten Fleisch und Gemüse und Kartoffeln.

Alles, was geschah, ertrug er mit großer Gelassenheit, mit Weisheit, wie es schien, doch kann man Einfältigkeit und Weisheit bei einem Kind oft nur schwer unterscheiden. Jeden Nachmittag, wenn die anderen Kinder aus der Schule kamen, stürzten sie sich auf ihn und ließen Füße und Fäuste auf ihn niederprasseln. Wehrlos nahm er die Tracht Prügel entgegen, ohne sich bei seinen Müttern darüber zu beklagen, und winkte seinen Peinigern sogar noch nach, nachdem er sich aufgerappelt hatte und sie davongerannt waren, enttäuscht, weil er nicht weinte und nicht schrie. Die Aggressivität der Kinder war unerklärlich, für Baba Baluk war sie ein selbstverständlicher Teil seiner Kindheit, die sich an der Schwelle zur Jugend bewegte. Nur Senunu hielt sich abseits, er hatte himmlische Weiten zu erkunden.

Was das Kapitel Dorfjungen und Schule betrifft, so vergaßen diese alles, was sie morgens im Unterricht lernten, mittags während ihres langen Nachhausewegs schon wieder. Am nächsten Morgen auf dem Weg zur Schule erinnerten sie sich dann vage an den Unterrichtsstoff, an Schatten von Lehrerworten, an Geisterfragmente aus Büchern, die in den Maschen ihres Gedächtnisses hängengeblieben waren.

Leichter und rascher lernten sie dagegen Rauchen und Masturbieren. Einer von ihnen tat dies sogar immer wieder während der beklemmend öden Unterrichtsstunden, die bloß aus Vorlesen oder Wörterlernen bestanden. Wie er sich unbemerkt einen Schleimbatzen, eine Mischung aus Luftbläschen und Speichel, es sah aus wie Froschlaich, in die Handfläche spucken konnte und sich ohne hörbare Schmatzgeräusche einen abhobelte, war ein Geheimnis und ließ sich gewiß nicht in Schulbüchern ergründen. Der Lehrer bemerkte es nie, obwohl die Jungs hinter vorgehaltenen Händen kicherten.

So geschickt schon die jungen Mädchen das Haar nach hinten streichen können, um es in einen Pferdeschwanz oder einen Knoten zusammenzubinden, so versiert waren die kleinen Jungen im Onanieren.

Über dem Schulhof voll mit Kies und Stimmen schwebte Senunu umher und sah unter sich das Chaos aus spielenden und, was öfter der Fall war, sich prügelnden Kindern. Unter einem Vordach befand sich die offene Hölle nie gereinigter Latrinen. Sie waren so ekelerregend, daß der verlegenste Junge der Klasse sie nicht zu betreten wagte. Weil der arme Knabe aber keine Kontrolle über seinen Schließmuskel hatte, geschah es, daß er aufgrund dieser Empfindlichkeit fast täglich die Schule mit einer wohlgefüllten Hose verließ, als trüge er noch Windeln, die er zeitlebens nie getragen hat, und mit einer Schar Fliegen als Gefolge. Natürlich war er das Gespött der Schule, aber verdroschen wurde er nie; er hatte ja auch ein sehr wirksames Abwehrgeschütz. Die Hiebe bekam er dann zu Hause, was seiner Sauberkeit nicht unbedingt Vorschub leistete. Einmal half ihm Senunu, sich und die Hose beim verlassenen Brunnen zu waschen. Zusammen warteten sie, bis die Hose, schwarzgestreift und rosa, getrocknet war, Senunu hielt den Arm um die Schultern des Jungen gelegt. Danach gingen sie nach Hause, glücklich, stolz und sich einer gewaltfreien Heimkunft sicher.

Warum er so spät sei? erkundigte sich die Mutter mit bereits erhobener Hand. Warum sie ihn das frage, wenn sie es gar nicht wissen wolle, wunderte sich der Junge, während er in eine Ecke gekauert sich Herz und Lungen herausplärrte und über seine schmerzenden Stellen strich. Zum Glück mischte sich sein Vater nicht ein, das ersparte ihm eine weitere Tracht. Er schwor sich jedoch, daß er nie, nie im Leben diese Latrinen betreten werde. Dann lieber eine Tracht Prügel. Oh, paradiesische Kindheit.

Dabei war es keineswegs so, daß die Jungen etwaige Züchtigungen, die sie auf der Schule erlitten, an Baba Baluk abreagierten. Der Lehrer, der zerstreute, melancholische Schreiber, schlug sie nie. Zu blöd nur, daß einer der Schüler dies dem Vater erzählte, der sogleich am nächsten Tag in der Schule auftauchte, den Sohn wie den Lehrer verfluchend, weil sie ihn zu diesem Gang nötigten. Also schloß er seine Frau im Haus ein und ging die Asphaltstraße entlang zur Schule, als bestiege er einen Berg. Beim Schultor nahm er den Lehrer beiseite und brachte laut und empört sein Anliegen vor. Warum er die Kinder nicht schlage? Was für eine Unterrichtsmethode der gute Mann sich einbilde? Wie er den Kindern auf diese Weise etwas beizubringen gedenke? Und während er so sprach, hackte der Mann in die Luft, als ob er in der Hand eine unsichtbare Gurke hielte. So, so müsse man das machen.

»Ein Kind hat Rechte, Herr Lehrer, und Sie haben Pflichten!«

Der Lehrer hörte geistesabwesend zu, ließ ab und zu seinen Blick schweifen, nickte und versprach Besserung, worauf er die noch immer zuhackende Hand des Mannes, nachdem er sie einige Male vergeblich zu haschen versucht hatte, endlich fing und schüttelte. Der Mann entfernte sich ächzend und zufrieden über die zweifellos bevorstehende Veränderung. Zu seiner Frau sagte er, daß jetzt alles gut werde.

Die Jungen saßen gelangweilt in ihren Schulbänken, die Fingerspitzen violett von der Tinte, die Hefte voller Flecken und Tätowierungen. Das Klassenzimmer besaß keine Fenster. Und trotzdem hatten die Kinder einen Blick, als starrten sie durch Fenster in eine schummrige, augenermüdende Landschaft. Die Schulglocke läutete, und sie schreckten zusammen. Weg waren sie.

Baba Baluk trieb die beiden Ziegen bimm-bammelnd den Hügel zu seinem Haus hinauf. Sein Körper schmerzte von all den Schlägen. Das Abendrosa legte einen sanften Schleier über Felder und Berge. Ein Gefühl der Sicherheit und des Glücks erfaßte Baba Baluk. Er hatte die Schmerzen im Bach abzuwaschen versucht, und jetzt prickelten seine Glieder vor Sauberkeit. Er hatte im Wasser geplanscht, umfangen von goldnem Staub und grünem Schatten, umweht von einer Brise wie der Atem aus dem Mund eines Mädchens, das Erdbeeren und Zitronen gegessen hatte. Die Bäume hatten bereitgestanden mit ausgebreiteten Handtüchern, gewebt aus Sonneneinschlag und Chloroformschuß, flaumige und weiche Herbstbaumwolle. Weiß und rot spielte das Licht in seinen geschlossenen Augen, ein Sturz in die Tiefen seiner Pupillen. Die Ziegenglöckchen hatten sein Bad begleitet, Musik, die ihn stets umgab und am Morgen weckte.

Während des Abwaschs nach dem Abendessen fragten die Mütter die Jungen, was sie in der Schule gelernt hätten. Die Mädchen hörten, den Daumen im Mund, der Geschichte schläfrig zu, jeden Abend dieselbe, denn es war die einzige Geschichte, die die Jungen sich merken konnten. Die Mütter unterbrachen sie, um die Daumen aus den Mündern ihrer Töchter zu ziehen.

»Hör auf, am Daumen zu lutschen!« sagten sie dann. »Sonst darfst du nicht mehr zuhören.«

Die Mädchen zuckten mit den Schultern, na und? Erpressen ließen sie sich nicht. Außerdem wollten sie ihren Brüdern nicht das Gefühl geben, daß sie ihnen gerne zuhörten.

»Ich verstehe nicht, was daran schmecken soll«, sagten die Mütter, nicht zum ersten Mal.

»Es schmeckt nach Tomaten und Bananen«, parierten die Mädchen, die Mundwinkel naß vom Speichel, schwer verständlich, als kauten sie tatsächlich auf Tomaten und Bananen.

Dann erzählten die Jungen die Geschichte weiter, die der Lehrer so oft schon vorgelesen hatte. Die Geschichte spielte in einer Schule irgendwo auf dem Land. Eines Tages fragte der Lehrer die Kinder in der Schule ab, die nur aus einem Klassenzimmer bestand, wie man auf dem Bild im Buch sehen konnte. Jedesmal, wenn einer der Schüler die Antwort nicht wußte, wurde sie durchs offene Fenster hereingerufen. Nachdem dies einige Male geschehen war, ging der Lehrer hinaus, um das Orakel zu suchen. Und was war es? Ein Schäfer, der seine Schafe immer in der Nähe der Schule hütete, saß zusammengekauert unter dem Fenster. Er wußte die richtigen Antworten. Unter dem Fenster versteckt verfolgte er den Unterricht, und er war so wissensdurstig – der Lehrer runzelte die Brauen und warf einen Blick auf seine Klasse –, so wissensdurstig war er – er wiederholte das Wort extra noch einmal –, daß er sich alles merkte. Davon beeindruckt beschloß der Lehrer aus dem Buch, daß der Schäfer von nun an am Unterricht teilnehmen dürfe. Und er wurde der beste Schüler von allen und später ein berühmter Wissenschaftler, was für ein Streber.

In Augenblicken wie diesen vermißten die Jungen ihre Väter, die für solche Gelegenheiten immer eine passende Bemerkung parat hatten, wie auch für den Fall, daß die Frauen wieder mal die Leier herunterrasselten, wie ungeheuer wichtig die Schule und das Lernen doch seien.

»Wenn du zur Schule gehst«, sagte die Mutter und streichelte ihren Sprößling voll antizipierender Hoffnung, »lernst du lesen und schreiben. Und dann wirst du ein berühmter Wissenschaftler, und Mama ist ganz stolz auf dich.«

»Ein Wissenschaftler?« Vater warf ihr dann einen Blick zu, als hätte sie gesagt: ein Stricher. »Pah, er soll lieber lernen, wie man Kartoffeln anhäufelt.«

Solche Dinge knüpften das Band zwischen Vater und Sohn enger.

Die Mädchen waren inzwischen eingeschlafen. Sie hatten die Geschichte schon so oft gehört.

2

Die Ziegenglöckchen weckten Baba Baluk und begleiteten ihn den Hügel hinab. Die Ziegen grasten und fraßen Kakteen und Olivenblätter. In der Ferne sah er die Jungen zur Schule gehen, rennen, hopsen, sich schubsen und sich fangen. Er setzte sich auf einen Stein. Die Stimmen erstarben, und süß und beruhigend drang in sein Ohr das Läuten der Ziegenglöckchen.

Irgendwo testete eine Grille ihr Morsealphabet, ein Kukkuck zählte eine Ewigkeit von Stunden auf, eine Krähe krächzte, ein Frosch furzte, der Esel iahte, doch nichts war lauter als das bimmelnde Läuten der Ziegenglöckchen.

Der Himmel öffnete sämtliche Pforten, um Raum zu schaffen für die Sonne, die zenitwärts kletterte, die Stille traf Vorkehrungen für die Siesta, die Frauen in den Häusern hielten ihre Morgenrituale, die sieben Mädchen, ein paar Monate älter als Baba Baluk, lümmelten gelangweilt herum. Wie jeden Morgen rochen die Häuser nach benutzten Latrinen und Krauseminzetee. Aus dem ältesten der Mädchen, einst mit begehrenswerten Rundungen ausgestattet, in der Jugend gereift, war inzwischen ein gemütliches Magoggelchen geworden, das vom Heiraten träumte. Im Haushalt wollte sie nicht mithelfen, manikürte sich die Nägel und war hochnäsig wie eine junge Braut. Ihre Mutter, die älteste unter den rasch alternden Frauen, konnte ihr Bett nicht mehr verlassen, ermattet vom Leben und Gebären; sie sollte noch am selben Tag im Mittagsschlaf sterben. Die restlichen

Frauen, nicht nur die Mütter, sondern auch die Jungfern, würden sie überleben und in Altersschwachsinn versinken. Baba Baluk hatte noch den Schlaf in den Gliedern und Lidern und war wie hypnotisiert vom Läuten der Ziegenglöckchen.

Im ingwerfarbenen Innern ihres Häuschens, das nach gefolterten Kräutern und deren pulverisiertem Geist roch, saßen Cheira und Heira und starrten traurig ins Leere. In Ritzen und Schlitzen wartete der Tag, ohne die Erlaubnis zu erhalten, eintreten zu dürfen. Nach einem Seufzer nahmen sie die Arbeit wieder auf, wie ein Rosenkranz glitt eine Blütenkette durch ihre verschrumpelten Finger, in der Ferne hörten sie die Ziegen. Sie hielten das Collier hoch, an dem sanft Blüten von Granat, Mandeln und Zitronen baumelten, Marionetten gleich, die sprachen mit geliehenen Stimmen, in diesem Fall dem Läuten der Ziegenglöckchen.

Die Schulglocke ertönte, und die Schüler stürmten aus den Klassenzimmern. Der Lehrer nahm sein Feuerzeug, Marke Zarolho, aus der Brusttasche, und sofort flammte eine prometheische Glut auf, welche seine Zigarette, Marke Casa Sport, in Brand setzte, sie schien nicht aus Tabak, sondern aus Reisig zu bestehen. Nikotin und Teer sengten Löcher in des Lehrers Lungen, wie Reißzähne trat der Rauch aus seinen Nasenlöchern. Auf der Galerie stehend, ließ er den Blick über den Hof schweifen. Die Stimmen hatten den Platz verlassen, und es herrschte jene außergewöhnliche Stille, wie sie nur auf Schulhöfen vorkommt: eine flirrende Stille, als wären die Stimmen nicht verschwunden, sondern holten nur kurz Atem, um gleich wieder losplappern zu können. Eine Stille mit Erinnerungsvermögen. Und rund um Baba Baluk herum wurde die Stille mit kurzen Klapsen verjagt vom Läuten der Ziegenglöckchen.

Was für ein lärmiges Land, dachte der Lehrer; während

auf weitgestreckten Ebenen und in schroffen Bergpässen die Stille über eine Bevölkerung aus Grillen regierte, wurde dieses Schweigen andernorts übermäßig kompensiert, nämlich dort, wo sich die Menschen drängten, sei es in Siedlungen, Dörfern oder Städten. Dort war das Reich der Stimmen, wie jetzt im Basar, den er betrat, um sich an seinen Tisch zu setzen. Er nutzte die Mittagspause stets, um sich als Schreiber zu verdingen. Der Apfelverkäufer kam gleichzeitig mit ihm dort an, die glasierten Früchte umkränzt von jungen Blättern. Auf einem staubigen Feld luden die Disteln die Ziegen zu einer Mahlzeit ein; die Tafelmusik oblag dem Läuten der Ziegenglöckchen.

In der Stadt drängelten sich die sieben Jungen vor dem Eisverkäufer, er hatte lediglich drei Sorten Eislollis im Angebot: rot, farblos und weiß. Das rote Eis bestand aus gefrorenem Wasser mit Farbstoff und schmeckte wie das farblose: nach nichts. Das weiße aber bestand aus gefrorener Milch und lag in einem Extraeisfach. Mit dem Zahnstocher in jedem Würfelchen sah es aus wie ein kleiner Nordpol mit Polstange. Echtes Eis, pistaziengrün, erdbeerrosafarben, zitronengelb und negerleinbraun-schokoladig, luftig wie gefärbte Baumwollzausel, in echten Waffeln und Hörnchen, gab es bei anderen Eisverkäufern, doch dafür reichte ihr Geld nicht. Der Eisverkäufer trank eine Orangina, Flöhe aus Kohlensäure sprangen auf und ab, und die Eiswürfel klickerten gegen das Glas und klangen wie das Läuten der Ziegenglöckchen.

Es war Zeit für den Nachmittagsunterricht, der Lehrer stieg gemächlich die Treppen zum Klassenzimmer hoch, wo alle acht Schulbänke leer waren. In der Ferne kauerte ein Junge einsam vor einem Bach und wusch weinend seine Hosen, ein Kranz aus smaragdfarbenen Fliegen umsummte ihn erst und trollte sich dann enttäuscht. Er schluchzte und wischte sich die Tränen weg, die trotzdem weiterflossen. Seine Wangen waren so rot wie der ausschlaggerötete Hintern. Er wurde schlichtweg windelweich gedroschen. Irgend jemand sollte mal ausrechnen, wieviel Liter Tränen in einer Kindheit durchschnittlich vergossen werden. Er hängte die Hose auf, und als sie trocken war, zog er sie an und ging nach Hause. Dort schlich er sich ins Haus, Vater schlief angestrengt, Mutter war beim Hühnerfüttern hinterm Haus, wobei sie sich mit der Nachbarin unterhielt, man konnte ein Gegacker kaum vom anderen unterscheiden. Er wußte nicht, was er tun sollte, wenn sie ihn jetzt entdeckten, kassierte er eine Tracht Prügel, weil er die Schule schwänzte, käme er später zurück, erwartete ihn wieder eine Abreibung, weil seine Mutter ihm nicht glauben würde, daß er unbesudelt den Tag überstanden habe. Denn wie gründlich er auch wusch, die Mutter fand stets ein Zeichen an seiner Hose; waren es nicht gelbe Streifen, dann trockenharte Falten im Hosenstoff. Also beschloß er, später wiederzukommen, und schlenderte über die dunstigen Felder, wo ihm ums Herz ganz wehmütig wurde vom Läuten der Ziegenglöckchen.

Als die Jungen mit dem Lecken fertig waren, bereuten sie es, ihr Geld für Schmelzwasser ausgegeben zu haben. Die Zahnstocher wippten zwischen ihren Lippen. Der Geschichtenerzähler gestikulierte heftig und bannte darauf mit ausgestreckter Hand – »Hört zu!« – die atemlose Aufmerksamkeit. Beim Kiosk, er hieß Sidi Garrot, suchten sie nach Zigarettenstummeln, fanden aber nur eine Münze und wurden schließlich vom griesgrämigen Verkäufer verjagt. Beim Kino »Coulisses« starrten sie begierig auf die zerfetzten Filmplakate und seufzten traurig. Ein Mann, der gerade eine Eintrittskarte kaufte, fragte sie, ob sie hinein wollten. Sie zeigten ihm zur Antwort das Futter ihrer Hosentaschen.

Er nickte und sagte: »Wenn ihr hier auf mich wartet, erzähl' ich euch nachher den Inhalt.« Er lachte und tauchte in die Unterwelt ein. Ein schwarzer Wasserverkäufer in langem rotem Hemd, dessen Saum er unter den Gürtel gesteckt hatte, einen Wassersack aus Ziegenleder über die Schulter geschnallt, mit weißer Pumphose, gelben Babuschen, bimmelte mit einem Kupferglöckchen, ein Geisterecho vom Läuten der Ziegenglöckchen.

– Sicheln. Linien und Sicheln ratterten der Esel und der Karren. Die Jungen blieben stehen, als sie einen Trauerzug sahen. Der taube Karrenlenker war in den Sielen gestorben. Seine mit Stroh gefüllten Lungen hatten keine Luft mehr bekommen, er hatte sein gesamtes Phlegma ausgehustet, von den Lymphdrüsen gekratzt wie Essensreste aus einem zerbeuteln Topf. Mitten auf dem Marktplatz der Stadt waren Leben und Karren plötzlich stehengeblieben. Nicht mal der Höllenlärm der Hupen konnte ihn noch wecken, und hätte es auch nicht gekonnt, wäre er noch am Leben gewesen. Seine Leiche wurde auf dem Karren aufgebahrt, um zum Friedhof gebracht zu werden. Freunde, Familienmitglieder und Krähen folgten ihm. Der Esel war so daran gewöhnt, daß sein träger Schritt von einem Husten unterbrochen wurde, der ihn und den Karren hochhüpfen ließ, daß er dies auch jetzt noch tat, obwohl sein Herr und Meister sich nicht mehr rührte. Alle paar Meter hickste der Karren, und die Leiche federte mit: Linien und – hops – Sicheln, so rhythmisch wie das Läuten der Ziegenglöckchen.

In den grünen Tälern, wo Anemonen blühten, hütete ein alter Schäfer seine Herde und zerriß mit seiner Schalmei die kühle Stille. Das Echo erwiderte das Pfeifen. Am Narvelmeer zog der Fischer die Netze ein, schwer von Leichen und zappelndem Silber. Um ihn herum flatterten weiße Eulen und fragten »u-hu?«, um wieviel trauriger war dieser Gesang als das Läuten der Ziegenglöckchen!

In der Fata Morgana wurde Paravion geboren, ein Spiel aus flirrenden Linien und ineinander verschwimmenden Farben. Die Kirchtürme schwiegen vor einem Hintergrund aus buckligen Wolken, die Glocken waren alt, und aus einer kaum sichtbaren Vergangenheit vernahmen sie, als wäre es eine Erinnerung aus Kinderzeiten, ihr eigenes Gebimmel wie das Läuten der Ziegenglöckchen.

In der Bar Zach erzählten sich der Postbote, der Teppichhändler und der magere, noch lebende Eseltreiber Geschichten und schlürften süßen Minztee. Das Teehaus barst von Stimmen und haarsträubenden Geschichten. Draußen blühte ein Baum mit glasierten Äpfeln, die Zweige bogen sich unter der Last, und die Früchte schwankten auf und nieder, noch nicht ganz reif. Sie glänzten wie Billardkugeln. Der Eingang des Teehauses war mit einem Perlenvorhang verhängt, jeden Neuankömmling mit einem leisen Klimpern ankündigend, das klang wie das Läuten von Ziegenglöckchen.

Unter den Feigenbäumen hing eine absinthgrüne Glut. Baba Baluk aß sein Brot, die Oliven und den Käse und schlummerte langsam ein. Ein unsichtbares Moped summte. Er schrak auf, blinzelte, sah fern in der Fata Morgana einen dunkelroten Schleier flirren, eine Spiegelung des Sonnenlichts womöglich. Im Hintergrund zählte der Kuckuck eine Ewigkeit von Stunden auf, ohne dessen müde zu werden, die Grillen zirpten, das Bächlein war aufs Zungenreden verfallen. Süß drang ihm ins Ohr und verwandelte sich dort in etwas anderes das Läuten der Ziegenglöckchen.

Baba Baluk spürte etwas an der Schulter und erwachte langsam. Er blinzelte träge, die Augen wollten sich nur widerwillig öffnen. Traumfetzen kämpften mit der Umgebung um Vorrang. Er rieb sich den Schlaf aus den Augen, gähnte, streckte sich und sah auf. Um ihn herum standen die Dorfjungen, übersät mit Flicken aus Schatten, Sonnenlicht und Ultramarin: Es war Zeit für seine Tracht Prügel. Sie waren früh heute; das Schulschwänzen hatte ihrer Laune merkwürdigerweise gehörig Abbruch getan. Draußen vor seinem kleinen Garten sah der Schäfer, wie Senunu fliegend seine Kreise zog.

Er nickte und wollte sich erheben, wurde aber daran gehindert. Die Jungs gingen zum Angriff über, drückten ihn zu Boden, traten ihn und zogen ihn durch den Staub. Die Ziegen rannten davon. Es war ein Ritual, das Baba Baluk in- und auswendig kannte, und weil er wußte, wo und wann welcher Schlag und welcher Stoß erfolgen würden, wußte er auch, welche Haltung er einnehmen mußte. Also warf er sich auf die eine Seite, um den schlechtgezielten Tritt in die Lenden zu empfangen, dann auf die andere, um eine Faust im Rückgrat zu spüren; auf dem Bauch liegend erhielt er einen Tritt gegen den Hinterkopf; instinktiv verdeckte er sein Gesicht und preßte die Beine steif aneinander, um sein Leben zu schützen. Vielleicht machte es den Jungen deshalb so wenig Spaß; ihre Aggression war lustlos, pflichtgemäß, ihre Schläge waren ohne Elan. Selbst das Spucken machte ihnen Mühe, Speichel, rot vom Eis, flog ihm matt um die Ohren, der Masturbant aber hatte seine Mundflüssigkeit bereits aufgebraucht.

Mißvergnügt ließen sie von ihm ab und rannten davon. So machte das Ganze keinen Spaß. Senunu wollte hinter ihnen herlaufen, hatte aber vergessen, daß er in einem Baum gelandet war, und stürzte ab. Humpelnd und zusammengekrümmt, die Flügel zerzaust, stolperte er weiter, ihm war schlecht vor Schmerz. Der Schäfer, der nicht begriff, was los war, stand auf, ging zum Bach, zog sein ockerfarbenes Gewand aus und stieg ins Wasser. Im Laub bewegte sich etwas, sprang von einem Baum zum anderen, große Flügel schossen vorbei, ein goldnes Gekräusel. Als er einen Schlag zwischen den Schulterblättern spürte, erstarrte er für einen Augenblick.

Plötzlich war da dieses Mädchen. Wie es beschreiben? Stück für Stück, so wie Baba Baluk es gewahrte, während er den Kopf hob? Auch eine Eidechse, unterwegs wer weiß wohin, hielt einen Augenblick inne, um das Mädchen zu betrachten. Es starrte ins Leere, die Spiegelung des Wassers glitt über sein Gesicht und die leicht gebogenen Schienbeine, ein Kettenpanzer aus Schleiern. Die junge Frau trug ein ärmelloses Kleid aus weinroter Gaze, durch die neblig ihr heller Körper rosa schimmerte. Ihre großen Zehen bogen sich aufwärts, berührten den Boden nicht, ragten aus den übrigen geordneten Zehen mit muschelfarbenen Nägeln hervor. Ihre Knie, unbedeckt von der Aurora ihres Schleiers, hatten die Form von Birnen, Ausbeulungen in glatten, schlanken, geschmeidigen Beinen. Sie war hellhäutig, von fast krankhafter Blässe, wäre da nicht die Sonne, die sich erfreute an diesem Weiß, auf das Gelb und Grün gekleckert waren, glänzend wie Ölfarbe, Farbstudie für einen Zitronenbaum. Sie sah müde aus, schien eine lange Reise hinter sich zu haben. Sie schüttelte ihre Glieder, strich unsichtbare Knitterfalten glatt. Die Blätter rauschten.

Unter Wasser bedeckte Baba Baluk mit beiden Händen seinen schwimmenden Lausewenzel, der einzige Fisch, der in diesem Bach leben wollte. Sie sah ihn an und lächelte mit Lippen wie ausgestreckte Ibisflügel. Ihre schmalen Schultern hingen kopfstehenden Fragezeichen gleich unter den Strähnen ihrer rabenschwarzen Locken. Die Welt zog sich probeweise ein Glitzerkleid an und betrachtete sich in den

Spiegeln ihrer Augen, aus denen plötzlich alle Farbe wich: Die Sonne schien darauf.

Der Schäfer wußte nicht, was er tun sollte, er starrte auf seine Beine, die unter den Wasserriffeln tanzten. Dann hob er wieder den Kopf und hoffte insgeheim, sie wäre verschwunden. Sie aber hatte sich ans Ufer gesetzt.

Langsam stippte sie ihre flaumigen Finger ins Naß und zog Schnörkel und Kringel ins Wasser, eine unleserliche Handschrift. Ein paar Locken fielen ihr in die Stirn, neugierig, was die Hände da taten. Aus hochgezogenem Mundwinkel blies sie sie weg. Die Wasserrillen versuchten, ihre Hände mit sich zu ziehen, bildeten ein Kreiselnest für etwas, das sie wohl für einen kleinen Schwan hielten. Das schien sie zu erfrischen, ihre ganze Haut sog die Feuchtigkeit auf.

»Mein lieber Baba Baluk«, hob sie an. Was anfangs ausgesehen hatte wie blaue Reflexe im Haar, waren jetzt tatsächlich blaue Blumen, Flachs. Sie schöpfte Wasser und führte die gekrümmte Hand zu ihrem getüllten Mund, wie neugeboren bebte das Wasser in der Hand. Sie trank und zupfte danach mit nassen Fingern an ihren Weidenlocken.

»Warum läßt du dir das gefallen?«

Der Kuckuck rief ein paarmal seinen eigenen Namen. Sie schöpfte noch einmal aus dem Born, eine Nabelschnur aus Wasserzapfen zwischen den Fingern, eine weitere Geburt. Jetzt war sie gelabt, die Augen erquickt, das Gesicht taubedeckt.

»Man kann sich verteidigen. Und nicht nur mit den Händen.«

Sein Gewand lag zu weit weg, um es erreichen zu können, auch sein Stock und sein Schäfersack, welcher ihm als Feigenblatt hätte dienen können, dessen Kumpane sich übrigens ebenfalls außerhalb seiner Reichweite bewegten.

»Du bist noch nicht sehr reif.«

Jetzt erhob sie sich resolut, griff sein Gewand und setzte sich auf einen Felsen.

»Komm und hol es dir.«

Er hätte heulen können. Sie hatte die Knie aneinandergepreßt, die Zehen aufgestützt und zog die Schultern hoch, als sie das Kleidungsstück an die Brust drückte. Nacht, Morgenabendrot und ein noch unvollendeter Mond – daraus bestand sie. Ihre Augen waren verschattet, die Arme samtüberzogen von haarigem Licht.

Langsam stieg Baba Baluk aus dem Bach, das Wasser glitt in Schlieren von seinem Körper wie von einem Felsbrocken, und trat auf sie zu. Sein Fisch schwappte hin und her.

»Du bist«, sagte sie, während sie genau hinschaute, »du bist«, wiederholte sie mit so etwas wie Bewunderung und Erfahrung in der Stimme, »groß geworden.« Und brach in ein Lachen aus. Dann gab sie ihm sein Gewand zurück, das er verkehrt herum anzog.

»Es gibt so viel, was ich dir erzählen muß«, fuhr sie fort, »und noch viel mehr, was ich dir beibringen muß. Komm her und hör zu.«

Es kam zu einer kleinen Rangelei, als sie versuchte, ihn an sich zu ziehen, und er sich wehrte. Im Baumgeäst erhob sich ein Aufstand, die Ziegen stürzten davon, schleiften die Stengel der Disteln mit, die Zweige schienen den Armen des Mädchens beizustehen. Schäfer und Mädchen waren in ein Gestrüpp gestürzt. Er kullerte in ein Wirrwarr aus weichen, aber starken Armen, Zweige und Äste pieksten ihn. Schließlich gab er jeglichen Widerstand auf und lag in ihrer Umarmung. Ihr Atem war warm und süß, als hätte sie gerade warme Erdbeeren gegessen, ihre feuchten Handflächen unter seinem Kinn rochen nach Anis, die Spitzen ihrer Locken kitzelten ihn an der Stirn. Er legte seinen Kopf auf ihre Hüfte.

Wunderbar war das Geräusch des Windes im Feigenbaum und wunderlich der Laut des kleinen Bachs, als er die Augen schloß und sich sogleich in einer Welt befand, deren Inneres mit dem Stoff ihres Kleides gefüttert war. Ihr Atem hollerte ihm über das Gesicht. Sie umschloß ihn wie die Schale einer Frucht das Fleisch. Als sich auf ihrer Haut die Haare stellten, fühlte sich das an wie die Oberfläche handgeschöpften Papiers, ansonsten aber war sie nestwarm und daunenweich.

Im Bachbett glitzerte ein Goldpfeil.

»Hör zu!«

Schon bald nach der Abreise bekam Baba Baluk Probleme mit seinem fliegenden Teppich. Die Männer des Dorfes saßen auf einem Teppich der Marke Peri Banu – »Die hatten einen, logisch!« klagte Mamurra bitter –, der Dorfälteste hatte den Männern das Fluggerät zur Verfügung gestellt. Ein Familienteppich mit einer Tragekapazität von genau sieben Personen, nicht mehr als achthundert Kilogramm, wie auf dem Etikett zu lesen stand, und: *Nicht in Kontakt bringen mit Wasser und Frauen*. Frauen durften keine Teppiche fliegen. Während er behende von einer Sphäre zur nächsten kletterte und an die Vorhaltungen seiner Frau dachte, lächelte er und hatte Respekt vor der Weisheit des Teppichfabrikanten: »Kinder (m/–) nur unter väterlicher Aufsicht«. Er würde seinem Kind das Fliegen beibringen.

Die Männer flogen an ihm vorbei, und er sah sie in einer weißen Wolke verschwinden.

Das war ihm egal, er hatte es nicht eilig, doch als der Teppich immer öfter stotterte, ins Schwanken geriet und abwich vom Kurs, machte er sich doch Sorgen. Er klammerte sich an den Teppichrändern fest, voller Angst, abgeworfen zu werden, und hielt den Blick starr auf einen Punkt gerichtet, als säße er zum ersten Mal auf einem Pferd. Höher und höher flog er, sein Atem ging schneller und tiefer, er bekam Kopfschmerzen, und es wurde ihm schlecht. Erst als Nevernym eine störungsfreie Himmelsbahn gefunden hatte, eine bequeme Position zwischen den Windböen, die Baba Baluks Ohren zum Sausen brachten, entspannte er sich und gab sich dem himmlischen Rausch und der Ekstase des Fluges hin. Wie der Äther ihm Kopf und Lungen füllte! Er kam sich ganz durchsichtig vor, seiner sterblichen Hülle entledigt, und das Herz schlug und hämmerte ihm vor irrsinniger Freude, die Adern erneuerten sich in reinster Luft, Sauerstoff putzte seine Organe durch und brachte sein Gehirn, eine wimmelnde Masse Wahnsinn, fast zum Explodieren. Ihm war, als müsse er nicht mehr atmen, sondern wäre davon befreit. Bizarre Visionen und Lichterspiele tanzten vor den geblendeten Augen. Ein azurnes Brüllen schnitt ihm die Luft ab und zerriß seine primitiven Freudenschreie. Er bestand nur noch aus pochendem Blut. Glitzernde, regenbogenfarben pulsierende Blitze rasten durch die Spiegelhallen der Sonne. Noch nie hatte er das Licht und den Himmel so dreidimensional gesehen. Er jagte durch flüssigen Diamant und Kristall, war reine Essenz, ohne Körper, den hatte er abgestoßen. Sein Gehirn brodelte, und er glaubte, das Innenfutter seines Schädeldaches würde in Fetzen gerissen; zwischen ihm und den musikalischen Sphären nichts. Wolkenschlieren schlugen ihm ins Gesicht, hier, mein Schatz, ein Souvenir. Seine Augen bewegten sich durch die funkensprühende Atmosphäre, geblendet von Myriaden Nägeln des Lichts. Etwas wie eine Leere zerrte an seinem Unterleib und preßte sich gegen seine Rippen, eine Woge versetzte sein Herz in Wallung; er hätte sich erbrochen, wäre er nicht durch und durch bewußte Leere gewesen.

Plötzlich sackte der Teppich durch, schuckerte, schoß vorwärts, sank ab, stotterte, stammelte, stoppte und torkelte. Verschwunden waren Bezauberung und heilbringender Tod. Der Teppich weigerte sich weiterzufliegen und ließ nicht ab von seiner Laune. Wie ein Blatt trudelte er Richtung Erdboden, doch kurz bevor er aufschlug, schauerte er zusammen, bockte, schien vorwärts sausen zu wollen, stürzte statt dessen aber einfach ab. Baba Baluk rollte zu Boden.

»Nevernym, unzuverlässig«, hatte Mamurra gesagt. Jetzt erst verstand er den Ausdruck, den Cheira und Heira öfter benutzten: Etwas sei »Spatz wie Nevernym«, äußerst kurzlebig also, was Vogel und Teppich gemeinsam hatten. *Made in Qashqar*, daran erinnerte er sich plötzlich. Kein Wunder: China. Shlomon, handgeknüpft in Judäa, war den Preisunterschied mehr als wert. Das Nonplusultra war natürlich Peri Banu. Dieser Teppich stammte aus dem Iran und war das Beste, was dieses Land je hervorgebracht hat. Kein Wunder, wenn man bedenkt, daß dieses Reich sonst nichts zu bieten hat. Obwohl – die dort hergestellten schwarzen Leichengewänder für lebende Frauen waren von unschlagbarer Qualität, fanden reißenden Absatz, merkwürdig nur, daß bisher noch niemand auf die Idee gekommen ist, sie mit reizenden Spitzenborten oder hübschen Fransen zu verzieren – aber ich schweife ab.

Baba Baluk rappelte sich auf. Nur keine Panik, nach einer Ruhepause würde Nevernym sicher wie ein Adler weiterfliegen. Der Teppich jedoch lag auf der Erde und wand sich in Zuckungen, Nerventicks, einer merkwürdiger als der andere. Baba Baluk konnte den Teppich nur mit Mühe aufrollen, bevor er sich in den Schatten einer hohlen Felswand setzte, um sich auszuruhen. Oben auf dem Felsen führte ein Johannisbrotbaum eine unsichere Existenz, die Früchte waren noch nicht reif. Baba Baluks Körper schmerzte vom Sturz, und er stöhnte, als er sich hinsetzte: »Ach und weh, ich armer Jäckel!« – Ausdrücke von Cheira und Heira paßten irgendwie immer.

Die Ebenen, die Bergpässe vor ihm und die lila Gebirge am Horizont waren steingewordene Verlassenheit, trotzdem war die Luft merkwürdigerweise durchzogen vom Geruch menschlicher Exkremente. Er aß etwas Roggenbrot, Oliven und Feigen und schlief eine Weile. Als er erwachte, fühlte er sich erfrischt – im Gegensatz zu Nevernym, der keineswegs die Absicht hatte, auch nur einen einzigen Schuß- oder Kettfaden zu rühren. Baba Baluk fühlte sich nicht allein erfrischt, sondern auch gesättigt, in der Nase trug er den Duft marinierten Fisches, und seine Rülpser mischten den Geruch von Olivenöl, Zitrone und Tomaten. Sogar das Schwindelgefühl nach einer übermäßigen Mahlzeit plagte ihn, die Beklemmung ungleich verteilten Blutes: im Kopf zuwenig, im Magen zuviel. Er konnte sich an keine Einzelheit seines Traums erinnern.

Baba Baluk beschloß, seinen Weg zu Fuß fortzusetzen, das tat gleichzeitig seiner Verdauung gut. Die Landschaft bot nur wenig Abwechslung: Berge und Plateaus, Senken, ausgetrocknete Fluß- oder Bachbette, Kakteen, Dornengestrüpp und die unvermeidlichen grauen Olivenbäume, gekrümmt wie vergreiste Straßenhändler unter schwerer Korblast. Ein einsamer Oleander zeigte die letzten verschrumpelten Blüten wie eine Halbweltdame die verwelkten Brüste. Leben gab es hier keins, nur Stein, und am Himmel Höllenfeuer. Hartes Licht, hartes Gestein. Am Nachmittag traf er in einem Tal auf ein Dorf aus Lehmhütten. Kinder kamen angerannt, um dem einsamen Reisenden hinterherzuwinken.

Erst gegen Abend wollte der Teppich wieder fliegen. Die

letzten Sonnenstrahlen streiften Baba Baluks Augen, und er schwebte mitten hinein in die ersten Sterne. Dort, wo er saß, beulte sich der Teppich aus, denn er war schwerer geworden von einer unerklärlichen Mahlzeit, einem unsichtbaren, aber zweifellos äußerst schmackhaften Gericht. Abermals Fisch.

Baba Baluk, der Schäfer, legte seinen Kanten Brot ab: Er hatte nur spärlich vom Fischgericht genommen, das Cheira und Heira in stiller Verehrung Mamurras zubereitet hatten. Still, weil sie ihm nichts von Mamurra erzählt hatten, was sie aber zu gegebener Zeit nachholen wollten. Sie wußten sehr wohl, daß sie nicht so gut kochen konnten wie Mamurra. Aaach, dieses Mädchen, was für himmlische Hände sie hatte! Sie selbst hielten es mehr mit Eintöpfen, Fleischwürfeln, Kartoffeln und Gemüse, das Ganze abgeschmeckt nur mit einer einzigen Pfefferschote, dafür aber mit den Kernen. Gerade auf die Kerne kam es an. Die beiden vermißten Mamurra, nicht so, wie man jemanden vermißt, der abwesend war – denn Mamurra war für sie nicht abwesend –, sondern wie man schönen Zeiten hinterhertrauert.

Baba Baluk fühlte sich komisch, lustlos, irgendwie vergnügt, und dann war ihm doch nach Weinen zumute. Sein Magen war wie versperrt, die Kehle zugeschnürt, das Herz ein Schwalbennest, in dem unsicher ein paar Jungvögel zappelten. Die Zwillinge wußten genau, was ihm fehlte.

»Geh schlafen, Hosseloddelchen«, sagten sie. »Dann wird es schneller Morgen.«

Der hohle Baum hinterm Haus hatte bis zur Dämmerung gezwitschert und gebebt vor lauter Vögeln. Die beiden weißen Eulen hatten ihr Truppenlager dort verlassen. Cheira und Heira hofften noch, daß sie eines Tages wiederkämen.

Doch im hohlen Baumstamm schlief jetzt ein Vogel, der an Umfang der größte war, an Flügeln aber der kleinste: Senunu. Seine Flugkünste machten nur hopsweise Fortschritte, und seitdem schlief er nicht mehr zu Hause; die Mutter hatte ihn in den Dunstschwaden ihres Schwachsinns längst vergessen. Die Schwestern vermißten ihn nicht, sie hatten nur noch Augen für sich: Weibliche Rundungen schlangen sich wie Blattgerank um ihre Körper, Festons für zukünftige Bräutigame. Sie betrachteten ihre manikürten Fingernägel, pusteten feinsten Diamantgrieß weg und drehten die ausgestreckten Hände im Sonnen- und Mondlicht: Mädchen, die vor einem Spiegel stehend kostbare Gewänder anprobierten.

Baba Baluk lag im porzellanblauen Dämmer seines Zimmers, der Mond ließ durchs offene Fenster eine Hinterbacke sehen. Cheira und Heira kamen, um ihm eine gute Nacht zu wünschen und küßten den roten Hennakreis auf seiner Hand. Fast hätten sie Mamurra zu ihm gesagt, so allgegenwärtig war diese.

Der Horizont trug einen weißen Kragen. Allmählich füllte er sich mit überblendendem Schein. Ein Cape aus goldnem Licht legte sich über den Grat, und ganz langsam stieg eine gehörnte Sonne auf. Die Morgendämmerung ergriff Besitz vom Land, und die Vögel begannen ihre Matinée in gelbgrünem Morgen, ein aus blühenden Zitronenzweigen gewebter Baldachin, unter dem die Sonne mit stets länger werdenden Strahlen die ersten alten Frauen weckte, welche daraufhin, gebeugt unter Dornenkronen aus Sammelreisig, in die Stadt aufbrachen, um dort ihre Waren zu verhökern.

Baba Baluk stürzte aus dem Haus, den Hügel hinab. Auf halbem Weg bremste er, rannte den Hügel wieder hoch, um die Ziegen mitzunehmen. Cheira und Heira standen in der

Tür und winkten mit Schäfersack und Krummstab, doch er sah sie nicht. Am Fuß des Hügels blieb er erneut stehen, lief abermals nach oben, riß den beiden den Sack aus den Händen, wollte wieder davonsausen, doch die Zwillinge hielten ihn am Kragen fest. »Urgh«, sagte er. Sie gaben ihm den Stock und auf Hinterkopf und Hintern jeweils einen Klaps. Er rannte den Hügel wieder hinunter. Die Ziegen stoben auseinander. Er stemmte die Fersen in den Boden und blieb schlitternd stehen, machte kehrt, stürzte den Hügel wieder hinauf, wo noch immer Cheira und Heira standen und lächelten, gab jeder einen Kuß und jagte wieder davon. Etwas ließ ihn mit aufgerissenen Augen wieder innehalten, bevor er ein weiteres Mal hügelan lief. Cheira und Heira, die gerade ins Haus wollten, drehten sich, als er an ihnen vorbeiflitzte, erstaunt nach ihm um. Unter dem Johannisbrotbaum stand der Esel, peitschte mit dem Schwanz und fraß Heu; er zog gerade irgendeine unter der Haut liegende Falte glatt und zeigte – wie Nevernym – zahlreiche andere Nerventicks, aber deshalb gleich fliegen? Nö!

»Guten Morgen, Vögel!« Der Baum schüttelte ein paar Vögel von sich ab, die kreischend davonflatterten.

Baba Baluk setzte sich auf den Esel und gab ihm die Sporen; träge setzte sich das Tier in Bewegung, der Schäfer stieß ihm rascher die Fersen in die Flanken – der Rhythmus seines Herzens –, und im Zuckeltrab ging es den Hügel hinunter. Baba Baluk spornte ihn an. Senunu hatte ihn schon längst überholt.

»Hu! Hu!« rief Baba Baluk.

Der Bach hatte gut geschlafen und plätscherte fröhlich und pausenlos murmelnd in seinem Bett. Die Feigenbäume hatten Gesellschaft von Sträuchern bekommen, deren Zweige sich schüttelten, bewegt vom Wind oder von den darin sich verheddernden Eidechsen oder Vögeln, dazu ein blühender Granatapfel- und ein Zitronenbaum. Die Pflanzen und Sträucher waren so farbenfroh, daß sie wie geschminkt aussahen. Als Baba Baluk sich allmählich seinem kleinen Garten näherte, kam ihm ein weißer Schwarm entgegen: der Daunenflaum auffliegender Eulen, so sah es aus, oder eine Bö Schneeflocken – aber es waren Mandelblüten. Blätter und Blumen waren in bunter Bewegung, und die Wasserrillen rollten zitternd über die Spiegelbilder wie ein kleiner Aufmarsch von Kindern, die hinter einer Prozession herrannten, um sich ihr anzuschließen. Das Mädchen saß am Ufer und kämmte sich das Haar. Es sah ihn nicht. Die Locken schienen beschwipst vom Rot ihres Körperschleiers: Weintropfen schimmerten im schwarzem Fell. Sie zog einen Kamm aus Zitronenholz durch die Locken, die Zinken blieben an den Spitzen hängen; erst nach einem starken Ruck gaben diese nach und jedesmal, wenn sie mit einem Schlenker der Hand den Kamm wieder befreit hatte, waren die Locken ein Stück länger geworden. So ging das fort und fort, und das Haar wurde länger und länger dabei und spiralte sich erdwärts; träge erreichte es ihre Schulterblätter und rann wie Wasser in flachen Rinnen ihren Rükken hinab. Die Umgebung spiegelte sich verschwommen in ihrer üppigen Haarpracht. Beim Näherkommen aber sah er, daß es eigentlich visionenhafte Szenerien waren, Bilder, in ihren Locken zu sanftem Leben erweckt. Und was er da sah, war äußerst bizarr.

Plötzlich drehte sie sich um und gab dem Schäfer eine schallende Ohrfeige.

Vor Baba Baluks Augen tanzte ein Mini-Kosmos, und er sank auf die Knie. Sie ließ der ersten Ohrfeige gleich eine zweite folgen, aber sanfter diesmal, und fing an zu lachen. Dann hauchte sie ihm ins Gesicht und legte ihm den Zeigefinger unters Kinn.

»Heimlich beobachten darfst du mich nur, wenn du etwas Bestimmtes vorhast. Aber, na ja«, sagte sie mit einem Seufzer und wandte den Kopf ab, »soweit bist du noch nicht.« Auf einmal schien sie traurig zu sein und starrte hinunter auf das seitwärtige Kringeln des Wassers. Der Wind blies ihr Haar ebenfalls seitwärts; ihre Augen waren erblüht wie Sonnenblumen, die Samenkränze waren die Pupillen. Blitze durchschossen ihre Iriden in den Farben Grün und Rostbraun wie das Fell einer Glückskatze. Am hellroten Rand der blassen Lider bog eine Wimpernkrone ihre dicken Zacken aufwärts, ein Geweih aus dunklen Äderchen lag im Schneeweiß ihrer Schläfe.

»Aber das kommt noch«, fuhr sie fort und stützte sich mit der Hand auf, preßte die Wange gegen die hochgezogene Schulter. »Du wirst mich noch so bewundern, wie es dieser Bach hier tut, und mich streicheln wie der Atem dieser Bäume.«

Der Schäfer, der sich seine Backe rieb, schaute sie mit zitternden Mundwinkeln an, Trautropfen in den Augen.

»Ach! Fang ja nicht an zu flennen. Das fehlt mir noch!«

Er schmollte und warf ihr einen empörten Blick zu. »Guten Morgen«, sagte er leise.

»Guten Morgen, guten Morgen«, antwortete sie seufzend und nahm seine Hand. Zerknittert von den Handlinien, fand sie darin einen Kreis aus Hennarot.

»Küß mir die Hand.« Sie streckte den Arm aus. Er schreckte zurück, er hatte eine weitere Ohrfeige erwartet. Beruhigt preßte er die Lippen und mehr Spucke als nötig auf ihren Handrücken. Allmählich bekam er Hunger, denn er hatte nicht gefrühstückt. »Und nun, hör zu.«

Er wollte sich auf ihren Schoß legen, aber sie wehrte ihn ab, zog die Knie hoch. Er tat das gleiche, ihre Beine zwischen seinen, sie nahm sein Gesicht in die Hände.

Es spielten sich tatsächlich merkwürdige Szenerien in ihren Haaren ab. Anfangs hielt der Schäfer es für Lichtreflexe, für Sonnengespinste, doch als er näher hinsah – die Augen zusammengekniffen, wie er es bei seinen Müttern gesehen hatte –, entdeckte er, daß es lebendiggewordene Tapisseriebilder waren. Sie kämmte ihr Haar gar nicht, sondern webte einen schwarzseidnen Teppich, auf dem sich ganz allmählich Bilder abzuzeichnen begannen. Im Mazisgewirr einzelner Härchen bildete sich ein Wasserfall ab, er stürzte in Kaskaden vom Felsen herab und zerfloß kräuselnd zwischen den begrünten Ufern. Das Laub der Bäume schwankte in stummgewordnem Tanz auf und nieder, denn es war kein Laut zu hören, außer ihrem Atem und dem Klopfen ihres Herzens in ihrer glatten, flachen Brust. Sie hatte einen Körper, der die Versprechungen weiblicher Sexualität vereinte mit der Zartheit jünglinghaften Aufblühens.

Die Stille gab dem Schauspiel etwas Unwirkliches.

Sträucher und Dornenbüsche raschelten und bewegten sich vorwärts und waren doch nur eine kleine Herde Böcke, welche jedoch, als sie die Köpfe hoben, listige Kindergesichter hatten. Es waren Geschöpfe mit einem menschlichen Oberkörper und dem Unterleib eines Bocks, und sie sprangen und rannten durcheinander wie Kinder auf einem Schulhof. Im Wasser schwammen bezaubernde Mädchen heran und setzten sich ans Ufer, ihre Unterleiber bestanden aus Schuppen und endeten in einer Schwanzflosse. Alle Bilder, die er in ihrem Haar sah, waren in Silber- und Elfenbeintönen gehalten, Farben gab es nicht, außer in den Landschaften. Weiße Eulen zogen ihre Kreise.

Und alles wand und kräuselte sich, wogte unaufhörlich auf und ab wie Bilder einer Fata Morgana. Bizarr war dieses Schauspiel menschlicher Verführung und tierischen Spotts.

Es war reine unstillbare Wollust. Baba Baluk atmete durch den Mund, der vollkommen offen stand, er starrte gebannt, bis zum äußersten erregt. Das Mädchen erschien ihm begehrenswerter denn je. Sein Herz pumpte Blut wie Wasser aus einer Fontäne, sein Mund wurde trocken und sein Lausewenzel strafte seinen Ammennamen und seine kindliche Größe Lüge.

Die Ohrfeige, die sie ihm abermals versetzte, spürte er gar nicht. »Du hast schon wieder nicht aufgepaßt!«

Das stimmte, denn sein Verstand hatte ausgesetzt, er war nur noch durch und durch Beklemmung. Seine Erektion sprengte Schmerz und Scham.

»Dann geh ich«, sagte sie und entriß sich seinen klobigen Händen. Eine graue Eidechse, die gerade an ihrem Schienbein hochklettern wollte – wie ein Komma auf einem satzlosen Blatt –, stob davon. Sie stand auf, drehte sich mit einer charmanten Wendung ihres Pos um, der Saum ihres Tüllschleiers, worunter sie glorreich nackt war, wippte hoch und offenbarte einen gespaltenen Schatten, dann stakste sie davon.

Baba Baluk schluckte ein großes Stück trockener Luft hinunter und ließ sich vornüber fallen. Diese verdammte Eidechse.

»Geh und wasch dich.« Sie warf ihm über die Schulter einen Blick zu, und als sie den Kopf drehte, schwangen ihre Locken herum wie ein Umhang, der nicht länger einen Ehebruch verdeckte. »Du stinkst. Außerdem wird es dich abkühlen, du Gimpel.«

Abrupt wandte sie ihr Gesicht ab, und hinter ihr her flatterte die Schleppe ihres schwarzen Lockengewandes, hochgehalten vom Wind. Ein Strauch ritzte ihre Haut über dem Knöchel auf, und es dauerte einen Augenblick, bis kleine Pünktchen Blut zu sehen waren. Das Blut war schwarz. Als sie aus dem Schatten trat, schlug ihr das Mittagslicht in die Augen, in denen dämonisch eine Freude aufflackerte, die zu verdorben und zu erwachsen war für so ein junges Mädchen. Sie würde eines Tages noch stolz auf ihn sein. Zwischen ihre Schulterblätter bohrten sich die verlangenden Blicke des armen Schäfers, der sich, ihrem Rat folgend, ins Wasser begeben hatte. Wer konnte so einem Geschöpf schon widersprechen. Es dauerte eine Weile, bis er merkte, daß er sein vom vielfältigen Tragen verwittertes und verblaßtes Gewand mitsamt dem Aufhänghaken noch anhatte.

Nachts, wenn Baba Baluk schlief oder keinen Schlaf finden konnte, oder wenn er über die merkwürdigen Veränderungen in seinem Körper und Geist nachdachte oder sich darüber wunderte, daß er überhaupt denken konnte, brachen Cheira und Heira zum Abqar-Tal auf, wo die Blumen schliefen wie Babys, um den Blättern und dem Bach abzulauschen, was am Tage passiert war, während sie zustimmend nickten und weiterknüpften. Feuerfliegen tauchten ihre Hände in Licht.

Die Nymphen und Faune, die sie knüpften, sahen genau aus wie jene, die der Schäfer am Nachmittag gesehen hatte. Sie mußten lachen, als sie den nächtlichen Hallworten entnahmen, der Schäfer sei traurig aus dem Wasser gestiegen, weil das Mädchen seinen Esel, mit dem er ihm doch imponieren wollte, keines Blicks gewürdigt habe.

Nevernym machte Fahrt. Baba Baluk, des Teppichs Launenhaftigkeit fürchtend, tätschelte ihn ab und zu, um ihn günstig zu stimmen: Das tat übrigens jeder, der, bevor er zum Teppich überwechselte, ein Lasttier geritten hatte. Nevernym also machte Fahrt, aber keineswegs problemlos, manchmal bäumte er sich auf oder schlug gar Saltos, wobei der arme Mann auf ihm Todesängste ausstand. Bisweilen setzte er sogar ganz aus, worauf Baba Baluk vorsichtig manövrieren mußte, um mit heiler Haut zu landen. Er versuchte, sich vorwiegend in warmen Luftschichten zu bewegen, in denen Nevernym ohne große Anstrengung schweben konnte. Ihm stand ein langer Flug bevor, damit aber hatte er sich inzwischen abgefunden.

In den unbarmherzigen Weiten eines Nachmittags, nach einem schimärischen Mahl erlesener, himmlisch marinierter Meerbrassen, setzte er unweit einiger Knaben, die am Rand einer Schlucht auf Kundschaft für ihre Aprikosen, Pfirsiche, Pflaumen und Trauben warteten, zum Sinkflug an. Obst wie Verkäufer waren matschig von der Sonne. Ohne vom Gefährt abzusteigen – Nevernym dümpelte wie ein wartendes Fischerboot auf der Stelle –, besah er sich die Früchte genau und wählte die schönsten Exemplare aus. Während er so tat, als krame er im Beutel an seinem Gürtel nach Geld, gab er Nevernym die Sporen und schoß davon. Die Kinder waren verblüfft, doch nur einen Moment lang, dann faßten sie sich rasch und griffen nach jedem verfügbaren Stein, um ihn unter Flüchen zu beschießen, in denen Baba Baluks Verwandte mütterlicherseits eine tragende Rolle spielten.

Außerhalb der Reichweite von Steinen und Stimmen widmete sich Baba Baluk seinem Dessert. Die Früchte schmeckten wie ein Zungenkuß. Seine Verdauung war eine erfüllte Liebe, der daran anschließende Stuhlgang die Erlösung aus befriedigender Umarmung. Fische und Früchte aus dem Füllhorn des Überflusses, schaumgeboren beide: eine höchst merkwürdige Zusammenstellung! Allmählich wurde er neugierig auf das Meer.

Im rotkupfernen Abend landete er in einem namenlosen Dorf, wo er in einem Gasthaus übernachten wollte. Die Dorfbewohner bestanden aus Dornen und Felsen und trugen grobwollene Gewänder, unter denen sich nichts Gutes erahnen ließ. Aufmerksam verfolgten sie seine Landung. Ein alter Schäfer kehrte gerade mit seiner Herde von den Weiden heim, die prächtigen Tiere trugen die Fruchtbarkeit der Wiesen in sich, das Rot und Grün saftiger Talsenken spiegelte sich auf ihrem Fell und auf den greisen Wangen des Schäfers. Traurig wie eine Dampflokomotive blies er seine Flöte.

Das Gasthaus lag verlassen, eine alte Frau saß im Hinterhof, buk am Boden kauernd Brot und brühte Tee auf. Nackte Kinder mit aufgeblähten Bäuchen linsten herein. Er trank Tee dort: Krauseminze wie Tiefseeflora in einem mit Honig und Gold gefüllten Glas, und aus dem Brunnen gewann man Silber: Alles wies unwiderruflich aufs Meer hin. Der Wirt richtete sein Bett her, ächzend und wild tatschend, als bereite er sein Ehegespons auf die Empfängnis vor. Baba Baluk verzichtete auf das ihm angebotene Abendmahl. Als er sich endlich erschöpft zu Bett legte, pustete ein windsüchtiger Schlaf die Segel seiner Träume hinaus aufs offene Meer, Richtung Paravion. Und sein Weib, warm und naß, plätscherte wie ein jauchzender Bach hinein nach Paravion, auf ihren Wellenfalten führte sie eine Reuse voll zappelndem Leben mit sich; das sich auf dem Wasser spiegelnde Wolkenweiß war ihre Haut, ihre Wimpern waren schrägfallender Regen.

Am nächsten Tag, als er gerade durch einen Bergpaß schwebte, stürzten sich Banditen von den Felsen auf ihn und prügelten sofort drauflos.

Baba Baluk lag unter Händen begraben, und die Bande warf einen Schatten über ihn. Ein Knie auf der Brust hielt ihn in Schach, und irgendwo im Gewirr aus Gliedmaßen glitzerte etwas. Über den Räuberköpfen kroch ein Baum gichtig himmelwärts, von der Jugend hatte er schon längst Abschied genommen wie von den meisten seiner Blätter auch. Die übriggebliebenen Blätter hingen jammervoll herab und hatten, wenn der gelangweilte Wind mal auffrischte, nichts mehr zu sagen, denn sie hatten schon alles gesagt.

»Hört her!« sprach Baba Baluk. »Oh, ich armer Wicht! Ich kann euch, gute Leute, die ihr seid, nichts geben. Meine bescheidene Barschaft habe ich – weh mir! – für Obst ausgegeben, das Kinder am Rande hungriger Abgründe verkauften. Ihr kennt mit Sicherheit die kleinen Obstverkäufer. Die armen Teufel müssen ja stets auf der Hut sein vor Leuten wie euch; ihre erfrischenden Früchte sind euch gewiß willkommene Beute, vor allem, wenn die Kinder, was ja fast immer der Fall ist, kein Geld haben, das sie euch geben können. Diese armen Kinder, die dort in der Sonne braten oder im Schatten schwitzen, haben mein Mitleid erregt, schließlich müssen sie ja auch etwas einnehmen, oder? Verflucht und nochmals verflucht – nein, seid nicht ihr, sondern sei der Elende, der kein Erbarmen kennt. Ihr müßt nämlich wissen, daß ich – ich armer Wicht – ein mittelloser Reisender bin, trotzdem möchte ich mein karges Mahl mit euch teilen, das heißt, wenn eure Zähne meinem Brot werden widerstehen können, welches ich nur noch als Waffe bei mir trage, so hart ist es inzwischen geworden (ich hätte euch, meine Herren, damit tüchtig eins überziehen können, haha), und Wasser, um es aufzuweichen, habe ich auch nicht. Ich verstehe, daß in den heutigen Zeiten der Dürre ehrliche Leute wie ihr – um welche mein Herz in steter Trauer ist – die Not nur mühsam und mit unehrlichen Mitteln lindern können. Ach, wollen Sie mich mal kurz entschuldigen« – das Knie zog sich zurück, Baba Baluk bettete sich bequemer – »ich danke Ihnen, mein Herr.«

Die Sonne schimmerte durch jede Ritze und Öffnung, die sie finden konnte, um zu hören, was Baba Baluk zu erzählen hatte. Die Jungen, die wieder mal die Schule schwänzten, lauschten mit offenen Mündern. Der Schäfer hatte noch nie vorher ein Wort gesprochen.

»Wo war ich stehengeblieben? O ja, ich armer Wicht! Deshalb führt mich mein unzuverlässiger Nevernym – gemach, das ist kein Schimpfwort –, deshalb führt meine Reise mich also zum Narvelmeer, das schäumen, grollen und rollen kann, wie es will, es wird mich nicht aufhalten können. Gewiß nicht! Wie die Schenkel einer Frau wird es mich in feuchtere und fruchtbarere Regionen führen. Wie sehr trauert mein Herz doch um diese Schenkel, die ich noch mehr vermisse als die Mutter, die ich nie gekannt habe, mein Vater war Witwer, und es ist ein kleiner Trost, daß diese Schenkel, nach denen es mich so verlangt, jünger sind als mein ganzes Leben. Ich habe mein Weib – ach, vergebt mir meine Tränen – zurückgelassen. Mag sein, daß sie so alt ist wie ich, oder auch nicht, denn unsere Lust bewahrt sich das Bild des ersten Augenblicks und ist blind für die Spuren der Zeit im Fleische. Und dafür danke ich in allen meinen einsamen Nächten. Ihr Gesicht, das ich zuletzt streichelte, war jenes Gesicht, welches ich unter dem Weinstock unseres ersten Blickwechsels sah und unter der Myrte unserer ersten Berührung liebgewann. Ich werde verwelken und zerschrumpeln, sie aber bleibt ewig jung.«

Baba Baluk lag bequem auf der Seite und sprach mit großen Gesten. Er war in Fahrt. Die Banditen hörten zu. Die Jungen trauten ihren Ohren kaum. Die Ziegenglöckchen setzten ihre Hintergrundmusik fort.

»Ach, warum erzähle ich euch das alles? Euch interessieren die Fährnisse des Herzens doch wenig, ihr seid nur an körperlicher Kraft interessiert, vor allem, wenn sie irgendwo gebündelt ist. Ihr habt noch nicht in den warmen Armen eines Mädchens gelegen, habt nicht von ihrem Atem getrunken, sie erregt nicht eure Träume, wohnt nicht in eurem Geist, Ohrfeigen von ihren süßen Händen werden eure Wangen nie kosten. Nehmt mein Leben, wenn ihr wollt, etwas anderes habe ich nicht.«

Die Banditen wischten sich die Tränen weg und erhoben sich. Sie waren gerührt. Sie halfen Baba Baluk auf und luden ihn zu einer Haschpfeife ein.

»Nur meine Geschichte habe ich noch«, fuhr Baba Baluk fort. »Diese aber ist sehr lang und nur schwer zu ertragen. Ihr könnt mich schlagen und prügeln, ihr werdet keine blauen Flecken auf meiner Haut entdecken. Doch warum nennt ihr mich einen Angeber und Wissenschaftler?«

Einer der Banditen war in tiefes Nachdenken versunken und fragte: »Was meintest du mit den Schenkeln?«

Baba Baluk streckte sich. Einer der Jungen kam zurückgerannt und versetzte ihm einen Stoß. »Nichts als Geschwätz, das hat uns noch gefehlt«, sagte er und lief zu seinen enttäuschten Kumpanen zurück, die ihren Weg fortsetzten.

Die Arme des Mädchens erwarteten ihn unter den Feigenbäumen. Eine unruhige und raschelnde Umarmung folgte, und er hörte sie sagen: »Die werden sich jetzt nicht mehr an dir vergreifen. Das hast du gut gemacht, mein Hoseloddelchen. Ich bin stolz auf dich.« Er war ganz außer Atem, nicht nur weil sie ihn berührte, sondern weil er noch nie so lange ohne Unterbrechung geredet hatte, er wußte nicht, woher das alles plötzlich kam. Er war wie besessen gewesen.

Empört waren Cheira und Heira, als sie das alles vernahmen. Im Bach dümpelte das Lächeln des Mondes, der seelenruhig auf dem Rücken dahintrieb. Sie ließen sogar aus

Versehen ein paar Knoten aus, so daß das Einhorn, an dem sie gerade knüpften, mehr einem Nashorn glich. Warum hatte Baba Baluk nie von den Prügeln erzählt? Panisch schlugen sie die Hände vors Gesicht, wartet nur, ihr Söhne von Mistpforten, euch werden wir es schon zeigen. Sie erhoben sich, lebendig und voll guten Mutes wie zu der Zeit, als sie noch so gerne in zarte Kinderarme zwickten. »Das arme, arme Bürschchen, das liebe Fohlen.«

Am nächsten Tag konnte Baba Baluk auf seinem fliegenden Teppich das Meer riechen. Salzige Luft brannte ihm auf dem Gesicht. Endlich roch er, was seit Tagen seinen Magen füllte. Der Körper kribbelte noch vom Traum, in dem Mamurra ihn besucht hatte. Darin war sie ihm in einem grüngelben Blätter- und Zitronenkaftan erschienen, unter dem sich ihre Schwangerschaft bauschte, und hatte einen Dutt getragen. Sie legte ihm die Jujubefinger auf die Lippen, still, niemand wußte, daß sie bei ihm war, sie bezwang seine ungeschlachte Lust, ungreifbar wie Parfüm schlüpfte sie durch seine Finger, marterte ihn, der doch selber eine Peitsche hatte. Verzweifelter denn je teilte er das Lager mit ihr. Er biß in ihre Apfelbäckchen, geißelte ihre Flanken, bevor er sich in ihrem warmen Tiefenstrom auflöste. Blaue Adern schimmerten durch ihre glänzende Haut, ihr Rückgrat war eine Radspur im Schnee und verschwand zwischen vorstehenden Schulterblättern. Die Schwangerschaft hatte sie verengt; ein Schatten, feigenschwarz, schimmerte vor Schweiß und Feuchtigkeit. Seine Finger hinterließen rote Brandzeichen auf ihren Schenkeln.

»Du wirst es nie lernen«, sagte sie hinterher, ohne ihn anzusehen, und ihr Dutt bewegte sich hin und her, ob in herablassender Ergebenheit oder in verdrießlicher Gönnerhaftigkeit, er wußte es nicht. Er wurde im Traum gestört, dieser zerfiel, die Realität hielt Einzug, nahm Gestalt an und wurde verschluckt, nur mit Mühe konnte er die Augen öffnen: Der Gastwirt schüttelte ihn wach, Zeit zum Aufbrechen.

Das Meer sprühte ihm klebriges Salz ins Gesicht, und so fein dieses Salz war, so grobkörnig war das Licht, das ihm in die Augen fiel. Er verlor die Kontrolle über den Teppich. Nevernym, vom starken Seewind gebremst, rollte die Vorderkanten auf, drunter schäumte und brüllte es ihm entgegen, der Teppich verweigerte den Weiterflug.

Am Strand des Narvelmeers war der Fischer gerade in sein Boot gestiegen, um die Netze einzuholen, als er eine wild fuchtelnde, unter einem trudelnden Teppich in der Luft zappelnde Silhouette entdeckte, die auf die hochärmelnden Wellen zustürzte. Ein Platsch, das weiße Wasser flog blütenreich auf, und nicht lange danach löste sich eine weiße Eule aus den Schaumkronen, unter wildem Flügelschlagen, um das Wasser aus den Flügeln zu schütteln. Jetzt ist der gesamte Fang drinnen, dachte sich der Fischer und fing an zu rudern. Einige Tage vorher war ein Familienteppich vorbeigeflogen und nur mit knapper Not den Wellen entronnen. Einer der Reisenden wäre fast ins Meer gestürzt, doch die Reisegenossen hatten ihn gerettet: Die Füße strampelten in der Luft, während die anderen ihn mit vereinten Kräften am Kragen auf den Teppich zurückzogen. Jetzt aber trieb ein Garten auf den Wellen, bis die Tiefen daran zu zerren begannen.

3

In der Fata Morgana tauchte Paravion auf, die Straßenbahnen glitten laut klingelnd vorbei, Menschen mäanderten durch die Straßen, im Fluß Amstel spiegelten sich Gebäude und Passanten, und er führte die ganze Welt mit sich mit, die Wolken flimmerten, und im grünen Paradies in der Mitte schenkten die Menschen der raren Sonne ihre Nacktheit.

Der Schäfer schlief.

Paravion war schon verschwunden, als die Nachmittagssonne Baba Baluks Augen weckte, die sich daraufhin blumengleich öffneten: glatthäutige Löwenzahnblumen. Als er ein Glockenspiel aus Ziegenglöckchen hörte, richtete er sich auf. Das Mädchen kam gerannt, hinter ihr eine kleine Ziegenherde, die ihr zahm und ehrfurchtsvoll folgte. Ihre errötenden Knie berührten sich beinahe beim Laufen, die Zehen zeigten leicht nach innen. Ihr Gang war keck und kindlich, dennoch legte sie die Strecke mit reifer Verhaltenheit zurück. Ihre wenig ausfälligen Hüften drehten sich in raschem Tempo, ihre pendelnden Arme knickten bei den Ellenbogen nach außen ab. Die Haltung ihres Kopfes, schräg nach rechts – was hörte sie, was er nicht hören konnte? –, und die kleinen, runden Schultern verliehen ihr einen liebenswerten Charme. Sie lächelte, die Brauen zusammengezogen, weil sie das Licht blendete, die Augen ein Gewirr schwarzer Wimpern. In ihren Locken baumelten blaue Blüten, von denen ein paar zur Erde fielen. Unter ihrem Arm trug sie, auf die Hüfte gestützt, eine rote Plastikschüssel.

»Die Ziegen haben dir Cheira und Heira gegeben, stimmt's?« fragte sie.

Er nickte, sein Mund lächelte, seine Augen frohlockten. Sein Gesicht war jetzt voll erblüht, die fötalen Züge und Rundungen, die sich auf einem Kindergesicht so lange halten, waren bei ihm verschwunden. Der Kokon war aufgeplatzt, sein Körper hatte gegähnt und sich anmutig ausgestreckt. Die Arme waren etwas schlacksig, die Schultergelenke muskulös, die Schlüsselbeine breiteten von der tiefen, den Schweiß sammelnden Drosselgrube ausgehend die knochigen Flügel aus. Beine und Waden waren sehnig.

Die Ziegen waren mager, die Rippen traten an beiden Seiten hervor, in ihren schönen Augen lag etwas Trauriges, eine fast menschliche Traurigkeit, ein jünglingshafter Weltschmerz. Ihr Gemecker klang leise und unpäßlich, die Glöckchen zerrten an ihren Hälsen, so daß sie die Köpfe demütig gesenkt hielten. Die Hörner ringelten sich schön, durch die Bärte sahen sie aus, als schmollten sie.

Sie stellte die Schüssel voller Lumpen, alter Taue und einem zerschlissenen Fischernetz am Bachufer ab. Ein paar Blumen fielen aus ihren Locken. Nachdem sie die Schüssel ins Wasser getaucht und so gefüllt hatte, sagte sie ernst: »So, das muß jetzt eine Weile einweichen. Das ist wichtig.«

Baba Baluk nickte und schaute zu seiner Herde hinüber, die jetzt neun Tiere umfaßte. Alles um ihn glänzte, erfrischt vom Schlaf und Schweiß der Siesta. Die Vögel trällerten die alten Madrigale, wie immer.

»Es ist schon komisch«, sagte er, »die Vögel machen einen Heidenlärm, aber ich sehe sie nicht. Nur manchmal.«

»Hörst du mir überhaupt zu?«

Er erschrak über die Schärfe in ihrer Stimme und schaute sie verstört an: »Aber ja doch.«

Da kehrte ihr Lächeln zurück und ließ ihre Lippen auftauen: »Gut so! Man sagt, Vögel sind Hüter der Seele«, sprach sie. »Wenn das wahr ist, muß die Seele etwas sehr Lautes sein. Und außerdem sterblich, besonders, wenn man bedenkt, wie kurz das Leben eines Spatzes ist. Mein Lieblingsvogel. Es kommt vor, daß Spatzen sich zu Tode paaren.« Sie hob die Augenbrauen.

Die Ziegen grasten weiter. Sie ging zu den Bäumen und inspizierte die Früchte.

»Ich habe was zu essen für dich mitgebracht«, sagte Baba Baluk und holte eine Feige, eine Dattel, Oliven und eine Orange aus seinem Schäfersäckel hervor. Die Hände zur Schüssel geformt, hielt er ihr die Früchte hin. Aber sie schüttelte den Kopf: »Ich habe keinen Hunger. Iß ruhig, du mußt noch wachsen.«

Enttäuscht ließ er die Hände sinken. Ihre Schönheit wird allein verunziert von ihren Launen, dachte er. Vielleicht muß ja in einer so ebenmäßigen Haut zwangsläufig ein launischer Charakter hausen. Er zuckte zusammen, als ihm eine Ziege in die Hand biß; sie hatte an den Früchten geknabbert, verärgert stieß er sie weg. Ihr Euter schwabbelte gegen den Rhythmus ihres Glöckchens.

Der Schatten des Mädchens war dunkelrot, der Bach schlingerte ihm Beugungen und Brechungen wie Fußringe um die Beine; Reflexionen tauchten den Körper der jungen Frau in Grün, Braun, Gelb und Rosa, Sonnenlicht folgte ihr zwischen den Blättern, Fliegen brummten und summten, Mücken zogen Schlingerlinien durch die Luft. Sie fand, was sie suchte, betastete es und pflückte zwei Granatäpfel. Danach wählte sie zwei Oleanderblüten aus. Die ganze Zeit hielt sie ihm den Rücken zugekehrt, was ihn traurig machte. Der Mut aus seinen Träumen ließ ihn im wachen Leben vollkommen im Stich. Und dabei war sie so begehrenswert, so bezaubernd, schlichtweg eine Marter.

Sie ging wieder zu ihm zurück. Etwas an ihr hatte sich verändert, doch was es war, konnte er nicht sagen.

»Laß uns anfangen, ich glaube, es ist Zeit«, sagte sie, eine Welt aus Feuerfliegen in den Augen. »Komm näher.« Er gehorchte. Sie hob den Saum seines Gewands, unter dem er nackt war. »Hier, halt mal«, fuhr sie fort, ohne ihre Augen abzuwenden von dem, was sie entblößt hatte, bläulichem Kräuseln und bläulichem Glanz.

»Gut!« Sie warf ihm einen fröhlichen Blick zu. »Jetzt paß gut auf!«

Sie hatte, zum ersten Mal, violettrosafarbene Flecken auf den Wangen, und im Handgemenge und sanften Gerangel, was nun folgte, füllten plötzlich wohlgeformte, junge Brüste seine Hände und entglitten ihnen wieder. Feucht war alles, es roch nach Anis und Jasmin, Frösche quakten wild, Tropfen flüssigen Granats tröpfelten aus ihren Brustwarzen auf seine Zähne, in seinem Kopf hämmerte es und sein Blut frohlockte. Aus ihrem beschatteten, gefurchten Fruchtfleisch stieg ein Hauch Karamel auf, der Kuckuck rief, die Grillen zirpten, er schürfte sich den Rücken auf, sie umklammerte seine Hüften mit kraftvollen Schenkeln, er packte ihre angespannten Hinterbacken, seine Zunge glitt von hier nach da, ziellos, das Mädchen schüttelte die Blumen aus seinen Locken, preßte die Hände kraftvoll auf Baba Baluks Brust, der Mittag füllte sich mit Aureolen und pfauenhaftem Schimmern, die Vögel tobten wie verrückt, der Esel iahte traurig wie ein Nebelhorn.

»Daran werden wir noch lange zu kauen haben«, sagte sie, als wäre nichts geschehen, während er entkräftet und abgekämpft dalag. Eine Ziege knabberte an seinem Gewand. Die Sonne las in seinen Handflächen. Speichel glitzerte ihm auf den Lippen. Alles war still.

»Aber«, fuhr sie fort, »es ist strengstens verboten, Cheira und Heira um Kräuter zu bitten!« Sie tippte mit dem Zeigefinger gegen seine Nase. Ihr Mund war ein schwarzes Loch. In ihren Augen kein Glanz. Als sie ihr Gesicht abwandte, sah sie, wie ein Maulesel einen Karren Richtung Siedlung zog. Nicht viel später ertönten Freudenschreie.

»Am Küssen müssen wir auch feilen.« Sie sah ihn nicht an. »Deine Zunge ist närrisch. Du küßt wie Schlamm und grabschst wie ein Berber. Steh jetzt auf.«

Sie war schon weg, als er endlich Kraft und Lust fand, sich aufzurappeln. Die Ziege hatte ein Stück von seinem Gewand gefressen. Er klopfte es ab und ließ es träge am Körper herabgleiten. Hinter seinen Freudentränen sah er den Eselskarren zwischen den trocknen Hügeln verschwinden.

Das erste, was Baba Baluk an diesem Abend tat, war, seine Lektion an einem der Mädchen aus der Siedlung auszuprobieren. Die Väter waren weg. Die Jungen waren auch verschwunden. Die Mädchen machten sich keine Sorgen um ihre Brüder, die ihre Zeit mit Sicherheit in irgendeiner Weinschenke oder einem Bordell verlümmelten. Dort wurden sie vermutlich gerade beraubt oder von den Huren und Zuhältern bis auf die letzte Kupfermünze ausgenommen.

Die schwachsinnigen Mütter und alten Jungfern saßen im Abendlüftchen vor den Häusern und zitterten und sabberten und siechten sinnlos dahin. Neben ihnen stand eine Dose Insektenspray, Flutox, gegen die Moskitos, doch sie fingerten nur daran herum oder bliesen in die Öffnung. Ein dünner Nebel überzog die einst so lebendigen Augen, die jetzt ganz andere Dimensionen erschauten: die Mütter die Welt, in der ihre Jugend so früh verblich, und die alten Jungfern die Ödnis nutzloser Weiblichkeit. Alle aber waren sie am Elend und an der Frustration irre geworden. Wie oft hatten sie gesagt, sie wollten lieber sterben als unverheiratet durchs Leben gehen, doch Leben und Tod waren offensichtlich anderer Meinung. Was für eine Schande. Das Umschlagtuch bedeckte zerschrumpelndes Fleisch über einem zerbröselnden, verkümmerten Skelett. Sie bestanden nur noch aus Knorpel. Ihre zerbrechlichen krummen Finger lagen wie verbrannte Streichhölzer auf Dingen, die nur ihre Knie sein konnten. Ab und zu lachte eine der Hexen oder stieß ein Elsternkrächzen aus. Dann kam eine junge Dame – die Mädchen dort wuchsen schnell –, tippte ihr gegen die Stirn und wischte das Sabbergespinst weg, wonach die Zunge ihre Spinnweberei fortsetzte. Sie atmeten nicht, sondern haschten nach Atem; Zahnfleisch ohne Zähne.

Die sieben jungen Frauen lungerten gelangweilt herum, inspizierten Fingernägel und Insektenstiche, bürsteten das Haar, stießen einander an, neideten den anderen die Formen oder den Mangel daran, und legten sich hin, auf die Seite, um ihre rückwärtigen Schönheiten nicht zu zerdrücken – Fülle war erwünscht. Ungezählte Male standen sie vor den Spiegeln und studierten die Wirkung dieser oder jener Körperhaltung – »geht gut!« – und unterhielten sich über Heiratskandidaten und darüber, was sie von den Männern erwarteten. »Also, der Mann, der diese Lippen hier, die noch nie einer berührt hat, küssen will, der muß ...« Und: »Bevor ein Kerl diesen Hintern hier anfassen darf, muß er ...« Und so weiter. An ihren vielen Fingern zählten sie die Bedingungen auf, denen ein Bräutigam genügen müsse. Jungfräulichkeit war etwas Kostbares, etwas äußerst Begehrenswertes.

Sie trugen ärmellose Nylonkleider, hellrosa, schwarz, grün, gelb, blau, alle Farben verblaßt. Unter den Spaghettiträgern war das komplizierte System ihrer Büstenhalter zu sehen; nackte Haut scheinbar ohne Absicht, das Dekolleté lässig, doch war alles präzise, ja sogar kunstreich arrangiert. Sie bewegten sich unter schimmernden Falten träge, den Unterröcken angemessen, in denen sie auch schliefen. Sie waren sechzehn Jahre alt und störten sich an ihrer dunklen Hautfarbe. Die Sonne mieden sie, wo es nur ging, und sie schrubbten die Haut und schmierten sie mit fragwürdigen Salben ein, doch das Haselnuß wollte nicht zum Alabaster werden. Neid nagte an ihren jungen Herzen. Sie wollten nicht zurückstehen hinter jenem Mädchen, das am Nachmittag die frohe Botschaft empfangen hatte. Ein Vater hatte mit seinem Sohn das Dorf besucht. Überschwengliche Glückwünsche sollten den Neid kaschieren, doch die zukünftige Braut, diese Glücksmarie, bemerkte die Mißgunst, und ob, denn darum ging es ja, das war der Zweck des Ganzen. Doch wo war sie jetzt? Nirgendwo zu entdecken natürlich, machte sich rar wie eine Prinzessin. Dabei war der Sohn nichts Besonderes, eine exakte Kopie seines Vaters, nur jünger natürlich, aber wie lange noch. Ein ganz normaler junger Mann, einer aus der Massenproduktion, Fließbandarbeit, so was. Sie würden wählerischer sein, das war klar.

Der Vater hatte sich mit der Mutter unterhalten, im Beisein der Tochter: »Meine Mutter ist fast taub, müssen Sie wissen, und ihre Stimme sehr schwach. Deshalb werde ich Ihnen wiederholen, was sie sagt. Ich werde ehrlich sein. Auch wenn sie der Heirat nicht zustimmen will.«

Und so tat die Mutter, was sie immer tat, das heißt, schwachsinnig lächeln und nicken, und die Tochter betätigte sich als Bauchrednerin. Jeden Satz des Vaters wiederholte sie der Mutter ins Ohr, tat danach, als lauschte sie, was Mutti ihr ins Ohr keuchte, und übersetzte deren bloßes Atemholen in verständliche Sprache. »Meine Mutter ist der Meinung, daß die Mitgift viel zu niedrig ist.«

Der Sohn war, wie sein Vater, zu dumm, um zu begreifen, was vor sich ging. Ein gutes Zeichen, ja, sogar ein vortreffliches. Nach dem Gespräch war ihr Ohr von Mutters Speichel ganz durchweicht. Vater und Sohn stiegen wieder auf ihren Karren, beeindruckt vom Verhandlungsgeschick der Mutter. Wenn man bedachte, daß diese die ganze Zeit nur genickt hatte, dann mußte ihre Zustimmung zur Heirat ein Ergebnis von Kalkül und zögernd gewährten Zugeständnissen sein. Das Mädchen war beglückt: Mit so einem Grützkopf als Mann wäre seine Freiheit vollkommen.

»Hat ganz schön Haare auf den Zähnen«, krächzte der Vater. »Aber man sieht wieder, daß Verhandeln Männersache ist. Zum Glück ist der Vater des Mädchens tot.«

»So ein Mädchen ist doch unbezahlbar«, sagte der Sohn verträumt. Dabei dachte er nicht an ihre eventuellen Kochkünste, sondern daran, daß er den mütterlichen Klauen entronnen sei, während das Mädchen vor allem ihre bevorstehende Flucht aus dem Dorf vor Augen hatte.

»Hä?« sagte der Vater. »Unbezahlbar? Esel! Dummkopf!« Er versetzte ihm eine Kopfnuß. »Keine Frau ist unbezahlbar. Deine Mutter will, daß du heiratest, damit endlich ein Mann aus dir wird. Ein Mann, verstehst du! So wie du redet kein Mann! Gestern hast du dir noch in die Hosen geschissen, und heute bist du schon romantisch.« Das mit gestern war natürlich übertrieben; in den letzten Jahren war seine Hose immer pieksauber gewesen. »Unbezahlbar? Bei Vieh und Frauen gibt es immer was runterzuhandeln, schreib dir das hinter die Ohren«, sagte der Vater und zog ihn zur Verdeutlichung an selbigen.

Davon abgesehen waren die Mädchen, so dachte Baba Baluk jedenfalls, als er sich, hinter Kakteen und Häusern Deckung suchend, ins Dorf schlich, stets zum Sex bereit. Auf den Dächern folgte ein geflügelter Schatten seinem Schleichweg, vielleicht Senunu, doch das Gold, das auf dem Rücken des Verfolgers aufleuchtete, hatte er bei Senunu noch nie gesehen. Die Flügel waren zu klein, und Senunu hatte keine Locken – und was hatten die Lichtblitze zu bedeuten, die er abschoß? Er wartete, bis die Mütter in die Häuser getragen und in ihre Grablager gelegt worden waren. Er überlegte, in welches Haus er eindringen solle. Über die Mauer zu klettern und in den Hof zu springen war kein Problem. Die Fassaden der Häuser hier waren voller Löcher und Unebenheiten, andernfalls hätte er aber auch die Weinstöcke als Jakobsleiter benutzen können. Gespenster aus Finsternis liefen ihm voraus, schlichen sich um Ecken und kletterten auf Bäume. Senunu flog in Richtung seines Baumstammes, flog tiefer, dann höher, dann wieder tiefer und wieder auf, um Cheira und Heira Bericht zu erstatten.

Er hörte Stimmen, erst hier, dann da: Er wußte nicht, ob die jungen Frauen sich in den Häusern oder draußen aufhielten. Seine Aufmerksamkeit irrte umher.

Das Mädchen, das in der Tür stehend Gestalt annahm, sah ihn an, als ob es ihn schon seit einer Weile beobachtete. Sein Mund war geöffnet, die Vorderzähne standen vor, offensichtlich hatte es als Kind oft am Daumen gelutscht; die Unterlippe war voll. Die zusammengekniffenen Augen verrieten höchstes Interesse. Die eine Hand hielt es gegen den Türpfosten gestützt, die andere ruhte auf der Hüfte, die dafür mehr Platz als nötig bot. Eine äußerst verführerische Körperhaltung. Die Zehen des rechten Fußes ruhten auf dem Spann des linken. Die Sohle der Babusche klapperte fortwährend gegen die Ferse, im Rhythmus eines »Ach-nee,-wen-haben-wir-denn-da?«

Baba Baluk drängte die junge Frau sanft ins Haus, ohne daß sie sich wehrte.

»Hör zu«, sagte er, »laß uns anfangen.«

Die Nacht und die Sterne standen in ihren großen Augen.

»Halt mal«, sagte er und hielt ihr den Saum seines Gewandes hin. Brav griff sie danach und betrachtete genau, was sich dadurch entblößte. Nach eingehender Prüfung fing sie an zu prusten, versuchte, ein Lachen zu unterdrücken, konnte es aber schließlich nicht mehr zurückhalten.

»Ist das alles?« erkundigte sie sich mit feuchten Augen und ließ den Saum mit einer zickigen Gebärde fallen. Sie wandte pikiert ihr Gesicht ab: »Du hättest den von meinem dämlichen Bruder sehen sollen«, und ging ins Zimmer – der Vorhang schaukelte nach –, von wo aus sie noch rief: »Vergiß nicht, die Tür hinter dir zuzumachen.«

Beschämt schlich er sich auf Zehenspitzen aus dem Haus. Offensichtlich war seine heutige Lektion doch nicht so eindrucksvoll gewesen, dachte er und verfluchte das wunderliche Mädchen aus seinen Schäferstunden, er kannte nicht einmal seinen Namen. Aufgeben aber wollte er nicht. Die Lust war beinahe unerträglich. Aus einem Fenster kam ein Zischen. Aus dem Boudoir der tagsüber mit Neid bedachten Braut winkte ein Finger. Sie gab ihm zu verstehen, daß er zur Hintertür gehen und vor allem keinen Laut von sich geben solle. Ihr Gesicht sah er nicht, nur das Glitzern ihrer Armbänder. Sie hatte auf dem Dach gestanden und auf den Horizont geblickt, als könnte sie so ihre Träume, ihre Zukunft und ihren in Kürze zurückkehrenden Heiratskandidaten besser sehen. Vom Dach aus hatte sie die beiden beobachtet und war neugierig geworden.

Als er die Tür erreicht hatte, zerrte sie ihn hinein und führte ihn in ein von schwerem Parfüm und Weihrauch durchzogenes Schlafzimmer. Kissen und Felle, golddurchwirkte Tücher lagen über einem alten Sofa drapiert, ihre Füße waren über und über mit Henna gefärbt, die Fußreifen klirrten verräterisch im Rhythmus ihres katzenartigen Gangs. Er griff ihr an die keilkissenförmige hinterwärtige Schönheit, aber sie schlug seine Hand weg. Sie setzte sich, er blieb stehen.

»Zeig her!« befahl sie.

»Hör zu«, antwortete er, »laß uns anfangen.«

Sie aber ließ keinen Zweifel daran aufkommen, wer hier das Sagen hatte. Sie wehrte ihn ab, ergriff sein Leben und inspizierte es von allen Seiten, schließlich nickte sie, aber nicht wohlwollend, sondern mit dem Interesse eines Arztes. Sie konnte jetzt alle Erfahrung gebrauchen, die sie kriegen konnte. Aber dann nach ihren Regeln, denn sie mußte vorsichtig sein oder auch nicht. Das Gesicht ihres Heiratspartners, das heißt insofern sie sich daran erinnerte, sprach ganze Bände einer Bibliothek der Einfalt. Auf ihre Bitte hin setzte sich Baba Baluk, und sie fragte ihn, ob er etwas essen wolle. Nein, das wolle er gewiß nicht. Sie tatschte ihm auf die fummelnden Finger: Eins war klar, das hier wurde eine Tortur. Sie wollte wissen, wie er auf ihr Streicheln hier und ihr Kneifen dort reagierte. Aha. Wenn sie dies tat, dann geschah das. Hmm. Interessant. Ja, das war es, was sie sagte: *Interessant*. Ob er sich ganz sicher sei, daß er nichts zu essen wolle, woher wolle er denn die Kraft nehmen? Was er hier aber tatsächlich brauchte, war Geduld, Kraft weniger. Die Hintertür öffnete sich quietschend, doch beim lauten Geraschel der sperrigen Gewänder entging ihr das. Nicht ein Fleck an ihrem Körper, der nicht parfümiert war, so daß seine Zunge nicht ihre Haut, sondern nur das bittere

Prickeln von Rosenwasser und Lavendel zu schmecken bekam. Rouge verschmierte seinen Mund, Krümel keineswegs zurückhaltend aufgetragenen Kajals kullerten auf ihre Jochbeine, es zog ihn an und stieß ihn gleichzeitig ab, seine ungeduldigen Hände wurden abgewehrt und zu anderen Körperbereichen geleitet. Irgendwo glitzerte ein Goldpfeil.

Er roch nach einer ganzen Drogerie, als er zur Hintertür hinausschlüpfte, erschöpft, unbefriedigt, wie durch die Mangel gedreht, endlich Ruhe, morgen würde ihm das Mädchen in seinem kleinen Garten Erlösung bringen. Plötzlich wurde er am Kragen gepackt. Ein zweites Mädchen, um die nackten Schultern ein Umschlagtuch geschlungen, sah ihn drohend an.

»Wo willst du denn hin?«

»Hör zu«, fing er an. Das Mädchen preßte ihm die Hand auf den Mund, sie roch nach einer Mischung aus Essensgerüchen und Parfüm. Mehr als Gemurmel brachte er nicht hervor. Unter dem Tuch war es nackt, verletzlich und unwiderstehlich, die Striemen des strammsitzenden Büstenhalters waren rund um die Brüste noch sichtbar, und irgendwie kam ihm das bekannt vor. Er verfluchte ein weiteres Mal das Mädchen, dessen Namen er nicht kannte.

Viele Tage später erwachte Baba Baluk unter den Feigenbäumen. Ein Schneesturm, der durch seine Träume getost war, stellte sich beim Erwachen als Blüten- und Pollenflug heraus. Er blinzelte gegen das Licht, seine Wimpern waren durchsichtige Fächer aus Pfauenfedern, und er schlief wieder ein, öffnete jedoch abermals die Augen, als ein roter Fleck, im Wachen erblickt, in der fahlen Düsternis seines Halbschlafs einfach nicht weichen wollte. Er hörte dumpfe Schläge. War er selbst hierher gekrochen oder hatte man ihn hier abgelegt? Ein Atem hauchte über seine Stirn. Er hörte ein vertrautes Lachen. Jeder Knochen im Leib tat ihm weh. Und sein Gewand, er trug es verkehrt herum, zog schwer an seinem kraftlosen Körper. Offensichtlich hatten die Mädchen an seinem Kupferohrring gezogen, denn dieser hing wie Blei am verletzten Ohrläppchen. Schlaff wie ein leerer Wassersack versuchte er, sich von den Lektionen in Beherrschung und unterdrückter Ekstase zu erholen. Spritziger Sex, das jedenfalls ließen die Flecken aller Größe auf den Laken vermuten. Sein Wollustkolostrum auf der glänzenden Eichelkuppel hatte bei den Mädchen Faszination, Heiterkeit und Ekel ausgelöst. Sie zerrieben die Vorflüssigkeit zwischen den Fingern, dieses zu frühe Perlennaß: So viele verlorene Kinder! Die Frauen bemühten sich sehr, das, was sie verraten konnte, aus ihren Laken zu waschen.

Man hatte an ihm herumgezupft, er war von einem Arm zum anderen gereicht worden, wurde zur allmählich versiegenden Kaskade, die schließlich immer wieder bei seiner ersten Konkubine zerfloß, welche Quadryge hieß und rasch lernte – sie hatte es sehr eilig – und ihm dann doch noch das Essen gab, das er zurückgewiesen hatte. Sie hatten ihn zu Pulver zermahlen, zerdrückt, verformt, untersucht, eine willenlose Puppe zwischen ihren wißbegierigen Händen, ihren gnadenlosen Fingernägeln. Traum und Realität deckten sich keineswegs immer, und bisweilen fühlte er sich mißbraucht. Doch Protest war schlichtweg unmöglich, ein lautes Zeichen von seiner Seite hätten Magie und Konzentration sofort zerstört. Er nahm die Stellung von Gottesanbeterinnen und Fröschen ein, wobei sein Rücken ihm wahre Qualen bereitete. Er wunderte sich über die große Variationsbreite des Geruchs: von sauer und metallisch über stark maritime Brisen zu Muskus und verrottenden Rosen (nicht abschweifen, meine Herren). Es war ihm nicht klar, ob er sich mit seinem Handeln für die Herzlosigkeit seiner Lehrerin rächen wollte oder ob er einfach nur blind seiner neuerweckten Lust gehorchte. Obwohl, für Rache hatte er bisher noch keinen Anlaß gehabt. Jetzt spürte er nur den leichten Ekel, der oft als Folge von fleischlicher Übersättigung und Unterwürfigkeit auftritt. Sein Striemel lag leblos im Gekräuse, im schwarzverrußten Nest, aus dem sich der Phönix für eine Weile nicht mehr erheben würde.

»Und?« Das Mädchen kauerte sich neben ihn und betrachtete ihn von oben bis unten. »Waren die Mädchen zufrieden?«

Er nickte.

»Tja, sie wissen es ja nicht besser.«

Wäre er nicht so kraftlos, würde er sie jetzt ohrfeigen, schoß ihm durch den Kopf. Und so verkehrte sich seine Wut in Selbstmitleid. Wußte sie überhaupt, daß er in den vergangenen Tagen sieben Mädchen zu Willen gewesen war? Sie hatte keine Ahnung von seiner Ausdauer und seinen schier unerschöpflichen Kräften. Für ihre anmaßenden Worte bestand kein Grund.

»Ach, mein lieber Schäfer. Es ist nicht einfach, eine Frau zu sein.«

Sie zog seinen Kopf in den Schoß und kraulte sein Kraushaar. Sie gab ihm Milch zu trinken und Feigen und Datteln zu essen.

»Komm, steh auf und wasch dich. Spül dir das Rouge und den Lippenstift vom Gesicht.« Er roch nach Parfüms und Körperflüssigkeiten, eine betäubende Mischung aus Sperma und Gebärmutter.

»Ich kann mich nicht bewegen. Mein Unterleib ist gelähmt.«

»Stell dich nicht so an. Hoch mit dir!«

Mit ihrer Hilfe richtete er sich langsam auf, und als er

schließlich saß, mußte er einen Augenblick verschnaufen. Ihre rote Schüssel stand am Bachufer. Sie schöpfte mit den Händen Wasser heraus und goß es ihm über den Kopf. Das tat sie so lange, bis er sich nach und nach, wie ein Kamel, erhoben hatte und auf zitternden Beinen in den Bach steigen konnte. Das Licht schmerzte ihm in den Augen.

»Zieh erst mal dein Gewand aus!«

Der Esel trug ihn nach Hause. Hinter ihm drängelten sich die neun Ziegen mit ihrem fröhlichen Gebimmel. Der Abend brach an. Er stolperte ins Haus, an Cheira und Heira vorbei, die gerade die letzten Knoten ihres Teppichs knüpften, und ließ sich in seinem kleinen Zimmer aufs Bett fallen. Er hatte nicht gesehen, daß Cheira, die rechte Hälfte der beiden, schwer atmend an Heira gelehnt lag. Es ging ihr nicht gut, sie war am Sterben, phantasierte leise und wohlklingend vor sich hin, und hörte das beruhigende Klopfen von Heiras Herz. Sabber tropfte ihr aus dem Mund, während Heira sie summend wiegte in inniger Umarmung. Sie hatte ein weißes Umschlagtuch über sich und ihre Widerhälfte gelegt.

Baba Baluk schlief bis zum nächsten Mittag, als die Kinder kreischend zur Schule hinausstürmten. Er fühlte sich wie neugeboren.

Am Nachmittag ratterte ein Eselskarren mit Verdeck ins Dorf. Quadryge geriet in Panik und begann, fieberhaft in ihren Kleidern zu wühlen und sich zu schminken. Sie konnte ihren Kajal nicht finden und rannte durch alle Zimmer, bis sie bemerkte, daß sie ihn in der Hand hielt. Die anderen Mädchen, die in ihren Kleiderschößen gerade Blüten sortierten, um Kränze daraus zu winden, strömten zum Schauspiel des Geschehens und warteten gespannt, was passieren würde. Nachdem sie die weißen und roten Blüten in einen Korb geworfen hatten, strichen sie die Falten ihrer Kleider glatt und zähmten die widerspenstigen Strähnen im Knoten oder in den offen getragenen Haaren.

Der Eselskarren kam zum Stehen, und das Tier schüttelte seinen Kopf.

»Laßt ihn nicht rein! Laßt ihn noch nicht rein!« rief Quadryge in verhetztem Schrecken. Sie hatte gerade eine heftige Meinungsverschiedenheit mit ihren Kleidern, die plötzlich weder Kragen noch Ärmel zu haben schienen. Ihr kam alles asymmetrisch vor, endlos kurbelte sie mit ihren Schultern und war am Rande eines Schreikrampfs. Dabei hatte sie nur die Weste falsch geknöpft. So hatte sie sich das nicht vorgestellt. Eines der Mädchen beobachtete ihre komödienhafte Panik und sagte, nicht ohne Schadenfreude und Triumph in der Stimme: »Immer mit der Ruhe, laß es am besten sein!«

Mit hochgereckten Ellenbogen und hängendem Kopf, am Hals herumfummelnd, sie konnte den Verschluß des Kettchens nicht finden, verschwand Quadryge wieder durch einen Vorhang in der duftenden Finsternis. Der Weihrauch brannte Tag und Nacht.

»Quadryge, hör mal –«

»Sofia, verdufte!« kreischte sie.

Der Eseltreiber sah, was übrigens äußerst merkwürdig war, keinen Tag älter aus als an jenem Tag, an dem er die Mütter gefahren hatte. Sein Greisentum war noch aus derselben Asche geformt, dem Verbrannten seiner Jugend. Dieselben Falten, in derselben Menge, durchfurchten sein Gesicht, doch hier lag nicht ein Fall verdorrten Alters vor, sondern eine Art heilsame Reife, begünstigt vom Klima des Grüns und der Regenwolken. Auch der Mann neben ihm auf dem Bock war so jung oder so alt wie damals, als die Mütter seine Dienste in Anspruch genommen hatten.

Sofia folgte Quadryge, um sie zu beruhigen. Sie solle ihr zuhören, sie irre sich; nicht der Hochzeitskandidat sei eingetroffen, auf den sie doch alle warteten, sondern der Lehrer. Der stieg gerade vom Kutschbock, grimassierte Richtung Sonne und grüßte ehrfürchtig, die Augen niedergeschlagen. Er kratzte sich am Hinterkopf.

»Kann ich euren Vater sprechen?« erkundigte er sich, wobei er die Mädchen eines nach dem anderen musterte. Seine Zähne waren safrangelb in der Mittagssonne, manche hatten schwarze Flecken. Er unterließ es besser, zu lächeln oder sein Gebiß zu zeigen, denn es zerriß den erhabenen Traum seiner Schönheit.

Was für ein Herzchen! Er glaubte doch tatsächlich, sie seien alle Schwestern. Die Mädchen kicherten hinter vorgehaltenen Händen, verstummten aber sofort, als Sofia vors Haus geschubst wurde. Zunächst stolpernd, fand sie sofort ihr Gleichgewicht wieder und kam direkt vor dem Lehrer zum Stehen. Sein Atem roch nach Tabak. Sie errötete von den Zehen bis unter die Haarwurzel, trat dann wieder ins Glied ihrer Freundinnen zurück, denen sie einen fragenden Blick zuwarf.

»Er denkt, wir sind Schwestern«, flüsterten sie ihr zu. Erneutes Gekicher.

Der Eseltreiber wischte sich die Stirn. Höchstwahrscheinlich hatte er auch Durst.

»Wir sind keine Schwestern«, antwortete Sofia. Die anderen Mädchen stießen sie in den Rücken. Sie wußte, was das hieß, doch bevor sie die entscheidende Frage stellen konnte, wurde sie von Quadryge beiseite geschubst, die in vollem Ornat und an den Kleidern zupfend herantrat. »Wo ist er?« fragte sie mehrere Male hintereinander, wie jemand, der ein Kind, eine Katze oder ein Armband verloren hatte. Ein koketter Schleier bedeckte die untere Hälfte ihres Gesichts, die Wimpern bewegten sich wie die Zweige eines Strauchs, in dem sich Vögel tummelten. Übertrieben gestikulierte sie mit den Händen, um die Armbänder zum Klirren zu bringen. Sie war so außer Atem, daß ihr offenstehender Mund den Schleier einsog und ausblähte, der dadurch vom dunklen Lippenstift befleckt wurde. Mit Daumen und Zeigefinger lupfte sie den Kaftan in Hüfthöhe ein Stück, so daß ihre Turtelfüßchen und die Fußreifen gut zur Geltung kamen.

»Ich wollte es dir noch sagen«, sagte Sofia achselzuckend, »aber du wolltest ja nicht zuhören.«

Der Eseltreiber und der Lehrer sahen sich an. Sie fanden langsam Spaß an der Sache. Schließlich ging nichts über die Töchter des Vaterlands. Diese Feststellung gefiel ihnen über die Maßen und erfüllte sie mit Stolz (mich ebenfalls, meine Herren).

»Sind Sie die Mutter?« erkundigte er sich bei Quadryge.

Die Mädchen prusteten los und krümmten sich vor Lachen.

»Seid still!« rief Quadryge. »Ab ins Haus!« Die Mädchen schauten sie mit feuchten Augen an und vernahmen das Echo aus der Vergangenheit mit Verblüffung. Vielleicht gehorchten sie deshalb ohne Murren. Quadryge warf ihnen einen Blick zu, den sie unmittelbar verstanden. Sie blieben hinter der Tür stehen, um zu lauschen.

»Ja, ich bin die Mutter. Sie werden das zwar kaum glauben, weil ich, wie Sie sehen, noch so jung bin. Diese Töchter! Zum Verrücktwerden manchmal!«

»Ja, ja«, sagte der Lehrer, »man muß sie an die Kandare nehmen. So leichtsinnig, wie sie sind.« Nichts gehe über die Töchter des Vaterlands, aber doch unter bestimmten Bedingungen und noch strikteren Umständen, selbstredend.

»Sie sind wie die Spatzen, sie flattern mit jedem Wind mit«, bestätigte der Eseltreiber. »Wo ist der Vater der Mädchen?«

»Mein Mann ist auf dem Feld.«

»Es geht um Ihre Söhne«, sagte der Lehrer.

»Er kann jeden Augenblick zurückkommen«, fuhr Quadryge fort. »Warum treten Sie nicht ein? Haben Sie keine Angst, meine Mutter ist zu Hause. Es wird nichts Ehrloses geschehen. Ich lasse Tee für Sie zubereiten. Sie werden beide durstig sein. Die Schlingel, was haben sie jetzt wieder angestellt?«

Die Männer sahen sich an und nickten. Der Eseltreiber stieg vom Bock und folgte mit dem Lehrer der absichtlich langsam schreitenden Frau ins Haus. Die Mädchen wußten, was sie zu tun hatten, und fanden die notwendigen Gerätschaften auch schnell. Im Innern des Hauses angelangt, schlug Quadryge die Tür hinter sich zu, riß den Schleier vom Gesicht und lehnte sich mit dem Rücken gegen die Tür. Die Männer schauten verdutzt auf, als sie den Schlüssel im Schloß hörten.

»Wie die Spatzen, nicht wahr?« Sie ahmte die Stimme des Eseltreibers nach und zog die Augenbrauen in die Höhe. Dann richtete sie den Blick auf den Lehrer: »An die Kandare nehmen, was?« Sie war wütend, ein Dämon aus heruntergeschlucktem Ärger bemächtigte sich ihrer, und aus ihrem Mund brach ein Sturzbach aus Schimpfwörtern, auf die Cheira und Heira stolz hätten sein können: Mondkalb, Gimpel, Geiselbrecht, Milchfridl, Schottenschlicker, Hellrigel. Zwei perfekte Kreise der Anspannung röteten sich auf den Wangen, in ihrem Kopf brüllte ein zornentbranntes Bestiarium, von der Zikade zum Kuckuck, vom Frosch zur Feldgrille – manchmal habe ich mich einfach nicht unter Kontrolle.

Ihr Putz war zerlaufen. Doch genoß sie die Situation wie die anderen Mädchen auch, die grell auflachten und dann den Gefangenen mit zusammengekniffenen Augen drohende Blicke zuwarfen, wobei sie die Augenlider leicht zittern ließen. Sie streuten Blüten über die Männer, hoben ihre Kleider und spreizten die Beine vor deren gepeinigten Augen. Was sie mit dem Schäfer angestellt hatten, würde nichts sein verglichen mit dem, was sie mit den beiden vorhatten.

Dieses Gelächter war das letzte, was die beiden Männer hörten, bevor sie von hinten attackiert, zu Boden gestoßen, gefesselt und mit Taschentüchern geknebelt wurden. Mitten im panischen Durcheinander schoß dem Lehrer durch den Kopf, daß er jetzt Paravion wohl nie mehr zu Gesicht bekäme. Und als sie in ein Zimmer eingesperrt wurden, war beiden klar, daß sie verloren waren, und das hatte nichts zu tun mit Quadryges Tobsuchtsanfall und der Wut ihrer Harpyien.

An diesem Abend wartete der Apfelverkäufer vergeblich auf den Lehrer. Beide hatten die Angewohnheit, nach getaner Arbeit zusammen nach Paravion zu gehen, um in der Bar Zach zur Ruhe zu kommen und sich die Ereignisse des Tages zu berichten. Also ging er diesmal allein. Hinter dem lila Abend und den lila Hügeln leuchteten die gelben Laternen von Paravion. So glutvoll erleuchtet war Paravion, daß die Sterne nicht mehr zu sehen waren.

»Hä?«

Es war klar, daß der zukünftige Bräutigam noch einigen Schliffs bedurfte. Er ging mit Quadryge unter den Olivenbäumen hinter dem Dorf spazieren, von Lichtfleck zu fleckigem Schatten in rhythmischem Wechsel. Die abblätternden Häuser, acht an der Zahl, standen, die Gesichter einander zugekehrt, im Rund und bildeten eine Freifläche, auf der sich ein abgetakelter Brunnen befand, direkt unter einem patinagrünen, kahlen, rheumasteif verkümmerten Baum, der wie eine alte vierarmige Bauchtänzerin aussah. An einem der Armstümpfe hatte sich ein Eimer erhängt. Mamurras und Baba Baluks Haus war von einem Weinstock überwuchert. Das Verdeck des Eselkarrens, der durch die Räder gesackt war, bestand nur noch aus einem kargen Rippengestell, daneben lag das glänzende Knochengerüst eines Maulesels. Die Skelette des Lehrers und des Eseltreibers waren verscharrt. Schon in jener Nacht, als sich die Mädchen an den beiden vergreifen wollten, hatten sie nur Knochen vorgefunden. Männer! Waren auch nicht mehr das, was sie mal waren.

Wer einmal in Paravion eine Seele erhalten hat, kann nie mehr für längere Zeit in sein Vaterland zurückkehren. Man wechselt nicht straflos den Geist, das ist mir, mein lieber Schäfer, inzwischen klar geworden. Kein Herz kann an zwei Orten zugleich schlagen.

Die Häuser standen auf einer Hügelkuppe, die von spitzstoppeligen Kakteen umgeben war. Hügelabwärts wuchs kein einziger Baum. Die Erde war vertrocknet und atmete mit dürren Lungen nur noch Staub. Das üppige Grün im Abqar-Tal mußte eine Luftspiegelung sein. Dennoch schienen Laub und Vögel allerbester Stimmung zu sein. Die fünf Feigenbäume, die sich dort unsterblich hinkauerten, hatten noch nie eine nennenswerte Ernte hervorgebracht. Der Horizont war weiß und schlierig, die Berge mit ihren dunklen Furchen waren lila, das flache Gelände rot. Das Meckern der Ziegen klang kläglich, das Läuten ihrer Glöckchen träge und leise, der Esel schluchzte grundlos mit langgestrecktem Hals. Die Grillen zirpten. Ein weißer Schmetterling haspelte panisch vorbei, auf der Suche nach Blumen oder seinen verlorenen Farben. Eine Schwalbe zog ihre Kreise über den beiden, die jetzt in den Himmel schauten. Der Nachmittag war so öde wie ihre Unterhaltung.

Er schien von dem, was sie ihm erzählte, nicht allzuviel zu begreifen. Sie malte sich gerade die gemeinsame Zukunft aus – mit Paravion am Horizont – und zählte auf, was er von ihr erwarten konnte und was nicht, und vor allem, was sie von ihm erwartete. Und er – er blökte einfach drauflos.

»Wenn wir erst einmal verheiratet sind, wird alles gut«, wiederholte er immer wieder. Er betrachtete sie voller Stolz, griff nach ihrer Hand, aber sie stieß ihn weg und schlug ihm fester auf sein flatterndes Händchen als nötig. Dabei war seine Handgreiflichkeit nur zu verständlich, denn sie sah blendend aus. Das kastanienbraune, glatte Haar fiel auf die Schultern, bauschte sich leicht an den Enden; ihre Augen hatten die mädchenhafte Lohe verloren und statt dessen zum sanften Ernst ausgeglichener Erwachsenheit gefunden. Ihr breiter Mund war geschmeidig und elastisch, kräuselte sich, streckte und bog sich je nach Laune; Ober- und Unterlippe waren gleich groß, leberfarbig, fast schwarz an der Innenseite. Das schmale Gesicht und der schlanke Hals ließen den Betrachter keinesfalls einen so überproportional großen Busen vermuten, welcher durch keinen Büstenhalter zu zähmen war, und auch die primitiven Hüften und das ausschweifende Becken nicht, die schwer an einer viel zu schmalen Taille und Rückenpartie zogen. Das Gebären werde, so hatte der Vater dem Sohne zugeflüstert, kaum ein Problem für sie sein. Er könne ihm glauben.

»Ich bin eine anständige Frau! Untersteh dich!« rief sie aus, als er sie bei ihrer ganzen Üppigkeit packen wollte.

»Hä?«

Nicht nur sie, sondern auch die anderen Mädchen hatten sich verändert. Ihr Denken war voller Überschwang, ihre Bewegungen waren selbstsicherer geworden und ihre Blicke herausfordernd. Der Lehrer und der Eseltreiber waren leider schon zu grinsenden Skeletten verwest, sonst könnten sie die Mädchen, blüten- und weinrankenverziert, vor sich stehen sehen; besessen von einer natürlichen Kraft, einer Naturkraft, waren ihre Bewegungen jetzt vollkommen aufeinander eingespielt, sie handelten nach festem Ablauf wie bei einem Ritual. Sämtliche Differenzen schienen verschwunden zu sein, sie fühlten sich einander verbunden. Eine zerstörerische Sinnlichkeit jauchzte in ihrem Blut.

Der junge Mann blieb stehen und zog Quadryge fest entschlossen und mit etwas, das er für Zärtlichkeit hielt, an sich. Er glaubte, daß sie sich in seiner Umarmung sicher fühlen werde, daß sie dort, in einer mit Liebe und Zuneigung erfüllten Welt, in der sein Herzbumpern die Stützbalken ihres zukünftigen Traumhauses gerade in den Boden rammte, ihre täglichen Sorgen vergessen könne. Er faßte sie am Kinn und schaute ihr tief in die Augen. Sei es nicht an der Zeit für das Minnespiel? Schließlich seien sie doch so gut wie verheiratet, na ja ... ein bißchen sich ins Gras legen, was sei schon dabei? Sie riß sich los.

»Ich kauf' doch keine Katze im Sack!« sagte der junge Mann und verdrehte die Augen dabei, als hätte er diesen Ausdruck nur mit größter Mühe auswendig gelernt, was wohl auch stimmte. Er blieb stehen und zwinkerte ihr mit schiefem Lächeln zu. Sie sah ihn prüfend an: So viel Blödsinn könne doch nicht in so einen kleinen Schädel passen, dachte sie sich. Etwas in ihr kochte langsam hoch, doch sie schwieg. Deshalb zwinkerte er nochmals. Er wollte damit ausdrücken, daß er nicht nach Fleisch schnappe, wenn er nur den Schatten sehe. Sie wich einen Schritt zurück. Ein ganzes Sonnensystem explodierte vor seinen Augen, als sie ihm in seine Samendatteln trat. Er sackte zusammen, Übelkeit höhlte seinen Magen und würgte ihn, bevor er mit aufgerissenem Mund die Luft literweise trank. Sie warf den Kopf zurück und ging davon, während er langsam wieder zu sich kam.

Als er wenig später bei dem ihm so wohlvertrauten Brunnen die Hose wusch, weinend, wie er es seit den tränenreichen Kindertagen nicht mehr getan hatte, verfluchte er seinen Schließmuskel, seinen Vater, seine Mutter, seine Hochzeit, das Leben und die Welt, in der er lebte. Dieses Flittchen! Und er verfluchte auch die Schwalbe, die ihn umkreiste. Er hatte genug. Er stürzte sich in den Brunnen.

Das Mädchen ließ sich vornüber auf Baba Baluk sinken und hörte das wilde Wummern seines Herzens. Er drückte sie an sich, doch sie löste sich aus seiner Umarmung. »Du wirst besser«, sagte sie, »doch in den anderen Stellungen hapert's noch gehörig. Du bist vorn zu brustlastig und hinten ein Leichtgewicht. Umgekehrt muß es sein.« Ihr warmer Atem roch nach Süße, und ihre Lippen waren klebrig, als ob sie gerade an einem Eis geleckt hätte.

Er nickte unter Keuchen und streichelte ihre Wange. »Und«, fuhr sie fort, »dein Schweiß stinkt nach nassem Fell.«

»Das stimmt«, sagte er, »ich wurde mit der Milch einer Hündin gestillt.«

Sie stand auf, und er ging zum Bach, um sich zu waschen. Die Knie des Mädchens waren zerschrammt, und es sickerte schwarzes Blut aus den Wunden. Danach überprüfte sie den Inhalt ihrer Schüssel und nickte zufrieden. »Mein lieber, lieber Baba Baluk«, flüsterte sie ihm zu, der schon wieder aus dem Bach gestiegen war, und setzte sich neben ihn. Sie legte seinen Kopf auf ihren Schoß. Ihr Mund und ihre Handflächen waren schweißnaß und klebrig, ein süßlicher Geruch ging von ihr aus. Die Ziegen schliefen, und Stille herrschte. Als er seine Augen öffnete, war alles von einem fahlblauen Schleier bedeckt, einer sich schnell auflösenden Haut. Auf seinem nackten Rücken hatten die Steine ein Gewirr roter Abdrücke hinterlassen, Linien und Sicheln.

Der Fischer zog seine Netze voller Fische und Leichen ein. Weiße Eulen umflatterten ihn wie Irre im Niemandsland zwischen Morea und Paravion. Ein alter und wahrer Glaube besagt, daß die Seele des Menschen sich in eine Eule verwandle, die dem Schädel der Leiche entspringe. Wer überlebe, bekomme in Paravion eine neue Seele. Mißmutig schüttelte der Fischer den Kopf. Na ja, dachte er, immerhin hatten die Fische durch den Proviant der untergegangenen Reisenden reichlich Futter – und Teppiche, auf denen sie schlafen konnten. Er war verbittert. Schon vor langem hatte er aufgehört, die Leichen zu begraben, und auch diese hier gab er den Wogen zurück, die gierig danach schnappten. Er stopfte sich eine Haschpfeife, nahm einen Zug und brach Richtung Teehaus auf.

Heira kam, auf ihren Krummstab gestützt, in der Hitze der weißen Siesta mit der toten Cheira an ihrer Seite nur mühsam vorwärts. Vor ihr flimmerte die Fata Morgana, die sie betrat, als zwänge sie sich durch einen Tanz durchsichtiger Schleier. Dort starb sie.

Die Torwächter von Paravion waren vor den Stadtmauern eingeschlafen. Auf dem Erdwall saßen Tausende von Eulen, denen der Zugang verwehrt worden war. Der Himmel war bewölkt. Die untersten Wolkenschichten dräuten mit Regen und versprachen Aufheiterungen in den Schaumkronen. Man mußte auf alles gefaßt sein im launigen, lieben und teuren Paravion.

III

1

Hör zu.

»Hatscha!«

Und nochmal: »Hatscha!«

Das ist schon besser. Noch nicht perfekt, aber besser, viel besser. Er macht Fortschritte.

Das ist Paravion – siehe, seine Minarette sind schon zu erkennen. Stolz wie erhobene Mittelfinger erheben sie sich zenitwärts und lassen die demutsvoll hingekauerten Kirchtürme hinter sich. Noch höhere Minarette waren bereits im Bau, und die allerhöchsten wurden gerade entworfen. Nicht mehr lange, so lautete ein Gerücht im Teehaus, und alle Kirchen werden sich in Moscheen verwandeln. Das sei nur eine Frage der Zeit, sagte der Teppichverkäufer, der mehr mit der Spitze des Kinnbarts zu sprechen schien als mit dem Mund. Die übrigen Gäste nickten.

Der Name des Cafés lautete Bar Zach. Es war keine echte Bar, das heißt eine, in der Alkohol ausgeschenkt wurde, nein, der Wirt wollte nur einen modern klingenden Namen. Jeder aus Morea kam hierher, um unter Seinesgleichen zu sein, sich zu akklimatisieren und im neuen Land allmählich die ersten Schritte zu tun – sofern man sich überhaupt bewegte. Hier trank man zischende und sprudelnde Limonaden, zum Beispiel Orangina, Crush und Judor (»Das Getränk der Jugend«). Sie schmeckten nach Orangen, Moreas Frucht par excellence. Außerdem servierte man hier das erfrischende La Cigogne, dessen Flasche ein Storchrelief zum

Signet hatte. Das Getränk kitzelte in der Nase wie ein Nieser, der partout nicht raus wollte. Die beiden beliebtesten Getränke aber waren Cola Maroca und Zam Zam Cola, anregend und mit Kohlensäure, aber auch mit E 120 bis inklusive E 160 versetzt. Der Geschmack von Vaterland in Flaschen, denn die Getränke waren durchweg moreanische Marken. Bei den Flaschen stand auch eine Flasche Apfelshampoo, sie war aus Versehen dazwischengeraten, gehörte eigentlich dem Karrenlenker, der es einfach nicht fassen konnte, daß man aus Granny-Smith-Äpfeln Shampoo machte. Stellt euch das mal vor! Noch so ein technisches Wunder von Paravion. Der Teppichhändler weigerte sich daraufhin, Äpfel zu essen: »Ich will keinen Schaum im Magen«, sagte er.

Das Teehaus war voll von Stimmen und haarsträubenden Geschichten und vom Geruch von Krauseminze: alte Bekannte. Die neuangekommenen sieben Männer waren schon vor Jahren in den Kreis aufgenommen worden. Sie unterhielten sich angeregt: »Glaub' mir, es geht nichts über Telefunken!«

»Grundig – besser geht's nicht.«

»Ich will mal einen Mercedes Benz.«

»Halla! Mein Traum ist ein Honda Civic.«

»Ach, haltet doch alle den Mund! Ein Golf GTI, das wär's. Halla! Und bei einem Ford Escort oder Transit würde ich auch nicht nein sagen!«

Sie fielen sich schreiend ins Wort, brummten wie die Motoren der genannten Autos, und träumten mit Augen, die bisher nur Simcas und Peugeots 205 erblickt hatten. Der Fischer war der einzige, der einen echten Mercedes hatte, denn er verdiente viel Geld mit dem Handel von Mutterkorn und Cannabis, die er bei Cheira und Heira ertauschte. Seit kurzem jedoch waren die Lieferanten verschwunden;

vermutlich gestorben. Jetzt hatte er keine Ware mehr und mußte sich etwas einfallen lassen, vielleicht könnte er den Mercedes an einen der Brüder verkaufen. Sein Ansehen stand auf dem Spiel. In seinem Rausch nickte er und trank lächelnd seinen Tee.

Auf der Vorderseite des Hauses hing ein Schild: FÜR FRAUEN VERBOTEN! Das Gebäude war viereckig, die Schatten in seinem Innern waren rotbraun, die Theke bestand aus einem Brett, das auf zwei Fässern ruhte; dahinter diente ein kleiner blau-weiß gekachelter Alkoven als Küche; dort stand ein Gasherd, auf dem Tee gekocht wurde, aber auch Suppen und Eintöpfe aus Hühnerfleisch, Kartoffeln und Oliven. In Mauernischen standen Öllampen – das sparte Strom. Das Teehaus müßte eigentlich dringend vergrößert werden, denn die Zahl der Gäste stieg ständig. Es befand sich am Haupteingang von Paravion und fungierte, wie bereits erwähnt, gewissermaßen als Empfangshalle für Neuankömmlinge. Davor stand in geplättelter Erde der Baum mit den glasierten Äpfeln. Der Boden hier war feucht und fruchtbar. In den Grünanlagen um das Teehaus herum blühten Rosen, häufig besucht von glücklichen Bienen.

Ein Teil des Gebäudes war eingerüstet, und die Bauarbeiter tranken noch vor Arbeitsbeginn Tee und aßen Gebäck. Doch gingen sie während ihrer Brotzeit so im Betrachten der Passanten (–/w) auf, daß die Zeit bis zum Anbruch der Siesta rasch verging und es danach zum Arbeiten natürlich zu heiß war. Ein Mittagsschläfchen aber würde sie gewiß erfrischen. Wie sie bei alledem zu den Farbspritzern auf Kleidern und Händen und zu den schwarzen Rändern unter den Nägeln kamen, war ein Geheimnis des Lebens. Sie schlürften, schmatzten und rülpsten.

Die Frauen von Paravion zeigten viel nackte Haut, die Palmsprößlinge ihrer durchsichtigen Gliedmaßen und meist bepunkteten Busen waren appetitlich anzusehen und erfüllten die Besucher des Teehauses mit Geilheit und Ekel gleichermaßen. Doch wirklich schamlos waren erst die Wesen im grünen Zentrum von Paravion, dort, wo jegliche Bekleidung verboten zu sein schien. Zum Glück befand sich das Teehaus im Ostteil des Parks, also weit von diesem Ort des Sittenverfalls entfernt.

Gegenüber befand sich die Pizzeria Süzülien, wo die schnauzbärtigen Ober ein merkwürdiges Italienisch sprachen, und wiederum daneben stand ein weiteres Gasthaus, Shalaam – Marijkens Lieblingsrestaurant –, es war auf Falafel spezialisiert. Die Teehäusler unterhielten kaum Kontakte zu den Gästen des Shalaam. Die Bauarbeiter erhoben sich und trugen das Tablett mit der Teekanne und den Gläsern hinein. Pffft, sie seien müde, jetzt erst mal ein kleines Schläfchen, am frühen Nachmittag werden sie wiederkommen, um weiterzuarbeiten. Der Wirt nickte und grüßte zurück. Durch einen Wasserfall bunter Perlen hindurch traten sie auf die Straße. Der Postbote bastelte an seinem Solex herum, wie jeden Tag. In Paravion gab es keine Ersatzteile dafür, und so mußte er sich mit Draht, Bindfaden und sogar Klebeband behelfen. Den Traum, sich ein neues Solex anzuschaffen, hatte er schon längst aufgegeben. Die Marke gab es hier nicht. Und sollte sich sein Solex nur noch auf Krücken vorwärtsbewegen, er würde sich trotzdem nie davon trennen. Er war in Paravion zu einer Sehenswürdigkeit geworden, und man hatte ihm schon viel Geld für seinen fahrenden Untersatz geboten, doch er wollte es nicht verkaufen. Er hätte es zu gern gegen ein anderes Solex eingetauscht, doch das einzige, das er je zu Gesicht bekommen hatte, stand im Schaufenster eines Museums oder einer Kunstausstellung oder in einer ähnlich verrückten Institution, von denen es in Paravion so viele gab.

Im Teehaus lief ein Fernseher, der auf einen moreanischen Sender eingestellt war. Es wurden gerade Bilder vom Narvelmeer gezeigt, wo die Guardia Civil ein paar Schiffbrüchige herzlich willkommen hieß. Manche Flüchtlinge hatten die Überfahrt schon öfter gewagt und stellten sich als alte Bekannte der Ordnungshüter heraus. Sie wurden vor der Kamera begrüßt wie alte Freunde und dann zurückgeschickt wie Hunde.

»Wenn sie nicht auf dem Weg nach Paravion sterben«, sagte der Fischer und schaute wie immer sehr aufmerksam hin, denn er hoffte, einmal doch einen Blick auf sich selbst erhaschen zu können, »dann sterben sie, wenn sie nach Morea zurückgehen.« Daß er an seiner Welt voller Leichen und Eulen nicht verzweifelte, hatte er dem Cannabis zu verdanken. Mit seiner Bemerkung spielte er auf die Abwesenheit des Lehrers und des Eseltreibers an, die aus Morea nicht mehr wiedergekommen waren. Der Apfelverkäufer nickte. Vielleicht lag es am Heimweh. Niemand überlebte die endgültige Rückkehr in sein Heimatland. Das war bekannt. Nur als Leiche akzeptierte einen die Erde dort noch.

Die Anwesenden saßen auf reglosen Teppichen und lehnten sich gemütlich an die Wände. Das Teehaus bestand nur noch aus nackten Fußsohlen und aus Geschlürfe, der Eingang war versperrt von einem Stapel Babuschen, und der Weihrauch hatte Mühe, den Fuß- und Schweißgeruch zu überdecken. Der Karrenlenker aus Stroh nieste unaufhörlich. Seine Lungen waren dank der heilsamen Luft Paravions genesen. Sie schieden kaum noch Heu ab, obwohl es ihm vorkam, als schüttelte der alte Wagen noch immer sein Rückgrat durch. Das Gehen auf den schnurgeraden Wegen von Paravion fiel ihm schwer, denn er war sein Hinken noch nicht ganz los. »Linien und Sicheln, Linien und Sicheln«, murmelte er rhythmisch, um seine rastlosen Füße zu führen. Noch immer geschah es, vor allem, wenn er in den verbotenen Gegenden mit den roten Lichtern herumstreunte, daß er hochfederte und dabei »Hu!« rief, um seinem innerlichen Erbeben Einhalt zu gebieten. Ein Arzt hatte ihm Medikamente gegen das Zucken verschrieben. Aber er fühlte sich hier noch nicht zu Hause, und besser ging es ihm auch nicht, obwohl seine neue Art zu niesen immerhin darauf hinwies, daß er sich an den neuen Ort doch etwas anpaßte.

»Und, hat's noch geklappt?« erkundigte sich der Teppichverkäufer. Er allein kannte sämtliche Wege Paravions und alle Schleichwege durch die Sozialämter und Initiativen. Nur den Weg zum Zahnarzt schien er nicht zu kennen, denn sein Gebiß zerbröckelte zur Ruine: Efeu klammerte sich an seine zackenrandigen Zähne, am Gaumen wuchs ihm Unkraut, und ab und zu spuckte er ein paar tote Insekten aus. Könnte ein faulender Wald lachen, dann müßte das wohl so aussehen. Alles, was er brauche, sei die Rinde des Walnußbaums, aber versuch' das mal einem Arzt im weißen Kittel klarzumachen. Und daß der gelehrte Doktor sich die Mühe mache, seine Sprache zu begreifen? Pah! Dies war das Leitmotiv in den Monologen des Teppichhändlers.

»Und die Sprache von den Leuten hier«, sagte er jetzt, »so redet doch kein Mensch! Das klingt doch wie das Krächzen und Pfeifen von Vögeln!« Er war ein vortrefflicher Imitator, und das ganze Teehaus lachte. Er verschluckte sich an einem Efeublatt, das sich gelöst hatte, und spuckte murrend eine kleine verdreckte Schlammpfütze auf den Boden. »Erinnert euch später an meine Worte: Eines Tages werden alle hier unsere Sprache sprechen.«

Draußen näherte sich langsam das Gebimmel von Schafglöckchen. Der alte Schäfer trieb seine Herde von den grünen Tälern nach Hause, um seinen Nachmittagstee zu trinken. Eine Schattenlivree aus roten und grünen Tupfen bedeckte noch Hände und Gesicht und das Fell der Tiere. Etwas stimmte nicht mit ihm. Er wollte etwas rufen, aber alles, was er hervorbrachte, war ein quietschendes Pfeifen. Als er ins Teehaus gestolpert kam, sahen die anderen, was los war: Dem Schäfer war die Flöte im Hals steckengeblieben. Er war ganz blaß, zitterte und ruderte wild mit den Armen. Der arme Mann war am Ersticken.

Alle drängten sich um ihn. Nur der Karrenlenker blieb sitzen. Nachdem sie den Schäfer von der Flöte befreit hatten, stammelte dieser: »... Zwei ... zwei Frauen ... ich hab' zwei Frauen gesehen ...«

Die Männer warteten gespannt ab. Was für Frauen denn? In Paravion wimmelte es nur so von Frauen. Hatten sie ihm etwas angetan? Nein, nein, der Schäfer schüttelte den Kopf, die Augen weit aufgerissen: »Zwei moreanische Frauen.«

Entsetzen riß die Münder der Männer auf. Zwei Frauen aus Morea? Hier in Paravion?

Der Schäfer nickte und fiel in Ohnmacht. Die Männer schrien auf, rannten voller Panik durcheinander, rempelten sich gegenseitig an, schlugen sich auf die Wangen, rissen an den Kragen ihrer Gewänder, stürzten auf die Knie und lagen zuckend am Boden. Zu allem Überfluß fiel dann auch noch das Schild von der Hausfassade. Danach kamen sie erschöpft zur Ruhe.

»Nein«, antwortete der Karrenlenker, von der Taubheit mitnichten genesen, »es hat noch nicht geklappt.«

Linien und Sicheln, Linien und – der Karrenlenker spazierte gerne und lange durch Paravion. Er hatte ein rundes, rotfleckiges Gesicht, ein einnehmendes Lächeln, von äußerst elastischen Wangenmuskeln hervorgebracht, und liebenswerte Augen. Verständlich, daß er in seinem vorigen

Leben und Werk die Krähen nicht verscheucht, sondern geradezu angelockt hatte. Er war glücklich in seiner watteweichen Taubheit. Dabei war es nicht so, daß er gar nichts hörte, sondern es war ihm nur unmöglich, das, was er hörte, in Einklang zu bringen mit dem, was er sah. Sein Gehör war noch voll mit den Geräuschen der Vergangenheit: Frauengelächter, dem Klirren von Armbändern, dem Zuckeln und Rütteln des Karrens.

Die Betriebsamkeit von Paravion war verstummt. Die Sonne erschien und verschwand wieder, so daß die Menschen von einer Dimension in die andere zu wechseln schienen. Einen Augenblick lang waren die Wolken silbrig, und ein mattes Gold legte sich über die Menschen, die doch gleich wieder grau wurden, zur Dämmerung zurückkehrten, von der sie sich offensichtlich nicht trennen konnten. Ohne sein Schrittempo zu mäßigen, schlängelte er sich durch die Menschenmenge hindurch und blieb ab und zu – Grundig, Telefunken, Sanyo – vor einem – Adidas, Coq Sportive, Lacoste – Schaufenster stehen, um die Markenprodukte zu betrachten, von denen man in Morea nur träumen und reden konnte. Sobald er seine Einkünfte geregelt haben würde, wollte er sich einen Fernseher, am liebsten einen Grundig, und eine Satellitenschüssel anschaffen. Alle Männer aus dem Teehaus hatten bereits Schüssel und Fernseher, diese beiden Dinge schaffte sich jeder Neuankömmling immer zuerst an. Die Satellitenschüssel war die Nabelschnur zum Vaterland. Reiner Kult.

Er erreichte, zusammen mit der Sonne, einen Platz, auf dem ein Palast stand und Straßenkünstler ihre Künste zeigten. Feuerspucker, Zauberer, Akrobaten, Clowns, Musikanten, Taubenfutterverkäufer, Marionetten- und Puppenspieler, Pantomimen, mit Kunstblumen geschmückte Zwitterwesen in exzentrischen Gewändern aus übermaltem

Plastik und Aluminiumfolie, ein Geschichtenerzähler und lebende Standbilder. Die letzten rangen dem Karrenlenker große Bewunderung ab. Er fragte sich, was sie wohl verdienen mochten. Sein eigener Lohn damals war nur mager gewesen, und dabei beherrschten diese Männer hier ihr Handwerk offensichtlich nur mangelhaft: Der ganze Platz war mit Tauben übersät. Und das, obwohl ihre Ausrüstung viel besser war als seine: Harnische und Helme, Schilder und sogar Schwerter. Die Verwundungen, die ihm die Vögel zugefügt hatten, waren inzwischen verheilt, doch unwillkürlich betastete er Schultern und Arme. Ein Vogel hatte ihm sogar in die Stirn gehackt, aber von der Wunde war nichts mehr zu sehen. Er nickte den stillen Leben mit dem anerkennenden und wissenden Blick des Berufskollegen zu und setzte seinen Weg mit auf den Rücken gelegten Händen fort. Fast wäre er auf ein paar Tauben getreten. Gutgekleidete Bettler hielten ihm die offenen Hände hin, die er ergriff und schüttelte. Nette Leute hier. Alle platzten vor Reichtum und die Frauen vor Schamlosigkeit. Überall boten Bäume Abkühlung. Auf einer Bank saß ein Liebespaar und hielt sich klebrig umarmt, es bestand nur noch aus Zungen. Das Glockenspiel erklang und weckte die Geister, die im Palast wohnten. Straßenbahnen sausten rechts und links daran vorbei, Autos standen tuckernd davor, Radfahrer kurvten überall durch. Polizeibeamte unterhielten sich mit zwielichtigen Typen und wiesen ihnen mit erhobenen Zeigefingern den richtigen Weg. Die Menschen aßen im Gehen, stopften sich fettige Happen in den Mund, tauchten fritierte Kartoffeln in weiße Soße. Den roten und gelben Eiskarren mangelte es nicht an Kundschaft. Hufe und Holzräder waren in diesem Verkehr überhaupt nicht vorhanden, und der Karrenlenker war sich nicht sicher, ob die genialen Vehikel – von Liegerädern bis zu motorisierten Rollern – die

Hufe und Holzräder wirklich ersetzen konnten. Eine Polizeibeamtin beugte sich über ein Mädchen im roten Kleidchen, es leckte an einem Eis und deutete heftig nickend mit ausgestrecktem Arm und Zeigefinger irgendwo in die Ferne: »Doch, ich weiß, wo Mama ist!« Nur Kinder können Großbuchstaben tatsächlich aussprechen. Die weibliche Ordnungshüterin streichelte dem Mädchen übers Köpfchen.

In den Straßencafés baumelten übereinandergeschlagene Frauenbeine in verschiedenen Tönen weißer Haut. Die Frauen waren schön und begehrenswert, sie waren jung, zügellos, sie lachten gern, waren ausgelassen, frech, elegante Stutfüllen mit schlanken Gliedmaßen, sie strahlten jene typische Lebendigkeit aus, die nur bei provozierender Freiheit entsteht, doch vor allem waren die Frauen entsetzlich *anwesend*. Einige seiner Landsmänner konnten sich nicht satt sehen, kratzten ständig an ihren Hodensäcken, bevor sie fluchend ausspuckten; ihre Gewänder kämpften sich vorwärts, als bestiegen sie einen Hügel, obwohl die Straßen hier doch so flach waren. Lange Menschenschlangen warteten vor einer Mauer, die Geld verlor. Die flatternden Scheine des nigelnagelneuen Geldes vom unsichtbaren Geldbaum stopften die Leute etwas später in kartenschwangere Portemonnaies. Vor allem die der Frauen waren sehr dick, weil diese nicht nur Geld, sondern auch entwertete Straßenbahntickets, Geburtskarten, Kassenbons beherbergten, kurz alles, woran ein Frauenherz hängt.

Ein junger Mann, Kraushaar, Sonnenbrille, satinglänzender Schnurrbart, bekleidet mit einem fluoreszierenden Trainingsanzug, in dem er allerdings nur wenig trainierte, trat dem Karrenlenker in den Weg und lud ihn ein, sich neben ihn auf die Granitbank zu setzen. »Wir sind doch beide Fremde hier«, lauteten die Worte, welche seine Lippen formten. Der Karrenlenker wies die Einladung mit höflicher

Geste zurück, konnte sich aber nur mit großer Mühe losreißen, denn der junge Mann hielt ihn am Ärmel seines Kittels fest. Ob er vielleicht ein Handy kaufen wolle? Nagelneu. Einen Paß? Etwas anderes? Der Karrenlenker nickte, obwohl er eigentlich den Kopf hätte schütteln müssen. »Dann gib mir Geld, du alter Geizkragen! Leute wie du sind schuld, wenn aus mir ein Krimineller wird. Wir müssen uns in diesem fremden Land doch helfen!« Der Karrenlenker eilte mit kurzen schlurfenden Schritten davon. Er verlor sich in der Menge, doch nach kurzer Zeit – Schinien und Licheln – fand er in sein – Linien und Sicheln – normales Schrittempo zurück. Der junge Mann brüllte ihm noch etwas nach, bevor eine vorbeihuschende Schultertasche seine Aufmerksamkeit auf sich zog.

Die große Einkaufsstraße beidseits des Platzes schluckte Menschenhaufen und kotzte sie wieder aus. Unter den flanierenden Menschen fiel sein Blick auf zwei aufgeregt redende und kichernde vollreife Frauen. Sie hatten sich untergehakt und schnatterten und plapperten. Hübsche Tücher hingen von ihren Schultern, reichten bis zum Boden, Armbänder glitten von ihren Handgelenken, Fußreifen trommelten fröhlich. Sie gingen, als gehörte ihnen die Straße allein, sie schwenkten ihre neuen Arme in frischgewonnener Freiheit, wiegten übertrieben die Hüften, flirteten in aller Öffentlichkeit mit den männlichen Passanten. Besonders auffällig gekleidete und herausgeputzte Frauen sprachen sie an, betrachteten sie von allen Seiten und fragten sie neugierig aus. Keine Parfümerie und keine Drogerie ließen sie aus, eine Nachkommenschaft aus Düften folgte ihnen. Sie waren eine Sehenswürdigkeit in einer sehenswürdigen Umgebung. Sie glühten richtig vor Liebe für das neue Leben.

Den Karrenlenker verschlug es in abgelegenere Straßen. An den Straßenbahnhaltestellen hingen große Reklameposter, die er aufmerksam betrachtete; eine strahlende Schönheit lachte ihn an, Haar wie eine Seidengardine. *Seit ich Bobycum-Haarspülung benutze, fühle ich mich viel sicherer*; sie lächelte ein Lächeln aus Zuckerwürfeln und hielt eine Flasche in die Höhe: *Von rabenschwarz bis strohblond, alle Farben für die Frau, seidenweich und mit natürlichen Inhaltsstoffen!* Er ging an den Grachten entlang und blieb schließlich auf einer Brücke stehen, um aufs Wasser hinabzuschauen. Dort kräuselten sich Schatten, obwohl die Kais verlassen waren. Für den, der genau hinsah, existierte da unten eine ganze Welt schemenhaften Lebens. Nicht Schmutz und Abfall trieben dort, sondern Schattenexistenzen; der nackte Geist eines jungen Mannes dümpelte vorüber, zusammen mit dem Schemen einer Schwalbe. Gespenster spazierten kopfüber vorbei, Hand in Hand, vom Wind gewiegt, von Motor- und Rundfahrtbooten zerrissen und danach auf wunderbare Weise wieder zusammengefügt. Platanen spiegelten sich dort ebenso wie gelbe Kugeln und grüne Flecken scheinbar eines Zitronenbaums, obwohl dieser nirgends zu sehen war, es sei denn, das Wasser bewahrte eine Erinnerung an sonnige Flecken. Das Plätschern schien ein flüsterndes Singen und Summen zu sein, in weiter Ferne, hört doch: *tlewnerenni* und weiter: *reniegnumramu*. Sein mangelhaftes Hörvermögen mußte ihm einen Streich spielen! Hier schwammen keine Nymphen, das Wasser war zu schmutzig; die Nymphen trafen sich normalerweise an den Ufern der Amastal, wie die Moreaner den Fluß nannten, in explodierendem Grün, im Lustgarten, der bei den Predigern der im Westteil der Stadt so zahlreichen Gebetshäuser großes Mißfallen und Ekel hervorrief. In diesem Stadtteil gab es nur noch eine einzige Kirche, sie war vor allem eine Touristenattraktion und fast ein Fremdkörper; und die Pläne zu ihrem Umbau in eine Moschee liegen bereits auf dem Zeichentisch eines Architekten. Die Moscheebesucher beklagten sich über das Glockenläuten und das Straßenbild; die Kuppel paßte ihrer Ansicht nach so gar nicht zu den Minaretten.

Ein paar Leute standen auf einer Brücke, um einem fahrenden Musikanten in seinem Boot zuzuschauen und zuzuhören. Mit einer Hand kurbelte er an einer kleinen Orgel, mit der anderen spielte er die Trompete. Das Boot war festlich geschmückt, und er blies und orgelte fröhliche Tanzmusik. Nach Beendigung seines Konzerts erhielt er viel Applaus, Geld aber keins.

Die Zufriedenheit des Karrenlenkers wurde überschattet von einer Trübseligkeit, die auch die anderen Gäste des Teehauses zur Genüge kannten. Einsamkeit war es nicht, denn sie hatten ja einander und verbrachten viel Zeit gemeinsam. Sie teilten Gespräche, Mahlzeiten und Schlafzimmer. Nein, es war die Wehmut eines Lebens in einer Welt, die ohne sie entstanden war und in der ihre Anwesenheit keine Notwendigkeit war. Oder anders gesagt: Das Leben nahm hier seinen Gang, ohne daß sie darauf einen Einfluß ausübten. Die Dinge waren einfach anders, als sie es gerne hätten. Sie besaßen keine Autorität, ihre Männlichkeit wurde nicht respektiert, hier zählte das natürliche Übergewicht ihres Geschlechts nichts mehr. Das war nicht gut. Wie sollten sie hier Anschluß finden? Dafür wären Kompromisse nötig, und Kompromisse waren fatal für sie. Das hier war eine Welt, in der nichts deutlich unterschieden und getrennt wurde. Dieses Leben widersprach allen hierarchischen Systemen, egal ob natürlicher oder kultureller Art, der Stolz der Männer zerbröckelte, ihre Ehre wurde auf eine harte Probe gestellt, ihr Machtbereich beschnitten. Sie hatten Heimweh, doch nicht nach Moreas roter Erde, sondern nach der Stellung, die ihnen dort zuteil gewesen war.

Anfangs hatten sie Trost gesucht und gefunden bei den Frauen aus dem Ostteil der Stadt. Mollige, lockige und brillentragende Nachbarinnen mit ausladendem Hinterteil und überwältigender Selbständigkeit. Frauen mittleren Alters, die entweder geschieden oder Witwen waren oder sich für eine selbstbestimmte Existenz entschieden hatten. Manche von ihnen waren einsam, die Hände zitterten und der Atem roch nach Schnaps, die Münder schienen für das stündliche Schnapsglas stets gespitzt zu sein. Unbeholfener Sex, Unverständnis auf beiden Seiten. Das Leben der Frauen wurde allmählich so schäbig wie die Gegend, in der sie wohnten. Die Pflanzenbottiche, die angeblich aufgestellt worden waren, um »alles zu verschönern«, wurden zuerst vom Trübsinn erfaßt, die duftlosen Rosen ließen die Köpfe hängen wie Maultiere. Die vielbenutzten Bänke sackten durch, und die Langeweile kratzte ihre Zeichen und Buchstaben hinein.

»Hey, hör zu, ich sag's dir nur einmal ...« So begannen die meisten Sätze dieser Frauen. Mit Recht. Denn sie konnten nur ein bestimmtes Maß an kulturellen Unterschieden und Widrigkeiten ertragen. Die bemerkenswerteste war Marijken, mit Lockenwicklern, Bademantel und Armen aus Teig. Sie hatte in aller Öffentlichkeit mit dem Teppichhändler geflirtet, ein unschuldiger Flirt mit einem Clown, der ein verrottetes Gebiß voller Löcher hatte, groß wie im Kerngehäuse von Äpfeln. »Du könntest dir mal die Zähne putzen«, sagte sie zu ihm, doch der Teppichhändler vermutete sofort eine Zweideutigkeit dahinter. Auch ihr Name gefiel ihm, er war leicht zu merken, denn er klang wie Karima, ein moreanischer Name. Aus diesem Grund nannte er sie auch Marika.

»Vielleicht du pusten«, antwortete er, als er auf der Straße stand, unter dem Arm einen Teppich und einen Fuß bereits Richtung Teehaus gerichtet. Er sagte es tatsächlich:

pusten, er sagte auch immer *Tefelon* oder *Pozilei*. Sie fand Spaß an diesem vierschrötigen Mann und nahm ihn mit in ihre Stammkneipe, wo er den Alkohol zurückwies und statt dessen Limonade schlürfte. Die Gäste umdrängten ihn, klopften ihm auf die Schulter. Es wurde laut gelacht, und auch er lachte und nickte, obwohl er so gut wie nichts verstand.

»Weit von Hause«, wiederholte er immer wieder. Er hielt diese Wendung für äußerst passend, um damit gleichzeitig das Gefühl des Fremdseins, das Heimweh und das ewige Verlangen nach Liebe auszudrücken. Er betrachtete die kleinen dicken Teppiche, die in vielen hiesigen Kneipen auf den Tischen lagen, und roch den Duft schalen Biers. Er lauschte dem Krach, schüttelte den Kopf über ein Volk, das sich mit solch kehligen Lauten verständigte, und wunderte sich, daß man in dieser Sprache überhaupt Witze machen konnte. Ein hoffnungslos verlorenes Volk, soviel war ihm klar.

»Hör nicht auf die«, sagte sie und drückte seine Hand, »die wollen dich nur ärgern.« Ihre Augen mit den durchsichtigen Wimpern, rosafarbenen Augenlidern und grauen Iriden blickten glasig und leutselig. »Ist dir nicht warm in deinem dicken Schlabberkleid?«

Unter dem Tisch ließ er die Finger über ihre Knie wandern. Er fragte sich, wie viele Gläser mit dieser sirupartigen Flüssigkeit sie noch brauche, bevor er endlich zum Zuge kommen könne. Sie schlug seine Hand weg: »Hey, mach mal halblang, so läuft das bei uns nicht!«

Als sie endlich – die Dämmerung hatte sich auf die Straße gelegt wie alte Mülltüten – die Kneipe verließen, ging er einfach mit ihr. Vor ihrer Wohnung suchte sie in der Handtasche nach dem Schlüssel, und nachdem sie ihn endlich gefunden hatte, streckte sie ihm die Hand zum Gruß hin. Voll Entsetzen starrte sie darauf, als machte sie ihm damit ein unmoralisches Angebot. Er hatte doch wohl nicht umsonst so geduldig neben ihr ausgeharrt und zehn Gläser Limonade hinuntergewürgt? Mit sanftem Lächeln wedelte er die Hand weg und kniff sie in den Hintern. »Das läßt du mal schön!« rief sie und stieß seine Hand zurück. »Ich habe den Männern endgültig abgeschworen. Mit mir kein Walzertanzen mehr.«

Im Dunkeln erschien sie noch fülliger und war deshalb noch begehrenswerter. Ihr violetter Rock spannte um die Hüften, der schlaffgewordene Kragen ihrer gelben kurzärmligen Bluse entblößte ein Stück Busen, er sah die Kerbe im Fett, schlappes Fleisch, müde vom Alkohol. Das Licht der Straßenlaternen füllte ihre Brillengläser aus. Er blieb stehen und sah zu, wie sie die Haustür öffnete, ins Haus trat und ihm einen Abschiedsgruß zuflüsterte. Aber er ging nicht.

»Na, dann komm halt. Ist ja auch egal!«

Hocherfreut folgte er ihrer Aufforderung. ›Also doch Wlazertanzen!‹ dachte er. In ihrer Wohnung roch es nach Chlor und nassen Hunden. Lebensmittelkonserven standen auf der Anrichte, im Kühlschrank, aus dem sie eine bereifte Schnapsflasche holte, lagen verfaulter Lauch und Salat. Im Wohnzimmer stand ein Sessel mit herausstehender Sitzfeder, und ihr Schlafzimmer war ein hempelhaftes Durcheinander aus Bettlaken, schmutzigen Kleidern, Unterwäsche und, merkwürdigerweise, Wäscheklammern aus Plastik und Holz. Das verstaubte Luxaflex-Rollo war so farblos wie ihre Haut, die Lamellen waren zerknickt, verbogene Gitterstäbe, durch die die Freude die Wohnung einst fluchtartig verlassen hatte. Und an diesem Ort fand ihre traurige Turnübung statt, ein Geziehe und Gezerre an Kleidern und Körperteilen, voller Falten, die unauffindbar, und Stöße, die schmerzhaft waren. Zum Glück war sie zu betrunken, um ein Vergnügen oder Mißvergnügen daran zu empfinden, trotzdem war ihr die armselige Gymnastik mit einem unbeholfenen Mann, der nur aus Knie und Stoppeln zu bestehen schien, nicht unangenehm. Er kniete sich aufs Bett, auf dem sie schon lag, und machte ein paar ziellose Bewegungen, er riß am Halter ihrer ausschweifenden Büste, als zäumte er einen Esel ab, dabei hielt er den Saum seines Gewands unters Kinn geklemmt, die Zunge zwischen den Zinnen seines Gebisses aufgerollt; hastig machte er sich an die Arbeit, voller Angst, seine innere Bombe würde schon auf der Fußmatte losgehen, wenn sie nur endlich mal aufhören würde zu lachen, dann ginge alles viel besser. Es war Holzschuhsex im Schlamm, und küssen tat er auch nicht. Das Bett, das nur das Gewicht einer Einzelperson kannte, und zwar immer auf derselben Stelle, war mit dieser erotischen Rammelei überfordert und geriet in Panik. Als das Scharmützel endlich vorbei war, stieß es einen erleichterten Seufzer aus.

»Als bimse man einen Brunnen«, berichtete er am nächsten Tag im Teehaus. »In diesem Land ist alles naß. Und vom ständigen Fahrradfahren werden die Frauen untenherum ganz weit.«

Er hatte den Teppich bei ihr vergessen, zum Glück, denn jetzt hatte er einen Grund, noch mal zu ihr zu gehen, wie immer in sein mausgraues Gewand gekleidet, drunter ein weißes Hemd, aber keine Hose, nicht mal eine Pumphose.

Beim Karrenlenker, der die Gebetshäuser hinter sich gelassen hatte und die Richtung des verbotenen Parks einschlug, lag die Sache anders. Er war mager und nur schlecht zu Fuß, unter seinem Kittel war gerade noch ein Torso zu erahnen, doch seine Hose schien unbewohnt zu sein, eher gestärkt als faltig. Er stolperte vorwärts, das Becken bewegte sich dabei wie ein Kubus, seine Knie knickten ein, als könnte er jeden Augenblick hinfallen. Immer wieder mußte er seine Jeans am Bund, den er mit einem enggezurrten Gürtel würgte – er hatte noch ein paar Löcher hineinmachen müssen –, hochziehen. Das Haar klebte ihm am Schädel, die Schultern hingen gebogen unter der Geisterlast der Krähen, die um die Augen herum ihre Spuren hinterlassen hatten. Auf dem Kragen seines Kittels lag eine Milchstraße aus Schuppen.

In seinem früheren Leben war er Junggeselle gewesen, und das war er noch immer. Im Umgang mit dem weiblichen Geschlecht blieb er stets scheu und verlegen. Körperlich war er wenig bewandert, doch war sein Verlangen auch kaum physischer Art. Den Körper hinzugeben ist einfacher als den Geist, aber was, wenn man nur Geist zu geben hat? Seine unzulänglichen Sprachkenntnisse jedoch machten ein Gespräch mit den Frauen nahezu unmöglich, und dabei wollte er nur mit ihnen *reden*. Sexuelle Abenteuer, wie der Teppichhändler eines hatte, waren nichts für ihn, so wenig wie die Geschichten darüber, die er zum Glück nicht hörte. Aber vielleicht war es ja gar nicht so schlimm, daß er die Sprache nicht konnte; wenn er dem Teppichhändler glauben durfte, klang das Paravionesisch wie Vogelkrächzen, und das war genau das, was der Karrenlenker in seiner dämmrigen Taubheit ja sowieso dauernd hörte und was er ja auch nicht verstand. Es waren befremdliche Zeiten in einem noch fremdartigeren fremden Ort. Und so blieb ihm also doch nur die physische Kommunikation.

Nehmen wir doch mal die erotischen Eskapaden des verschwundenen Lehrers. Großer Gott! Was hatte der eine Auswahl an Frauen gehabt! So verschieden diese auch waren, alle hatten sie etwas gemeinsam, ohne genau sagen zu können was. Bei den Mannequins in den Versandkatalogen war es auch so – Otto und Neckermann mochte der Karrenlenker am liebsten –, diese durchblätterte er manchmal heimlich auf der Suche nach der Damenunterwäsche und nach der Seite mit der Sonnenbank, deren Sinn und Zweck er nicht begriff. Er hielt es für einen Kühlapparat. Aber es ging ihm natürlich um die Frau, die darauf lag. Vollkommen nackt! Na ja, der Lehrer jedenfalls hatte etwas Merkwürdiges und Exotisches an sich, was die jungen Frauen offensichtlich faszinierte, vielleicht war es die Sonne in seinen Adern oder aber der Äther in seinen Lungen, wer weiß. Er erinnerte sich deutlich an eine junge Frau, sie mußte verrückt sein, darüber waren sich alle im Teehaus einig. Ihr Name war Mamette, das Haar trug sie immer hochgesteckt und mit einem breiten Band zurückgehalten; ihre Kleidung war bunt und weit, »Zigeunerkleider«, wie sie selbst sagte, außerdem war sie über und über mit Schmuck und Perlen behängt. In ihrem Gesicht fand sich alles, was die Kosmetikindustrie zu bieten hatte: Grundierung, Mascara, Kajal, Smaragdgrün für die Augenlider, Karmesin für die Wangen und Rosa für die Lippen, glossig schimmernd wie ein Hochglanzmagazin. Schwer zu sagen, wie sie wirklich aussah, sie schminkte sich nicht, um Akzente zu setzen, sondern um ihre Gesichtszüge zu verdecken. Außerdem hatte sie auch dauernd etwas getrunken, geschnupft oder gespritzt.

In der Straße mit den braunen Backsteingebäuden, wo sie wohnte, konnte, wer dort zufällig entlangging, fast jede Nacht unter ihrem orangefarbenen Fenster einen Schatten beobachten, der Steine dagegen schleuderte. Selbstverständlich besuchte er sie nur, wenn es dunkel war, denn tagsüber hatte er Wichtigeres zu tun. Da die Klingel in ihrer Wohnung kaputt war, mußte der Lehrer sich auf diese Weise bemerkbar machen. »Wohnung« war etwas viel gesagt für ihre Behausung, ein Zimmer mit einer winzigen Küchenzeile und einem Verhau, in den man mit Mühe ein Klo und eine Dusche gepfropft hatte. Weil sich auf den gepflasterten Wegen und Stegen von Paravion kaum ein Steinchen fand, benutzte der Lehrer eine Münze. Jedesmal, wenn er sein Projektil erneut suchen mußte, nachdem es zum x-ten Mal wirkungslos zurückgeprallt war, schwor er sich fluchend, das nächste Mal vorher eine Handvoll Kies einzustecken. Doch wenn er dann wieder unter dem Fenster stand, hatte er den Kies vergessen.

Gelang es ihm schließlich, ins Haus zu kommen, sah er die wild- und buntbemalten Wände ihres Zimmers und all den billigen Stoff, den sie überall drapiert hatte, jede Ecke mit Paraphernalien gefüllt, und ihm wurde schlecht vom Weihrauch. In einer Vase standen Kunststoffrosen, und auf Beistelltischchen verteilt Schalen mit Modeschmuck, Pfauenfedern, Kitsch: Ihre Wohnung war ein regelrechter Basar. Der Lehrer verkörperte für sie alles, was sie in ihren Cannabis- und LSD-Träumen für orientalisch hielt, irgend etwas zwischen stinkendem Weihrauch und Krummdolchen aus Plastik. Solange es nur Schnörkel hatte, qualmte und rülpste oder sonstwie üppig und unecht war. Auf die eine Zimmerwand hatte sie eine Palme gemalt, vor einem Nachthimmel mit Mondsichel und einem verirrten Minarett; eine andere Wand bedeckten Bäume, die keine Blätter, sondern Flaum und Federn hatten, über ihnen flogen merkwürdige exotische Vögel, sie verloren die Federn, die zum Laub der Bäume wurden. Die dritte Wand war einem Zitronenbaum vorbehalten, er erhob sich vor einem weiß-roten Himmel. Das alles war sehr erfindungsreich in Szene gesetzt, doch unsicher und mit einem Zuviel an Farbe. Die Decke hatte sie mit rätselhaften Symbolen und Eidechsen überzogen, alles offensichtlich ihren Halluzinationen entsprungen.

»Ich gehöre nicht hierher«, sagte sie manchesmal mit aufgerissenen Augen und mahlenden Kiefermuskeln. »Mein Körper ist hier zwar geboren, aber meine Seele nicht. Eigentlich komme ich aus Samarkand oder Shiraz.«

In solchen Augenblicken wußte er, daß er den Sex vergessen konnte. Dann verlor sie sich nämlich vollkommen in ihrer Gedankenwelt. Meist nahm er dann ein Reader's Digest-Heft (»Das Beste für Paravion«) vom Stapel, der in einer Ecke stand, und blätterte gelangweilt darin herum. Gelangweilt deshalb, weil er bereits alle Hefte aufmerksam gelesen und mit offenem Mund wiedergelesen hatte. Sie bekam die Zeitschriften von ihrer Mutter, die gerne darüber informiert bleiben wollte, was in der Welt und in der Wissenschaft so passierte. Die Überschriften der Artikel waren ergreifend: »Wie ehrlich ist unsere Welt?«, »Knüpf dir deine eigene Hängematte« (diesen Artikel hatte er herausgerissen und den Männern im Teehaus vorgelesen), »Das Leben eines Immigranten« (dito), »Das verlorene Paradies von Andalusien« (die Fotos zierten die Bar Zach).

»Daß du so was liest!« sagte sie bewundernd – er sah nämlich intelligent aus –, doch er hörte sie nicht, denn er war in die Rubrik »Erweitere deinen Wortschatz« vertieft: »16. DELTA – A: Insel in einem Fluß – B: Tiefliegendes Stück Land – C: Von Flußarmen umschlossenes Land«. Über seine Schulter gebeugt sagte sie: »B ist richtig, aber dann zwischen Schenkeln.«

»Falsch«, murmelte er verärgert. Die richtigen Antworten standen eine Seite weiter.

Die orientalischen Ortsnamen kannte sie aus den Billigausgaben persischer und arabischer Poesie. Nicht, daß sie eine Ahnung gehabt hätte, wo diese Städte lagen, doch der Klang der Namen genügte, um sie zu bezaubern. Diese Ausgaben waren immer Übersetzungen von bereits bestehenden

Übersetzungen, die wiederum nur Bearbeitungen waren von Übersetzungen des Originals. Na und? Es ging ihr nur um den Geist oder, wie sie es nannte, um den »spirit«, sie suchte den »spirit« und fand ihn auch.

»Hör zu«, sagte sie und las vor:

Ich sah einen weisen Mann an einer Rose riechen.
»Warum hast du dir diese Rose genommen?«
»Die Rose schläft, und ich stehle ihre Träume.
Von ihrem Duft bin ich noch ganz benommen!«

»Ach, das finde ich sooo schön!« rief sie auf dem Bauch liegend und warf ihm über die Schulter einen Blick zu. Sie war so benebelt, daß ihr das Lesen schwerfiel, die Zeilen tanzten vor ihren Augen, die unterschiedlichen Farben verschleierten den Blick, sie kicherte und gackerte, die Buchseiten wurden wäßrig, und sie versank in Halluzinationen. »Komm« – kicher – »ich will an dir riechen, mein Prinz, mein Hosseloddelchen!« – ein lautes Gelächter; seine Hand verirrte sich in den Falten ihrer Kleider, ein verschwitzter Alptraum aus Hetze und Ungeduld, doch er fand weder Nacktheit noch Delta.

Sie war überzeugt, daß ihre Wohnung besessen war, nicht nur vom *spirit* des Orients, sondern von echten Geistern oder Gespenstern. Das sehe sie am Besteckkasten: Mal seien keine Gabeln mehr da und nirgends zu finden, dann suche sie wieder die Löffel vergebens; ein anderes Mal habe sie nur Messer in der Lade, und sämtliche Gabeln und Löffel seien verschwunden. Von ihrer Unterwäsche – der benutzten wohlgemerkt – ganz zu schweigen. Es seien aber gutartige Geister, das wäre ja noch schöner. Außerdem vernahm sie seltsame Geräusche, fernes Gezwitschere – »Hör mal, hörst du das auch?« – und das Zirpen von Grillen und das Morgengeknatter von Zikaden. Sie hörte das alles nicht allein in ihren Räuschen, sondern auch während ihrer seltenen nüchternen Momente. So war sie nie einsam, sondern immer umringt von Geistern und Geräuschen. Während des Vorspiels – das war nicht seine starke Seite, er schaute ihr lieber dabei zu – streichelte sie sich selbst zur Ekstase, wonach er endlich mit seiner Rammelei anfangen konnte, bei der er ihrer Ansicht nach unaufgeforderten Beistand von Schemen und schattenhaften Lauten erhielt, o ja, ich bin hier, und ich sehe euch, sagt hallo zu meinem Prinzen, hmmm, mach weiter, undsoweiter – dieses »undsoweiter« fügte sie selbst hinzu, denn ihre unsichtbaren Genossen wußten genau, was sie zu tun hatten. Sex mit ihr war anstrengend, gleichzeitig aber auf eine seltsame, fast perverse Art befriedigend. Eine verrückte Frau bedeutet eine Irrenanstalt im Bett. Es war ein Wunder, daß sie nicht ins Zungenreden verfiel. Und wenn sie die Augen öffnete – ein überraschter, feuchter und ferner Blick in den grauen Iriden, mit Tigerstreifen rund um die Pupillen –, blickte sie um sich, als wäre sie gerade aus fremden Sphären gelandet, und irgendwie stimmte das ja auch. Sex war für sie eine geistige Pilgerfahrt durch Raum und Zeit und nicht der kürzeste Weg zum flüchtigen Tod wie für ihn.

Sie verließ kaum das Haus. Warum sollte sie auch? Die ganze Welt kam ja sie besuchen, es stimmte, was sie sagte, ihre Wohnung war besessen. Und verließ sie tatsächlich einmal die Wohnung, dann nur, um ihren Drogenvorrat aufzustocken.

Sie fand es komisch (»Was?!«), daß er, wo er doch aus dem Land des Cannabis kam, noch niemals Cannabis geraucht hatte und daß er sich auch jetzt noch weigerte, es gemeinsam mit ihr zu tun. Schnell hatte sie eine Erklärung dafür parat: Er sei ja schon von Natur aus berauscht, das läge am Klima und an seiner Heimaterde. Er brauche keine Hilfsmittel. So ähnlich. Ja, ja, sie könne es an seinen Augen sehen, an seinem Herzklopfen spüren. Ihre Pupillen waren erweitert, und sie hielt sein Gesicht mit ihren Händen umfaßt. Dann öffnete sie den Mund und küßte ihn, ihre Zunge leckte an seinem Gaumen, und ganz langsam floß süß ihr Speichel in seinen Mund. »Mein Prinz, mein Prinz«, murmelte sie, ohne seine Lippen freizugeben, was die Erregung nur noch steigerte. Sie streichelte seine Haut und betrachtete danach ihre Fingerspitzen, als wollte sie prüfen, ob goldbraunes Pulver daran haften blieb. Sie roch an ihm, zerwühlte ihm das Haar und sog seinen Atem tief in sich ein. Der arme Mann zerfloß Tropfen für Tropfen, aber sie war fest entschlossen: heute keine Penetration. Sie stieß ihn weg, stand auf, er solle sitzenbleiben. Sie wolle ihm einen Turban umbinden, die Wimpern mit Mascara schwärzen. Im Lehrer fand sie alle orientalischen Schönheiten vereint, die sie je gesucht hatte, und möglicherweise hatte er ja tatsächlich etwas von einem imaginären Prinzen an sich, mit den weitgespreizten Adlerflügeln, seinen schweren, schwarzen Augenbrauen, mit den geschwungenen Wimpern, den lüsternen Mundwinkeln und den zierlich geformten kindlichen Lippen mit den Fältchen, die vom Rauchen kamen. Sie betete ihn an und die Welt, aus der er ihrer Ansicht nach stammte. Sie schenkte ihm einen Ring mit einem Granat, der einzige echte Edelstein inmitten ihrer falschen.

Doch er zerbrach die Magie. Das sei genug! Bis hierher und nicht weiter. Wütend rannte er davon und ließ sie laut lachend auf dem Bett zurück, sie mußte noch einen langen Weg zurücklegen, bevor ihr Rausch verflogen sein würde. Himmel o Himmel, wie eigensinnig waren doch die Frauen von Paravion! Nicht viel später beendete er das sowieso nur skizzenhafte Verhältnis zu ihr. Von allen seinen Konkubinen, die er hatte – na ja, er traf ab und zu ein paar Frauen, doch so viele, wie er seine Teehauskumpane glauben machen wollte, waren es nicht –, von allen flüchtigen und beinahe austauschbaren Konkubinen war sie ihm die liebste. Von Liebe konnte keine Rede sein, natürlich nicht, ihre Herzen sprachen nun mal verschiedene Sprachen. Und es war nicht ihr Drogenkonsum oder die daraus resultierende Unberechenbarkeit, die ihn abstießen, sondern ihre Absicht, mit ihm nach Morea zu gehen.

»Mit dir nach Morea?« fragte der Teppichhändler ungläubig, wobei er jedes Wort betonte. Alle im Teehaus verstummten. Daß man aus Morea *weg* wollte, das konnten sie begreifen, doch daß da jemand *hin* wollte, und das auch noch freiwillig, konnten sie nicht fassen. Auf diese Idee waren sie noch nie gekommen. Was wollte man dort? Zweifellos glaubte Mamette, das Land sei ein endloser Horizont voller Karawanen mit drüber einem Himmel, einem Firmament aus flatternden Zeltplanen, wo der Sichelmond niemals voll wurde. Sie war überzeugt, daß sie sich dort zu Hause fühlen würde, ja, mehr noch, daß sie dort *hingehörte.*

»Nimm mich mit, bitte, nimm mich mit!« flehte sie, doch er stieß sie von sich, diese Irre! Zurückzukehren bedeutete für ihn den sicheren Tod, er würde eine Eule werden. Er versuchte, ihr klarzumachen, daß die Wirklichkeit sich von ihren Visionen und Vorurteilen gründlich unterschied, andererseits aber wußte er, daß sie dort genau fände, wonach sie suchte, und das ärgerte ihn. Ein Mann durfte einer Frau nicht alles geben, was bliebe ihm dann noch, wenn sie ihm auch das noch nähme? Er spürte, daß sein Herz bereits die Flügel für sie öffnete, und das entsetzte ihn. Echte Liebe hatte nie in seiner Absicht gelegen. Wenn es etwas gab, was sein innerstes Wesen zerrütten konnte, dann die Liebe. Oder nein, nicht sein Wesen, sondern ... sein, tja ... wie soll man so was nennen ... seine *Identität*: Seine sorgfältig gehegte Identität würde unwiderruflich zugrunde gehen, wenn er nicht mehr der Mann sein könnte, der er bisher war und der er auch in Zukunft noch sein wollte –, und zwar aus dem einfachen Grund, weil sie als Frau nicht so war, wie eine Frau seiner Meinung nach zu sein hatte. Mamette beruhigte ihn, daß ihre beiden unterschiedlichen Heimatländer nie ein Problem sein werden, weil sie ihn und seine Kultur nämlich durch und durch *verstehe*. Die unüberwindbare Schwierigkeit ihrer Beziehung aber lag gar nicht im Kulturellen, sondern im Sexuellen, und zwar im weitesten Sinn des Wortes. Seine sexuelle Identität war daran schuld. Durch sie konnte er niemals zu einem Teil ihrer Welt werden, genausowenig wie sie zu einem Teil der seinen, trotz ihrer wahnsinnigen Visionen und paranormalen Wahrnehmungen. Denn eines wollte er gewiß nicht tun, etwas, das unweigerlich geschehen würde, gehorchte er ihren Wünschen und Launen, ließe er sich mitreißen von ihrer Liebe: Er müßte, und schon das Eingeständnis dieser Pflicht wollte er nicht leisten, er müßte eine mentale Grenze überschreiten. Doch die allergrößte Demütigung bestünde darin, daß er erkennen müßte, wie sehr er noch immer, trotz seiner Auswanderung, hinter demselben Stacheldraht gefangen saß, und es auch immer bleiben würde. Das war ihm das Ganze nicht wert. Er war überzeugt, daß dieser Schritt ihn psychisch vernichten würde, wenn man davon absah, daß ihm kein stichhaltiger Grund dafür einfiel, die Sache auf sich zu nehmen. Mit anderen Worten: Eine Niederlage auf der ganzen Linie wäre die Folge, und allein der Gedanke daran erfüllte ihn schon mit Widerwillen. Also beschloß er, die Besuche bei ihr aufzugeben. Jeden Tag, wenn er mit dem Apfelverkäufer und dem inzwischen verstorbenen Eseltreiber zur Arbeit ging, beklagte er sich über sie.

»Die Frauen hier«, sagte der Teppichhändler und erhob sich ächzend, »reden einfach zuviel. Überall auf der Straße hört man sie plappern.«

Auch die beiden neuangekommenen Frauen aus Morea hatten diese Gewohnheit angenommen, wie er zu seinem großen Erschrecken mit eigenen Augen gesehen hatte. Sofort brach er zu seiner Marijken auf, um sie das Schweigen zu lehren.

Der Park war eigentlich nicht verboten für die Männer vom Teehaus, es war nur so, daß die schamlosen Szenen dort sie mit Ekel und Abscheu erfüllten. Der Karrenlenker hatte damit weniger Probleme, er freute sich an der wunderbaren Jugend und Schönheit dort; und das Grün hatte dieselbe Wirkung auf die Augen wie ein Glas Pfefferminztee auf durstige Adern. Der Verkehr toste an ihm vorbei, angenehm tickten seine Gedanken in seiner unvollständigen Taubheit wie eine antike, in Watte gehüllte Uhr. Mit verlangendem Blick betrachtete er die vorbeifahrenden Fahrzeugtypen und Automarken – oh! ein Mercedes! Er mußte nur noch seine Einkünfte regeln, dann wollte er sich auch ein Auto anschaffen, und wer weiß, vielleicht sogar einen BMW. Irgendwo krächzte eine Krähe, eine Schwalbe schoß über ihn hinweg. Vielleicht könnte er ja wieder in seinem alten Beruf als Vogelscheuche arbeiten, doch dafür bestand sicher kein Bedarf. Und als Karrenlenker konnte er hier wohl auch schlecht Arbeit finden. Das machte ihm das Herz schwer; so viele verschiedene Fahrzeuge hier, und kein einziger Karren darunter, höchstens mal eine Kutsche als Touristenattraktion oder für Hochzeitsfeierlichkeiten. Dabei war es ein ehrenvoller Beruf, den man nicht unterschätzen sollte. Aber warum überhaupt arbeiten, wie der Teppichhändler sagte, wenn man hier Geld kriegen konnte, ohne einen Finger krumm zu machen. Darauf wußte der Karrenlenker keine Antwort. Er solle auf dieses Amt gehen, das von allen nur das »Leihhaus« genannt werde, und eine Krankheit markieren oder einen unmöglichen Beruf angeben. So wie den der Vogelscheuche, der sei perfekt. Dann werde er das Amt mit vollem Geldbeutel verlassen und das jeden Monat! Himmel, o Himmel, wie reich war doch dieses Paravion.

»Pitte!« rief der Karrenlenker, genau so, wie es der Teppichhändler ihm vorgesagt hatte – welcher übrigens gerade das schwankende Bett und das einsame Herz der betrunkenen Marijken malträtierte.

»Gesundheit!« sagte der unerschütterliche Beamte und übergab dem Karrenlenker ein Formular voller Zeichen und Buchstaben, die für ihn so unverständlich waren wie die Zeichen auf Mamettes Zimmerdecke für den Lehrer. Der Beamte deutete mit einem Kugelschreiber auf das Blatt, und er machte sein Kreuz. Als der Beamte aufstand und ging, blieb er in der Meinung sitzen, der Mann machte sich in den Schatzkammern des Gebäudes auf die Suche nach einem Geldbeutel. Doch der Karrenlenker ging mit leeren Händen, tief verstört, den Kopf voller Fragen. Der Teppichhändler versprach, das nächste Mal mitzukommen: Er wisse, wie eine Peitsche knallte, und genau die wolle er dann auch mitnehmen, falls der Beamte noch mal so unerschütterlich geizig bleibe, mit Brillengläsern, an denen verlorene Wimpern klebten und die das Neonlicht ausfüllte. Der Warteraum war überfüllt.

Ungeachtet solcher Mißerfolge genoß der Karrenlenker sein Leben in Paravion. Er freute sich an den sauberen Straßen, so sauber, daß man sich drin spiegeln konnte, er freute sich an dem unerschöpflichen Vorrat an Dingen und Lebensmitteln. Er freute sich an den unterschiedlichen Abfallcontainern, die überall standen, und am Dosengemüse in den krankenhausflurkühlen Läden – Supermärkte hießen sie –, er freute sich an den Straßenbahnen und deren Hüftschwung, wenn sich die Tram klingelnd in die Kurven legte und die Passagiere dabei hin und her schleuderte, er freute sich an den Bäumen, die überall für Schatten sorgten, mitsamt den unvermeidlichen grünen Holzbänken und danebenstehenden Abfalleimern, er freute sich an den Grachten, deren Wasser ein Wiegenlied für ihn sang, er freute sich an den schiefen, sich Richtung Straße neigenden Grachtenhäusern, er freute sich an den Standbildern voller Patina und Taubenexkrementen, er freute sich am Gebrause derart vieler Menschenleben, er freute sich an den offenen Plätzen und an den makellosen Bürogebäuden mit Fenstern, in denen sich das ganze Universum spiegelte, an der Straßenbeleuchtung allenthalben, der Neonreklame – die Stadt war nachts ein wahrer Obsthain an buntem Neon –, er freute sich an den Märkten, auf denen es nach gesalzenem Fisch, nach gebrannten Mandeln und Käse roch, an den zahlreichen Restaurants, die zusammen mit den Menschen hierher ausgewandert waren, er freute sich an den Radfahrern, die jede Verkehrsregel mißachteten, er freute sich am stillen Lärm und der flirrenden Sinnlichkeit, die von den Mädchen ausging, und an den verliebten Pärchen, die ihre Zuneigung vor den Passanten zur Schau stellten, er freute sich an den Wolkenheerscharen, am Regen und an den Niederschlägen, an den nassen Sonnen an Regentagen wie beschlagene Brillengläser, an den Regenpfützen und was sich darin alles spiegelte, er freute sich am Chaos, am fernen Glockenspiel im Heu seiner Taubheit, er freute sich an den Vögeln, den Tauben, an den Obdachlosen mit ihren Einkaufswagen voll unbegreiflichem Hausrat, an den Trunkenbolden, die auf ruhiger Straße schwankend beinahe kenterten, mit schwerer Schlagseite dort, wo sich die überlastete Leber befand, er freute sich an den zischenden Straßenhändlern mit ihren Rauschmitteln, er freute sich an den übervollen Einkaufsstraßen, wo man alles kaufen konnte, was man brauchte oder auch nicht brauchte, er freute sich am Rotlichtviertel und an der dortigen Zurschaustellung weiblichen Fleischs, das nicht für ihn, den Unbemittelten, bestimmt war, an den vielen Kneipen und Bars, in denen die Gäste tranken und plapperten und sich erleichterten wie die Vögel in Cheiras und Heiras Johannisbrotbaum, er freute sich am Wohlstand, der den Menschen sichtlich guttat, vor allem den Frauen wochenends mit den Papiertüten voller neuer Errungenschaften und mit ihrem entspannten Tratschen über Gott und die Welt in Straßencafés oder von den geranienbepflanzten Fensterbänken herunter, er freute sich an den Brüdern, die immer zahlreicher wurden und voller Respekt blieben, auch wenn er ihre Rauschware zu kaufen sich weigerte, voller Respekt deshalb, weil er einer von ihnen war, und es beruhigte ihn zu sehen, daß sie Arbeit gefunden hatten, welche auch immer, und er freute sich an der lebensvollen Rastlosigkeit von allem, an der Amstel, die Erfrischung brachte und das Land bewässerte, aber am meisten freute er sich an den unvergleichlichen Wundern des Parks, den er jetzt betrat.

Er freute sich über das alles, ohne sich jedoch dazugehörig zu fühlen. All das existierte ungeachtet seiner und würde auch ohne ihn weiterexistieren, was ihn jedoch mit Wehmut erfüllte. Eine Wehmut, die er mit den anderen Teehäuslern teilte und die bei diesen manchmal in Wut und Widerwillen umschlug. Was ihn betraf: er war das Leben in einem Kokon gewöhnt.

Natürlich war der Park für Moreaner nicht verboten, sondern er war einfach, so erklärte es zumindest der Teppichhändler, ein Ort nur für die Paravionaner und für ihn und seine Brüder weniger geeignet, dafür gebe es zu viele Verlockungen und Sünden darin. Zwar könne man dort Kühle finden, zugegeben, doch jeder solle wissen: Es beginnt mit der Suche nach Kühle und endet im Fehltritt.

2

Hör zu.

Süß ist das Flüstern der Pinie, die ihr Leid klagt bei den Quellen dort hinten, und nicht weniger süß, mein lieber Schafhirte, ist die Melodie der Flöte, von Bocksjungen gespielt.

Der Karrenlenker hörte die Amstel und die Grachten singen und erzählen und vernahm jetzt auch des Grüns Melodien, die besänftigend waren wie dessen Farbe fürs Auge. Ein Gesang, so anmutig, daß es schien, die Bäume hätten die Kehlen von Nachtigallen, verzaubert vom Geiste Philomenens. Der Wind wob zwischen Zweigen und Laub, und in all dem Gesäusel waren die Flöten von Satyrn und Faunen zu hören, die heimlich die glitzernden und glänzenden Nymphen beobachteten. Deren langes Haar war blauschwarz, und die Schwanzflossen silbrig, muschelfarbig die Haut. Im Park wimmelte es von Elstern, Krähen und Dohlen, die von Baum zu Baum flogen oder im Rosengarten wandelten, die Arme auf den Rücken gelegt. Strauchwerk strotzte vor starrenden Sonnenaugen wie Pfauenschwänze. Goldne Früchte und rotes Obst polterten auf zartes Gras. Schatten lagen wie schwarze Sklaven im frischsprießenden Schoß wogender Felder und zupften mit geschmeidigen Fingern am grünen Gekräusel. Die rostroten Wege waren bester Laune und lächelten so manches Lächeln.

Im Apfelbaum pfeift eine Schwalbe. Hier, in diesem umschlossenen Ort der Lust, ist alles Gute vereint, und hier würde ich auch am liebsten meine Zeit verbringen, wäre ich frei. Doch dieser Ort ist nicht für mich bestimmt.

Nicht zur Stille mahnt der Wind in den Bäumen, sondern läßt den Lärm laut und ungehindert in dessen zahlreichen Zungen reden, und hier tratschen die Elstern und Krähen und Dohlen hemmungslos. Nymphen lassen sich auf den milden Ufern nieder, unweit der Tamariskengewächse, und lauschen, mein lieber Schafhirte, der Melodie von Flöten nah und fern.

An diesem Ort trauerten die Weiden nicht, sondern stippten die lästigen, abgestorbenen Spitzen ihres Laubs ins stille Wasser, Eichenstämme neigten sich träge übers Wasser, um ihr Spiegelbild zu betrachten. Die Leute tranken stets in Gesellschaft anderer, und der Wein gab ihnen einen wunderbaren Rausch und einen herrlichen Kater zum Geschenk. Hier fanden die reifen Weintrauben ihr Jenseits. Kristallkelche verziert mit Rebgewinden wanderten von Hand zu Hand, Kränze auf den Häuptern junger Mädchen zerfielen mit steigender Trunkenheit und zerfledderten. Jungen und Mädchen rannten umher, jeden Alters und jeder Form, knochig und knospend, blühend und reifend. Kinder leckten an Eis und glasierten Äpfeln. Viele Leute waren nackt, zahlreiche Frauen lagen auf ihren Rücken, suchten sonnenbadend die Bräune vom Mittelmeer und fanden doch nur das Rot der Krebse; das milchige Blau ihrer seitlich wie Lampions herabhängenden welkgewordenen Brüste erinnerte an längst vergessenes Stillen, der Widerschein vom Gras war an ihnen das einzig ewig Jugendliche – doch spielte das Alter hier keine Rolle. Vor allem junge Frauen aber lagen bäuchlings im Gras und lasen in Büchern, einen Fuß in der Luft, und manche Hinterteile wölbten sich so stark und rund, als säße ihnen ein Inkubus im Kreuz, während die männlichen Spaziergänger in den tiefen Schatten zwischen ihren Beinen wie in einem Buch lasen, aufgeschlagen auf der immer gleichen Seite. Man tanzte, trieb Sport, spielte und schwitzte. Die Anwesenheit von Nymphen und Waldgeistern war so vertraut wie der Brunftschrei der Satyrn, die die Nymphen jagten und nicht fingen. Die Ältesten der Gemeinde saßen auf Uferbänken und fütterten die Enten und Schwäne, welche auf Tapisserien aus Wolkenschatten von den Grachten aus die weite Reise hierher unternommen hatten, auf der Suche nach Moos und Entengrütze. Die weißen Schwanenfedern waren erquicklich anzuschauen, eine Schneelandschaft; eine einzelne Ente versuchte vergeblich, mit Flügelgeflatter auf dem Wasser zu stehen, das Wasser glitt ihr von den fetten Federn wie ein Kind.

Inmitten eines Blumenbeets aus glühenden und blühenden Dahlien stand das Standbild eines Sängers, gehüllt in steingehauene Falten, geschmückt mit Exkrementen, auf der Suche nach dem vergessenen Wort, das seine Geschichte forterzählen würde. Das Schilf tanzte, der Kies knirschte, gelbe und rote Karren verkauften Hot dogs, und daß dieses Essen warm blieb, ohne Strom und Gas, war eines der Wunder von Paravion. Troubadoure spielten ihre Instrumente und sangen den wenigen Münzen in ihren Hüten ein Lied.

Die Sonne war ein Wirbel aus Edelsteinen, die Waldungen glichen Samt, und die Stämme ragten kräftig und muskulös in die Luft. Insekten verirrten sich im Gänseblümchenstau. Eine blinde Sonnenbrille lag unter dem Sonnenschirm einer Margerite und sammelte Bilder für den möglichen Finder. Zwei Frauen fielen auf, die reingewaschen vom Alter und getrennt gewachsen am Ufer saßen und auf ihren Schößen erlesene Pflanzen und Kräuter präsentierten und sortierten. Ihr Haar war in Knoten geschlungen und gefangen in Netzen, sie lachten, und sie zankten sich. Außerdem trugen sie breitrandige Strohhüte, Siebe in Händen von Goldsuchern, und wurden von hübsch langgelockten Knaben umringt, die all ihre Wünsche erfüllten, vom Kneifen zum Kuscheln und mehr – »Komm her, mein Schnuckelchen!« Die Knirpse unterhielten sich, und die Frauen betrachteten den einen liebevoll und den anderen mit üppigem Augenaufschlag. Über ihnen bogen sich tief die Zweige unter der Last errötender Äpfel und duftender Zitronen. Die schlierige Luft um sie herum war so polychrom, daß es schien, als säßen sie in einem Raum mit Kirchenfenstern. Die Liebesboten aus Pollen und Blütenstaub kamen sich fliegend in die Quere. Wolken schwebten rücklings durch die Himmelsbläue. In den Nachtgebieten der Sträucher taten Stechmücken so, als wären sie Feuerfliegen und Irrlichter. Durchaus verständlich, denn der Mond war am Mittagshimmel bereits aufgegangen.

Die Hähne besangen den Anbruch der Mittagszeit, Flügelzwerge flogen von Baum zu Baum und schossen ihre Goldpfeile ab, die sofort ihre Wirkung taten, denn überall waren inniglich sich liebende Paare zu sehen. Was diese Liebespaare nachts taten, war eines der Rätsel von Paravion.

Unter der Brokatgrütze von Teichen und unter den kristallnen Fontänen boten schwimmende Nymphen ein wunderliches Schauspiel zierlicher Kapriolen und Verrenkungen; jedesmal, wenn das Mädchen den Kamm durch ihre Locken zog, legte sich alles in Falten, und Baba Baluks Augen sogen all diese Bilder in sich auf. Auch ein paar Kinder in tanzenden Booten betrachteten sich die Bilder. Andere ritten auf jungen Eseln und Zentauren. Mädchen boten ihre schlanken Glieder dem Licht, Schatten und ehelieder-lichen Liebhabern zum Liebkosen dar. Jungen rannten hinter Bällen her oder schleuderten Diskusse. Auf geflügelten

Sandalen oder Flügelfersen sausten Jünglinge vorbei. Das Wasser plätscherte von Felsen herab, und ein Brunnen legte in einem Reigentanz einen Schleier nach dem anderen ab. Der Palast einer Eiche mit Tausenden von Fenstern und Gewölben lieh Spatzen Obdach und warf seinen Schatten wie ein großzügiges Almosen auf eine Menschenschar um eine rundgedeckte Tafel; der Wind fiel Etage für Etage herab, die Sonne zerbrach in Prismen. Freilaufende Kaninchen und Hasen hoppelten lustig drauflos, hielten inne und sogen die Gerüche ein, ihre Köpfe schienen an großen Wäscheklammern zu baumeln. Hier gingen die Sinne auf Sauftour.

Ein Chaos aus Stimmen und Geräuschen füllte Baba Baluks Kopf, während er dem Mädchen in einem Abgrund der Ekstase in die Arme fiel. Sie war ein Nest aus Wärme und weicher Haut, Heiserkeit und unauslotbaren Tiefen. Ihr Atem roch nach Eis. Ihm wurde schlecht vor Lust. Die Ziegen beobachteten sie ungestört und läuteten ab und zu ein Glöckchen. Als er seine Augen öffnete, lag er in Quadryges Armen, er schloß sie wieder und fand sich in Sofias Schoß, nur um wieder bei Bewußtsein und begleitet von ihrem Atmen beim Mädchen mit der durchsichtigen Haut und den schwarzen Adern zu landen, das unausgesetzt redete, ihr Haar wie eine Nacht über seine Stirn gelegt.

Vor dem Eingangstor stehend beobachtete der Karrenlenker dies Treiben, während versteckt hinter den Sträuchern, die anderen Brüder kauerten und sich ekelerfüllt an den schwindelerregenden und durchsichtigen Szenerien erregten. Schon nach kurzer Zeit wurde er am Kragen gepackt.

»Ä-hm«, sagte der Teppichhändler, die Hände auf den Rücken gelegt und auf den Zehen wippend.

Der Karrenlenker erschrak, riß sich die Mütze vom Kopf, linder Apfelduft wehte dem Teppichhändler entgegen. Der

Himmel verdüsterte sich, und der Park zog ungestört an ihnen vorbei.

Er war den Brüdern schon vor längerem auf die Schliche gekommen, wußte, daß viele von ihnen heimlich zum Park gingen, um die Nymphen zu begaffen, und das machte ihm Sorgen. Er, der gerade Marijken in tiefem Schlaf zurückgelassen hatte, betäubt vom Alkohol oder vom Sex, wer weiß das schon, kannte nur zu gut die Gefahren der Verlockungen im Park, der ungestört an ihnen vorbeizog.

»Hatscha!« sagte der Karrenlenker, so sehr schämte er sich. Er zwirbelte die arme Mütze in den Händen, blickte zu Boden und zog mit der Schuhspitze Linien und Sicheln in den Kies. Er war ertappt worden, das war nicht zu leugnen, was sollte er also sagen? Er war nur ein einsamer, melancholischer Mann und fühlte sich unwiderstehlich angezogen von den Wundern des Parks, der wie ein bunter Wandteppich zum Leben erwacht war und ungestört an ihnen vorbeizog.

Die Augen des Teppichhändlers konnten sich unabhängig voneinander bewegen, so daß er mit einem Auge den Karrenlenker vorwurfsvoll, enttäuscht und böse ansehen konnte, während er mit dem anderen verfolgte, was im Park geschah. Das Ganze gemäß der moreanischen Redewendung: Ein Auge ist betrunken und das andere hält Ausschau nach der Polizei. Er könne es ja verstehen, sagte er und legte dem Karrenlenker die Hand auf die Schulter; diese verfluchten Nymphen stellen jeden ehrenhaften Mann auf eine harte Probe, vor allem weil sie sich weigerten, ihre Nacktheit zu bedecken, doch er müsse auch an seine Ehre und Moral denken. Während dieser Standpauke pickte sich der Teppichhändler mit seinem einen Auge die im Park so zahlreich vorkommenden athletischen und nackten Gliedmaßen heraus – ein nackter Arm hier und ein unendlich langes

Bein dort, sämtlich weiblichen Geschlechts, denn es gab viele verdorbene Frauen in diesem Park, der an ihnen vorbeizog.

»Gedärme!« sagte er ekelerfüllt. »Man ißt hier Gedärme!« Er sah gerade, wie jemand einen Hot dog kaufte. »Und was für ein Krach das hier ist!« fuhr er fort und meinte damit das Singen und Klampfen der zahlreichen Troubadoure. »Solche Musik lockt Teufel und Dämonen an!« Ein Mädchen, blondes Haar, Nase und Busen hochgereckt, bekleidet mit einem Mikroröckchen, das ihre Hüften einschnürte, rittlings auf einem Zentaur sitzend, in der erhobenen Hand eine Zigarette, trabte vorbei und betrat den Ort, wo das Sonnenlicht sich langsam von Goldgrün zu Graugrün verwandelte, dort verschwand sie in einem Nebel aus Chloroform. Die Beine hatte sie übereinandergeschlagen – der Teppichhändler spuckte aus –, ihre knochigen Knie glänzten, die Linien ihrer Schienbeine schienen wie mit dem Lineal gezogen. Und darin allein bestand der Sinn ihres Tuns: Dem Publikum ihre rahmigen Schönheiten zu zeigen. Die Elstern, Krähen und Dohlen wiederholten Mamettes schmerzerfüllten, luftzerreißenden Schrei; sie wohnte nicht weit vom Park entfernt, der ungestört an den beiden Männern vorbeiraste.

Mamettes Trauer über den Verlust und der Schmerz erreichten ihren Höhepunkt, als der Geist des Lehrers sie in ihren Visionen heimsuchte. Wie ein frischgefangener Tiger lief sie in ihrem Zimmer auf und ab. Sie begriff, daß er tot war, und schrie den letzten Schrei von vielen, die ihr die Stimme geraubt hatten, doch rasch wurde ihr klar, daß er jetzt für immer bei ihr sein würde, und das tröstete sie. Durch ihre Tränen hindurch mußte sie lachen und sie kam zur Ruhe. Sie hatte bemerkt, daß der Lehrer den Ring nicht mehr trug. Quadryge hatte ihn jetzt und drehte ihn zwischen den Fingern, dabei den Granat bewundernd, der den dunklen Brustwarzen ähnelte, die zum Sonnen im Park auslagen, welcher ungestört an den beiden Männern vorbeizog.

Der Himmel hatte sich jetzt ganz zugezogen, doch das schien die Leute wenig zu kümmern. Die Sonnenbadenden lagen noch immer auf dem Rücken, die Augen geschlossen, hinter denen die Sonne noch glühte, die doch verschwunden war. So war das in Paravion. Der Nachmittag brach an, dem erst die Dämmerung und schließlich die Finsternis folgen würden. Auch dann bliebe der Park so bevölkert wie am Nachmittag, und die Gelage gingen einfach weiter, die Sünde und der Sittenverfall. Ja, es würden sogar Orgien stattfinden – so jedenfalls stellte es sich der Teppichhändler vor. Nichts ist zärtlicher als sonnenbeschienene Frauenhaut, die sich abkühlt in der Nacht, ein wahres Aphrodisiakum. Und niemand war williger als die freien Frauen von Paravion. Jetzt aber setzte der Park die Tätigkeiten des Nachmittags fort und zog ungestört an den beiden Männern vorbei.

»Komm«, sagte der Teppichhändler und zerrte den Karrenlenker fort. Höchste Zeit für eine Versammlung im Teehaus. Lange hatte der Teppichhändler auf diesen Augenblick gewartet. Er wußte, was zu tun war, bevor die Sache ganz außer Kontrolle geriet. Der Karrenlenker – es war nicht zu fassen! Ein Mann in seinem Alter! Der Teppichhändler stieß einen Pfiff aus, und eine Meute gehorsamer Brüder stürzte aus dem Gebüsch, das den Park umzäunte, sich an den Hoden kratzend, röchelnd und hustend. Sie deuteten mit ihren Daumen über die Schulter und stammelten: »Die beiden Schlampen aus Morea sind auch drin!«

Mamette bekam Besuch, und wie immer kamen ihre Geister, ohne anzuklopfen. Sie hörte ein Klackern am Fenster, doch ihr spielte die Erinnerung einen Streich; das ferne, dumpfe Stampfen, das sie ebenfalls hörte, gehörte nicht dazu. »Komm rein, komm rein«, sagte sie und ließ sich rücklings aufs Bett fallen, mit einem Herzen, das erschöpft war wie ein eben geretteter Schiffbrüchiger, und mit vom Weinen brennenden Augen, die im aufgewühlten Tiefenstrom ihrer Halluzinationen schwammen, wo zärtlicher Gesang zu hören war, *tlewnerennireniegnumramu*. Dämonen tratschten, und es entfaltete sich ein Mosaik aus Leben und Farben.

Mein Hosseloddelchen: Du bist der Liebling meiner Gedanken.

3

»Hör zu!« befahl der Teppichhändler und verfiel in Schweigen.

Die Stille in der Bar Zach war geladen und zeremonienhaft. Der Ton des Fernsehers war abgedreht. Alle waren da außer dem Lehrer und dem Eseltreiber, die schon von niemandem mehr vermißt wurden. Die Anwesenden warteten darauf, daß der Teppichhändler das Wort ergreifen würde. Noch immer hatte er sich seit dem Gerangel mit Marijken nicht gewaschen und schlürfte jetzt wichtigtuerisch seinen Tee, obwohl es gar nichts zu schlürfen gab, weil der Tee schon längst kalt war. Sowohl innen wie außen wies sein graues Gewand weiße, kreideartige Flecken auf. Als er daran dachte, was am Nachmittag bei Marijken geschehen war, grinste er. Die anderen hoben erwartungsvoll die Köpfe. Am liebsten hätte er gesagt: »Ich hab's ihr richtig besorgt!« – aber die Feierlichkeit des Augenblicks ließ das, leider, nicht zu. Er kam sich klebrig vor, klebriger als die glasierten Äpfel des Apfelverkäufers, der brav in seinem Arbeitskittel mit dem roten Taschentuch um den Hals dasaß und wartete.

Der Karrenlenker hielt schamvoll den Blick gesenkt. Der Apfelverkäufer lachte insgeheim über dessen grobe Dummheit: Er selber ging täglich in den Park, um dort seine Süßigkeiten zu verkaufen. Doch er war noch nie erwischt worden. Sein Geheimnis? Er verkleidete sich als Paravionaner; so entging er dem Teppichhändler und dessen Spionen. Sein

Kopf war voll von den herrlichen Szenerien aus dem Park, und sein Hemd unter dem Kittel trug noch die Farbspritzer der Sonnenpalette. Die Geschäfte gingen übrigens sehr gut. Vor der Tür stand sein Baum und schlummerte langsam ein, nachts sammelten die Äpfel feinen Tau, der sich am Morgen in Zuckerglasur verwandelte, und dann waren sie zum Verkauf bereit. Vielleicht sollte er expandieren, Patent anmelden. Er verdiente Geld, aber langsam nur, und es würde dauern, bevor er sich seinen Traum-Ford kaufen konnte. Sich weiter mit einem fliegenden Teppich aus Morea zu behelfen war ein Ding der Unmöglichkeit: Die Zeit der fliegenden Teppiche war vorbei, sie waren aus der Mode. Dann könnte er sich ja gleich einen Simca kaufen.

»Trotzdem, ich bleib dabei«, flüsterte ein Mann in sein Ohr, »der Golf GTI ist der beste.«

»Ja, das glaubst du!« gab er zur Antwort und hatte ein nasses Ohr. »Aber du findest Grundig ja auch besser als Telefunken!«

Es dämmerte, die Straßenbeleuchtung brannte, und auf der Hauptstraße räumten die Müllmänner gerade den Marktabfall weg. Was noch brauchbar gewesen war, hatten Abfallwegelagerer bereits weggetragen. Der Geruch salzigen Fischs und verfaulenden Fleischs hing in der Luft, Kartons lagen in verschiedenen Haltungen auf dem Bürgersteig verstreut, viele Müllsäcke waren von Katzen aufgerissen. Der Abend echote noch vom Geschrei der Marktleute. Zerquetschte Früchte lagen auf dem Boden verteilt und verreckten. Die Männer schrien, lachten und schleuderten die Säcke in den wartenden und brummenden Wagen. Ohne den Müll bot die Straße einen noch tristeren Anblick, wie eine Mutter, der man die Kinder genommen hatte. Die Snackbar an der Ecke war voll mit hungrigen Leuten, die im Schmalzdunst fette Happen hinunterwürgten, mit Drogenhändlern, die einen Augenblick von ihrer anstrengenden Tätigkeit verschnauften und dabei den Frauen, die ihre Hunde Gassi führten, mit vollen Mündern hinterherpfiffen. Krümel sprühten aus ihren Mündern.

In der Bar Zach machte der Tee die Runde und wurde laut geschlürft. Salzmandeln wurden gierig ergrapscht und schmatzend verzehrt. Eine schmackhafte Zusammenstellung wie auch das Mittagessen, das aus frischgebackenem Brot mit Olivenöl und Tee bestand: Himmlisch, wenn es auch anders schmeckte als in Morea.

Hinter der Theke hing ein altes Reklameposter von La Cigogne an der Wand, es zeigte einen Storch, an dessen Schnabel ein Beutel mit der Limonadenflasche hing: »La Cigogne bringt Ihnen gute Neuigkeiten!« lautete der Slogan. Im übrigen schmückten Postkarten mit moreanischen Sonnenuntergängen und Palmen, moreanische Geldscheine, Gebetsschnüre und eine Uhr in Form eines Minaretts die ockerfarbige Wand. Besonders frivol war die Hologrammkarte einer Frau, die jedem zuzwinkerte, der zur Toilette ging. Diese bestand aus einem kleinen Verschlag mit einer gelblichen Schüssel voller brauner Ränder, die Brille hing lose und die Spülung wollte auch nicht so recht; zwar war der Spülkasten mehrere Male vom Wirt eigenhändig repariert worden, doch blieb die Spülvorrichtung, die einst aus einer Kette und jetzt aus einem Seil bestand, launisch. Hier ließen es die Männer plätschern, bevor sie an dem armen Seil rissen, als erwarteten sie, daß der gurgelnde Malstrom Goldmünzen hervorsprudeln lassen würde. Oft schon hatte hier ein Goldregen eine Danae verjagt und dafür Fliegen angelockt.

»Ä-hm«, sagte der Teppichhändler – insofern man sein Räuspern überhaupt in Buchstaben des Alphabets fassen konnte.

»Hatscha!« antwortete der Karrenlenker automatisch, worauf die Männer in Gelächter ausbrachen. Er errötete noch tiefer, als er es schon war. Doch die Stille kehrte wieder ein, und alles wartete gespannt auf die Worte des Teppichhändlers, der eine angeborene Autorität besaß, auch wenn sein Gesicht vor allem vierschrötiges Idiotentum ausstrahlte. Jetzt war eine lange Rede gefragt, doch er wußte nicht, was er sagen sollte. Er nickte den sieben Männern aus dem Norden Moreas zu und fragte: »Ihr habt doch Töchter, nicht wahr?«

Die Männer nickten, etwas beschämt.

»Sind sie rein, jungfräulich und gehorsam?«

Die Männer nickten.

»Dann möchte ich euch bitten zu erlauben, daß die Männer hier sie heiraten.«

Die Männer nickten abermals. Eines Tages habe es so weit kommen müssen. Nach sieben Jahren der Einsamkeit in Paravion hätten sich die Brüder in den ausgelegten Fangstricken der hiesigen Frauen verheddert. Er beobachte es seit einiger Zeit, der Park werde stets öfter besucht, und zwar nicht nur von den jungen Männern – hier warf er eines seiner Augen auf den Karrenlenker, der den Kopf noch tiefer einzog.

»Unsere Traditionen und unsere Ehre sind in Gefahr!«

Man müsse die Linie des Bluts sauber halten und auch fortführen. Aber die hiesigen Frauen, auch die wenigen, die aus Morea stammen, seien nicht keusch und hätten keinen Respekt. Man brauche sich doch nur die beiden Frauen aus dem Park anzusehen. Sie seien kaum hier, da verleugneten sie schon ihre Herkunft und verhielten sich wie Frauen aus Paravion. Deshalb sei es notwendig, in den roten Bergen von Morea einen Strauß frischer Bräute, sittsam an Körper und Geist, zu pflücken. Außerdem stehen Herbst und Winter mit Regen, Hagel und Schnee vor der Tür, und in der weißen Welt des Winters sei die Einsamkeit besonders unerträglich. Außerdem müssen Nachkommen geschaffen werden, denn die bringen Geld, wenn auch nicht unbedingt durch Arbeit; die Regierung unterstütze jeden neuen Sprößling mit Geld, und sich fortpflanzen, das dürften die Brüder im Teehaus doch wohl hinkriegen! Das Überleben der eigenen Art stehe auf dem Spiel.

»Und was ist mit deiner Karima?« fragte jemand vorlaut.

»Welche Karima?«

»Die Frau mit den Antennen auf dem Kopf, mit der du in Sünde lebst?«

»Sie heißt Marika, und außerdem spiele ich nur ein bißchen mit ihr herum. Glaubst du etwa, ich steh bei ihr unterm Pantoffel, hä? So, das war's.«

Der Teppichhändler schlug sich aufs Knie. Der Entschluß stehe fest. Die Jahre der Einsamkeit, der Trauer und des Ekels seien nur eine Vorbereitung dafür gewesen. Sie werden heiraten! Und was Marika betreffe, so werde er mit gutem Beispiel vorangehen und ihr sofort den Laufpaß geben. Es war sowieso allmählich Zeit, seinen Teppich bei ihr abzuholen, die Ausrede war inzwischen doch etwas abgegriffen.

»Heiraten!« riefen die Männer einstimmig aus. »Wir werden heiraten!«

Und Morea besuchen, wenn auch nur kurz.

»Hör zu«, hatte Marijken bei einem ihrer seltenen Besuche zu ihrer Tochter gesagt, »du mußt mit diesem Wahnsinn aufhören. Der Mann ist weg, basta! Er hat dich im Stich gelassen.« Sie nahm ein Zarolho-Feuerzeug, das auf einem Beistelltischchen zwischen dem Nippes lag, und spielte damit. Auch ein leeres Zigarettenpäckchen der Marke Casa

Sport befand sich dort. »Finger weg!« rief Mamette, für sie waren diese Dinge inzwischen Reliquien.

Aber natürlich wollte ihre Tochter nicht auf sie hören. Sie beharrte auf der Behauptung, er komme sie nachts besuchen, sie sei mit ihm zusammen, endlich könne sie in Morea sein, wo sie schon immer hinwollte. Marijken wunderte sich, eine Schale mit Zitronen, Mandeln, Orangen, Äpfeln und getrockneten Feigen zu sehen, denn Mamette aß sonst kaum etwas, war ständig auf Diät. Die Früchte mußten aus Plastik sein. »Sind sie nicht«, sagte Mamette, »die bekomme ich geschenkt. Stehen jede Woche frisch in meiner Wohnung.«

Marijken schüttelte den Kopf: Ihre Tochter war vollkommen verrückt geworden, komplett meschugge. Sie nahm ein ziemlich abgegriffenes Reader's Digest-Heft (Seite 76, »Wie findet man Freunde? Indem man länger lebt!«) und blätterte darin. Auf dem Plattenspieler krächzte und zischte eine alte Aufnahme von *Madame Butterfly*.

»Kannst du sie nicht hören?« fragte Mamette. »Überall. Er ist auch dabei.«

»Such dir einen anderen Freund. Es gibt massenhaft Männer. Und die Ausländer sind ja auch nicht das Gelbe vom Ei, hörst du?«

»Ja, vor allem deiner nicht, dieser Ausbeuter.«

Sie war nicht geschminkt. Ihr Gesicht sah ohne Puder und ohne die Farbpalette des Make-ups leer und verlassen aus. Ihr wahres Wesen und Äußeres waren offenbar noch zu schüchtern, um sich hervorzutrauen, zögerten noch. Jetzt war deutlich zu sehen, daß sie die grauen Augen ihrer Mutter hatte, mit den schwarzen Rändern um die Iris. Ihre Wimpern waren enttäuschend kurz und bleich ohne Mascara. Sie sah nicht glücklich aus, ihre weiße Haut war voller rosa Flecken. Waren die Farbeimer möglicherweise gar nicht für ihre Wohnung bestimmt, sondern für ihr Gesicht?

Marijken lauschte mit schiefgelegtem Kopf und fragte dann erstaunt: »Hältst du es für möglich, daß jetzt um diese Uhrzeit hier irgendwo Handwerker arbeiten?«

Mamette runzelte die Stirn und murmelte, sie könne sich das dumpfe Stampfen auch nicht erklären. Sie höre es schon seit einer Weile. Es hörte auf. Marijken fuhr fort: »Laß endlich die Finger von den Drogen, die machen dich kaputt.«

»Mam, das geht dich nichts an. Übrigens mußt du das gerade sagen, du mit deiner Alkoholfahne. Ich nehme nichts mehr.«

»Willst du die Wände streichen?«

Mamette nickte achselzuckend. Ihre Mutter bestätigte, daß die Wohnung durchaus etwas neue Farbe vertragen könne; die häßlichen, komischen Bilder, da sei doch eine einfarbige Wand besser, weiß oder in gebrochenem Weiß oder in einem schönen Hellblau? Mamette antwortete verärgert, daß sie sich um ihren eigenen Kram kümmern solle: »Du verstehst mich nicht. Das hast du noch nie! Misch dich bitte nicht ein!«

Marijken hatte keine Lust auf Streit, erhob sich seufzend und ging. Mamette drehte den Plattenspieler lauter, und ihre Mutter hörte Madame Butterfly singen: *Chi vede mai a bimbo del Giappon occhi azzurrini?* Wer weiß, vielleicht hatte ihre Tochter ja doch recht. Als sie die Tür hinter sich zuzog, war Madame Butterfly gerade bei den goldnen Locken des Kindes angekommen: *E i ricciolini d'oro ...*

Nichts war mehr wie früher, die Zeiten veränderten sich, die Menschen auch, Paravion mit all den Neuankömmlingen war anders geworden. Jedes Volk brachte seine eigenen Verrücktheiten mit, und diesen war Mamette erlegen. Auch ihr Leben hatte sich verändert, seit dieser Mann im Schlabberkleid, den sie nicht mal verstand, sie ab und zu besuchte. Er wollte nur das Eine von ihr, und das war auch das einzige, was sie miteinander anstellen konnten, da er sich weigerte, ihre Sprache zu lernen. Und sie fand in seiner Gesellschaft trotz allem etwas Trost, nein, keinen Trost, sondern eine Art Bestätigung. Er war jedenfalls besser als ein rosafarbener Elefant.

Marijken wollte auf einen Schnaps in ihre Stammkneipe und bestieg die Straßenbahn Richtung Ostteil der Stadt. Sie zupfte an ihrer Halskette mit dem Davidstern herum, was sie immer tat, wenn sie nervös war, das heißt, wenn es höchste Zeit für Nachschub war. Der Waggon war fast leer, und die Lichter verliehen allem eine Atmosphäre des Unheils und der Verlassenheit wie im langen, leeren Flur eines Bürogebäudes oder einer Anstalt. Sie machte sich Sorgen um ihre Tochter, irgend etwas stimmte nicht, sie wußte nicht was, und Mamette wollte es ihr nicht sagen. Sie hatte es an ihren Augen gesehen und an der kindlichen Gereiztheit, als ob sie jeden Augenblick in Tränen ausbrechen wollte. Was war es nur?

Die Straßenbahn fuhr durch Straßen, in denen Menschen und Lichter noch quicklebendig waren, und durch verarmte Viertel, in denen eine fahle Finsternis herrschte, die schon ein paar Tage alt zu sein schien, eine Art Secondhand-Finsternis. Wie im nahegelegenen Park, der so schmutzig und so dunkelgrün war, daß keiner der vielen Regen in Paravion ihn reinwaschen konnte. Bei der Kreuzung stieg sie aus und ging einen Häuserblock bis zur Kneipe, die, das Schicksal sei gepriesen, direkt gegenüber ihrem Haus lag. Schon von weitem entdeckte sie den Teppichhändler vor ihrer Haustür. Der will sicher seinen Teppich holen, dachte sie. Die Ausrede war inzwischen zum Synonym für Sex geworden: den Teppich holen. Dabei hätten sie es angesichts seines hinderlichen Gewands besser »den Teppich klopfen« nennen sollen.

Sie rief ihn, gab ihm mit Zeichen zu verstehen, daß er ihr in die Kneipe folgen solle. Er winkte nur, sie ließ ihn stehen und öffnete die Kneipentür, durch die eingesperrter, rauchiger Lärm entwischte. Drinnen war es voll und gemütlich. Man begrüßte sie jovial, und der Barmann stellte ihr gleich einen Schnaps auf die Theke, die schwitzte vor verschüttetem Alkohol und reflektierendem Licht. Ihr Getränk zitterte wie ihre Finger, sie hatten einander vermißt. Sie kippte den Schnaps hinunter, und schon stand ein zweites flüssiges Monokel für sie bereit.

Sie war bei ihrem neunten Glas, als der Teppichhändler hereinkam. Zum ersten Mal fiel ihm auf, wie widerlich er diesen verrauchten und nach Alkohol stinkenden Ort eigentlich fand. Die ganze Kneipe mit den dunkelroten Teppichen, braunen Wänden und den alten Postern ekelte ihn an. Denn hier hingen wie in allen anderen Kneipen Toulouse-Lautrec-Poster an den Wänden, außerdem die vier Jahreszeiten von Mucha, diverse Kabarett- und Theaterplakate und natürlich vergilbte Fotos aus den Kindertagen der Kneipe.

»Hallo!« rief es im Chor. »Da ist ja unser kleiner Mohr! Komm und trink eine Limonade!«

Er grinste ein schiefes, gelbes Lächeln, während sein Herz fluchte, als wäre es in der Hölle gelandet. Ein Ort der Verderbnis, wie konnte er ihn je betreten? Stickig war es hier und heiß, die Gäste schwitzten hoffnungslos. Wolkenschwaden aus Rauch, manche noch von gestern, hingen unter der vergilbten Decke. Man schlug ihm auf die Schulter, fester, als man im betrunkenen Zustand glaubte zu tun, und zerrte ihn zur Bar. Der Wirt nickte ihm zu und stellte eine Flasche Limonade vor ihn hin. »Strohhalm oder Glas?« fragte er, und die ganze Kneipe schüttete sich aus vor Lachen.

»Komm, sag mal was in unserer Sprache. Sag mal ›Polizei‹ oder ›putzen‹. Na komm schon, alter Junge, tu's.«

Er nickte und grinste feige und zog Marijken am Ellbogen. »Trink erst mal deine Limonade«, sagte sie, »ich bin noch nicht fertig.« Sie rülpste und hickste derweil. Die Brille rutschte ihr von der Nase, und sie starrte in vernebelte Weiten, die Schultern hingen traurig herab. Ihre Hände zitterten nicht mehr, und die schlampig blondierte Dauerwelle machte ihrem Namen keine Ehre mehr. Ihr Blick war so glasig wie der Schnaps, den sie trank. »Du willst sicher wieder deinen Teppich holen, nicht wahr?« Er trank in einem Zug seine Limonade aus, rülpste und spürte die Kohlensäure angenehm in seiner Nase kitzeln.

Als sie von ihrem Barhocker zu rutschen drohte, stützte er sie und zog sie Richtung Tür.

»Na, soll ich's wieder anschreiben?« fragte der Barmann, der gerade ein Glas abtrocknete. Im Spiegel hinter ihm klemmten zahlreiche Postkarten, die meisten mit einem obszönen Motiv, und fremdländische Geldscheine wie Herbstlaub. Strohblumen schmückten den Rand des Spiegels, der alles verzerrt wiedergab, als wäre auch sein Blick trunken. In ihm spiegelten sich sogar die rosafarbenen Elefanten und die schwarzen Insekten so manchen Deliriums wider. Aus der Toilette drang ein hingebungsvolles Kotzen, unterbrochen von einem gestöhnten »Großer Gott!«, wonach die Tortur weiter ihren Lauf nahm.

Draußen war es frisch und still. Jemand führte seinen Hund aus, der an jedem Laternenpfahl und an jedem Baum stehenblieb und schnüffelte, ein Radfahrer fuhr Zickzack über die leere Straße, ein Auto mit eingebauter Diskothek dröhnte vorbei, von den Insassen waren nur die Zähne zu sehen. Die Restaurants und Snackbars waren noch offen, Marijken wollte irgendwo noch einen Happen essen. Sie betraten eine weißgekachelte, nach Fett riechende Snackbar, wo sie in aller Stille Marijkens Lieblingssandwich verzehrten, ein Durcheinander aus Ingredienzien, dafür scharf gewürzt. Auf einer Tafel stand mit Schnörkelschrift geschrieben: *Falafal ist ein Originalrezept aus Ägypten, aus den Zeiten Josefs (die sieben fetten und sieben mageren Jahre).* Es schmeckte tatsächlich so, als stammte es aus aus den mageren Jahren.

So eintönig die Menus der Snackbars gemeinhin sind, so abwechslungsreich ist die Rechtschreibung bei den Namen der Gerichte. Vor allem die Koteletts entziehen sich einer eindeutigen Orthographie. Kein anderes Wort wird derart mißhandelt.

Sie gingen, das heißt, Marijken watschelte und der Teppichhändler stolzierte mit ausholenden Schritten, zu ihrem Haus, wo sie die Mahlzeit sofort erbrach. Ihre Wohnung war aufgeräumt, alles war abgestaubt. Sogar seinen Teppich hatte sie sauber gemacht. Er bemerkte es, als er ihn aufrollte, um ihn sich auf die Schulter zu legen. In gekrümmter Haltung und mit Sabberfäden am Mund kam sie aus der Toilette und spülte sich in der Küche den Mund.

»Puh!« sagte sie. »Jetzt geht's mir besser.«

Sie packte ihre Fettwülste am Bauch und schüttelte sie. »Außerdem muß ich auf meine Linie achten!« Sie fing an, sich auszuziehen. Ihre Waden waren mit Krampfadern marmoriert. Voller Abscheu und Erregung gleichermaßen sah er ihrer allmählichen Entblößung zu. Jetzt mußte er stark sein. Es war vorbei, und so wich er zurück, als sie ihn am Bart zu ihrem gespitzten Mund ziehen wollte, sein Herz klopfte wild. »Komm, gib mir doch einmal einen richtigen Kuß.« Sie pfropfte ihren Mund auf seinen, der von stachligen Haaren umrahmt war, und suchte mit der Zunge nach einer Öffnung zwischen den Abrißhäusern seines Gebisses; sie fand mehrere, nur die richtige war nicht dabei. Er stieß sie zurück. Sie fiel aufs Sofa und lachte laut, ihre Brüste baumelten rechts und links vom Körper herunter, was sehr verführerisch aussah, ihr Bauch wabbelte und die Arme lagen träge ausgebreitet auf der Sofalehne. Die Eingangspforten ihres glitzernden Frauseins, die Innenseiten ihrer Schenkel waren weiß wie Mehl und lagen auch prall wie volle Mehlsäcke da. Ihre Beine waren übersät mit violetten Flecken, die holte sie sich beim ständigen Stolpern, Irgendwo-Anstoßen und Hinfallen: Wie bei allen Alkoholikern schien ihre Welt nur aus Tischkanten und unerklärlichen Ecken zu bestehen. Ansonsten strahlte sie jetzt im Licht, das von draußen kam – das Rollo war nicht heruntergelassen – und das der Mond abgab, der in ihrer Brust leuchtete. Sie streckte die Arme nach ihm aus und winkte ihm mit allen zehn Fingern zu.

»Komm, mir ist so romantisch.«

Er schluckte und war drauf und dran, einen Teil seines Verstandes zu verlieren: Sein Blut wurde bereits abwärts gepumpt. Doch schließlich siegte der Ekel über die Erregung, der Entschluß über die Erektion, und er sprach, wobei er sie mit einer wegwerfenden Geste zurückwies, das H-Wort aus. Da ihm das lange »u« keine Schwierigkeiten bereitete – er kam auch in der Sprache der Moreanen vor –, und obwohl er das »h« nicht aspirierte, sondern mit einem laryngalen Röcheln versah, verstand sie sofort, was er meinte, und nichts auf der Welt hätte ihn auf den Wutausbruch vorbereiten können, der jetzt folgte. Plötzlich vollkommen nüchtern erhob sie sich ganz langsam vom Sofa, die Brille hatte sie noch auf der Nase, und er sah in ihren Augen eine grauenerregende Wut heranwachsen.

»Ich bin eine *was*?« kreischte sie und stürzte auf ihn zu. Sie stieß ein Beistelltischchen um, riß sich am Glastisch, der voller alter und neuer Zeitschriften, Frauenmagazine und Reader's-Digest-Hefte in der Mitte des Wohnzimmers stand, das Knie auf, aber die Schramme schien sie nicht zu stören. Zum ersten Mal fiel ihm auf, daß sie etwas größer war als er, und außerdem stark; unter den schlaffen Fettsäcken verbargen sich enorme Kraftbündel. Ihr Körper spannte sich, und ihre Formen und formlosen Rundungen wurden voller, schienen sich zu verjüngen und machten sie attraktiver denn je. Er zitterte vor Angst und wiedererwachter Lust; jetzt streckte er seine gierigen Hände nach ihr aus, um sie zu besänftigen, sie zu packen und zu Boden zu werfen, doch sie schmetterte seine niederträchtigen Hände wütend ab. Ihm war, als erhielte er einen elektrischen Schlag. Zum ersten Mal fiel ihr auf, daß seine Hände voller Leberflecke waren.

Und dann folgte eine Flut von Flüchen und Schimpfworten, einige davon in seiner eigenen Sprache; er hatte ihr diese in ihren intimen Momenten beigebracht, was er jetzt bedauerte. Bei jedem Schrei zog er den Kopf ein, und als ihr Crescendo den Höhepunkt erreicht hatte, nicht nur das der Lautstärke, sondern auch das ihrer Größe, war sein Diminuendo-Wimmern bereits zu einem unhörbaren Pianissimo verstummt. Sie, Riesin jetzt, überragte ihn turmhoch. Er, die Maus, umkreiselte ihre Füße, um ihrem Zorn zu entgehen. Sie mußte sich bücken, als ihr Kopf die Zimmerdecke erreichte. Wild stampfte sie mit den Füßen, um ihn zu zertreten oder wenigstens seinen Schwanz zu erwischen und ihn festzunageln.

Als er aus dem Fenster flog und auf dem Bürgersteig landete, genau unter der Straßenlaterne, war er bis auf dreißig Zentimeter zusammengeschrumpft. Er ächzte und zirpte im Countertenor, als wäre er seiner Samendatteln beraubt, dort, wo sie ihn hingetreten hatte. Marijken lehnte sich über die Fensterbrüstung und setzte ungestört ihre Zeterarie fort, das Orchester tremolierte, die Pauken rumorten, bis sie die Klimax – ein hohes E – erreichte, dann knallte sie das Fenster mit einem Beckenschlag zu.

Ein goldner Strahl plätscherte plötzlich auf den Kopf des Teppichhändlers, und dieser Strahl kam nicht von der Straßenlaterne, sondern vom Hund, der endlich seinen Lieblingslaternenpfahl gefunden hatte. Dicke, sirupartige, birnenförmige Tropfen zerschellten auf der Schädelplatte des Teppichhändlers. Die letzten Töne eines Glockenspiels.

Stille.

Vorhang.

Mit ähnlichem Blitzen und Donnern, wie Marijken es hervorbrachte, kam der depressive Herbst – *Herbest,* wie die Moreaner sagten – mitsamt dem Regen. Die Tage im Teehaus waren so trist und monoton wie Tage in den Fluren einer Irrenanstalt.

Der Winter kam nur zögernd, Flocke für Flocke, sie liebt mich, sie liebt mich nicht. In der Bar Zach zitterten die Männer vor Kälte und klapperten mit den Zähnen. Das Teehaus war kaum zu heizen. Tee wurde literweise getrunken, doch nichts konnte die Brüder erwärmen, und die Schneeböen tobten draußen wie die weißgekleideten Patienten einer Irrenanstalt.

Das Bedürfnis nach der Wärme einer frischen, jungen und keuschen moreanischen Braut war größer denn je. Der Schnee fiel in geraden Linien vom Himmel, aber auch torkelnd und kreiselnd. In ihren Betten liegend starrten die Männer die Zimmerdecke an, die Landkarte ihrer Einsamkeit, und ab und zu stießen sie in die Stille ihrer Finsternis einen Schrei aus wie gequälte Geisteskranke in der Isolierzelle einer Irrenanstalt.

Marijken ertränkte ihre Tage im Alkohol und wärmte sich manchmal an einem menschlichen Ofen, einem Schicksalsgenossen aus der Kneipe meistens, an jemandem, den sie unter dem menschlichen Sperrmüll dort fand. Sie weinte, und ihr Herz hämmerte voller Wut und Verzweiflung gegen die Rippen wie ein Verrückter gegen eine der vielen Türen einer Irrenanstalt.

Mamette starrte zum Fenster hinaus und beobachtete den Rhythmus der trägen Schneeflocken. In geraden Linien fielen sie vom Himmel und änderten dann ihre Richtung. Sie summte und murmelte den Nonsensgesang ihrer früheren Rauschzustände: *Subolgsnebel nie, ezrawtsurb eniem mu sierk nenie ...*

Sie mochte den Schnee, der die kahlen Bäume in weiße Pelze hüllte. Die Grachten waren zugefroren, und die ersten Schlittschuhläufer wagten ein paar vorsichtige Schritte. Bei Sonnenschein war sie ganz verzaubert von den blauen Schatten, die die kahlen Äste aufs Eis warfen. Sie hörte das laute Lachen der Kinder. Sie begriff, was für Striemen die Eisläufer auf dem gefrorenen Wasser hinterließen.

Sie streichelte ihren schwangeren Bauch und fragte sich, ob der Fötus nur die Schläge ihres Herzens hören konnte oder auch den pantoffligen Fall des Schnees: Hör zu.

IV

1

»Schau!«

Der Frühling war ein Fest gewesen nach den segensreichen Regen des Winters und hatte alles und jeden in einen Rausch versetzt. Das Abqar-Tal war allerbester Laune. Die Ziegen gaben Milch, sie hatten Junge geworfen. Sind mehrere Säugetiere zusammen, vermehren sie sich. Alles wuchs, sogar in diesem Dorf. Der Bach plapperte fröhlich wie Frauen beim Einkaufsbummel und führte Blätter und Blumensträuße mit sich, als wäre er beim Blumenhändler gewesen; ein Schneeschauer aus Mandelblüten betäubte die Nase mit tödlichem Duft. Die Feigenbäume starrten unaufhörlich auf ihre unruhigen Spiegelungen hinunter, Büsche und Sträucher, die weißen und rosafarbenen Oleander stellten ihr Naschwerk zur Schau. Wind kam auf, um alles abzutrocknen, und er staubte die Blätter ab, die aufgeregt durcheinanderzuplappern begannen. Die Vögel tratschten hemmungslos. Baba Baluk und die jungen Frauen des Dorfs waren glücklich wie nie in ihrer fruchtbaren, blühenden und früchtereichen Freiheit. Die Mütter waren gestorben, waren aus ihrem Schwachsinn in glückselige Nicht-Existenz hineingeglitten.

Ein neuer Baum wuchs am Ufer, eine Falfosa, die keine Blätter trägt, sondern nur Flaum, türkisfarbene Federchen, die im Wind zitterten. Der Stamm war faltig und schien eher aus Fleisch als aus Holz zu bestehen. Das Laub, noch jung, war wie ein Nest voll von Vogeljungen.

Der Schäfer hatte gelernt, die Flöte zu spielen, und die jungen Damen unter der Leitung von Quadryge und Sofia hatten gelernt, dem Schäfer Flötentöne zu entlocken. Der Unterricht seines eigenen Mädchens trug allmählich Früchte. Sie alle konnten ihn zu sich rufen, wann immer sie wollten, und sie lehrten ihn Zärtlichkeit. Baba Baluks Blick und Liebkosungen wurden sanfter und gleichzeitig feuriger. Streichelte er eines der Mädchen, war jede Bewegung eine Ehrenbezeugung an ihre Schönheit und willige Jugend; ein Zeichen, daß die Lektionen seines Mädchens Resultate zeitigten. Die Mundwinkel der Mädchen kräuselten sich nach oben. Sie erschauderten. Seine Fingerspitzen waren zärtlicher als katzbalgende Windstöße im Apfelbaum, der allerdings nicht so erröten konnte wie sie. Sie hohlbeutelten die Münder zu Mohnkapseln, damit er sich labte am fließenden Tröstesaft. Die Frösche quakten, die Grillen zirpten, die Vögel sangen ihre uralten Madrigale, er brummte, sie stöhnten kurz und melodisch und krümmten die Rücken, worauf er seine Brust hob, um ihnen Platz zu machen. Und tatsächlich: jetzt war er leichtgewichtig auf der Brust und schwerlastig im Hintern, genau so, wie es sein sollte. Vor allem Sofia preßte ihr Schambein fest gegen seinen Unterleib und wirbelte mit den Hüften, um zur Ekstase zu gelangen.

Ihr musikalisches und rhythmisches Gehampel wurde begleitet vom Stampfen des Mädchens, das mit einem Stock die inzwischen durchweichten Taue, Lumpen und Fischernetze in einer Schüssel bearbeitete, um deren äußerste Fasern zu entfernen.

Gleichzeitig spielten sie mit ihrem Flötenspieler wie mit einem Kind oder einer Puppe, sie hängten ihm Blüten und Blumen an den Kupferohrring und baten ihn, für sie zu singen. Das konnte er zwar nicht so schön und zart wie

Mamurra, aber es gelang ihm, den Ton zu halten und auf ihm zu balancieren, gerade bei den gefährlich hohen Noten.

Reizende Bombykina, Syrerin nennen dich alle,
mager, sonnenverbrannt,
ich allein: honigfarben.
Die Ziege folgt dem Klee,
der Wolf der Ziege,
der Kranich dem Pflug;
Ich bin verrückt nach dir!

»Wer ist diese Bombykina?« wollte Quadryge wissen. Doch er hatte keine Ahnung. Die Lieder kamen ihm einfach so in den Sinn, mitten im Durcheinander der Stimmen, von denen sein Kopf heimgesucht wurde. Manchmal fielen sie ihm beängstigenderweise auch rückwärts ein, ein Art Zungensingen statt Zungenreden.

Das Mädchen stellte ihre Arbeit beiseite, strich sich die Haarsträhne aus der Stirn und hörte seinem Lied zu, glücklich, stolz und voller Wehmut. Merkwürdigerweise war sie, obwohl doch so viele Karawanen Jahreszeiten vorbeigezogen waren, keinen Tag älter geworden. Sie war noch immer so weiß, als ob sie einzig im Finstern lebte, nie das Tageslicht sah noch das Tageslicht sie. Ihre Füße waren so rot wie die Erde, auf der sie ging. Wenn er in ihrem Schoß lag, roch er denselben kindlichen, süßen Duft und hörte denselben raschen Atem wie früher, dabei sprach sie unaufhörlich und erzählte (»... Süß, mein lieber Schäfer, ist das Flüstern der Pinie ...«). Sie war nicht älter geworden, obwohl ihre Haut verdorrte und rauher wurde, brösliger, als würde sie beim geringsten Atemhauch zu Staub zerfallen. Nur an ihren Ellbogen und Fingerspitzen waren leichte Vergilbungen zu erkennen. Das kam möglicherweise von ihrer Arbeit, vom

Papierbrei, den sie angerührt hatte und der jetzt zum Trocknen auslag.

Plötzlich sprang sie auf und wandte sich ab. »Ich habe nicht mehr viel Zeit«, sagte sie und schluchzte. Baba Baluk rieb sich den Hinterkopf, der auf den Boden aufgeschlagen war, und starrte sie verständnislos an. Er trat von hinten an sie heran, doch sie stieß ihn mit den Ellbogen weg, heftiger wohl als beabsichtigt. Den Bauch reibend, stieß er ratlos einen Seufzer aus. Frauen, er mochte sie noch so oft intim berühren, fassen konnte er sie nicht, geschweige denn begreifen. Sie drehte sich um, lachte, wischte sich die Tränen weg. Er sah, daß ihre Handflächen schwarz waren von den Tränen, die in ihrem Gesicht Streifen hinterlassen hatten, als wären sie Säure. Sie vergoß Tränen, die so dunkel waren wie ihr Blut und die feinen Adern.

Senunu, die Schwalbe, kehrte zurück und brachte den Sommer mit. Er zog in die Höhle von Cheira und Heiras Johannisbrotbaum. Dieser Baum hing übervoll mit Früchten.

»Schau!« wiederholte Sofia und hielt etwas Schweres in ihren Armen vor Baba Baluks Gesicht.

Nicht nur das Dorf, ganz Morea erlebte jetzt eine Zeit der Fruchtbarkeit. Im goldnen Herbst hatten die Bauern und Bäuerinnen üppige Ernte eingebracht, Getreide, gebeugt zwischen den Ährenbündeln, durch die schaudernd der Wind fuhr, und sie sangen und sie sprachen. Die Sicheln glitzerten, wie viele Tote irrten doch über die Felder!

Landarbeiter Boekaios, was ist mit dir los. Weder die Schwade kannst du gerade ziehen noch schneidest du das Korn im Gleichschritt mit deiner Nachbarin.«

»Milon, Schnitter bis spät in den Tag, hat dich nie die Sehnsucht ergriffen, von hier wegzugehen?«

»Niemals, führwahr, wohin sollte ein einfacher Bauernknecht wie ich schon gehen?«

»Ist dir niemals passiert, Milon, daß dir dieser Wunsch nachts den Schlaf raubte?«

»Nein, niemals, und Lieb-Halla möge verhüten, daß dies geschähe. Ich schlafe wie zwei Ochsen und ein Rosenstrauch.«

»Was plagt dich also? Ist es Cupido?«

»Nein, eine Bremse!«

»Wie ein Rosenstrauch? Deine Frau klagt oft über deinen unruhigen Schlaf und deine Bartstoppeln. Geh zum Barbier.«

Und so weiter. Dann erhob sich Boekaios ächzend, streckte sich und starrte zum Horizont, wo einst Paravion in der Fata Morgana getanzt hatte. Die Grillen sangen.

»Hör auf zu träumen und mach dich wieder an die Arbeit!« mahnte ihn sein Weib und sang weiter ihr Lied.

Baba Baluk hatte diesen Bauern hier Trauben und Feigen verkauft, manchmal tauschte er diese auch gegen einen Kapaun oder ein Huhn. Aus den Feigen machten die Bauern Likör und aus den Trauben ausgezeichneten Wein. Was früher in Morea Sünde gewesen war, war jetzt erlaubt. Als sie fertig waren und alle Garben – Frisuren des Herbstes – auf einem Karren gestapelt hatten, setzten sie sich an einen niedrigen, mit einem weiß-rot karierten Tuch gedeckten Tisch, aßen Käse und Roggenbrot und sprachen dem Wein in Krügen und Tonkaraffen übermäßig zu. Sie sangen, kratzten die Fideln, schüttelten die Tamburine, die Frauen und Töchter tanzten, während die verschämten Kinder, die Jungen, an ihren Rücken und Schürzen hingen. Dann nahmen die Frauen die Buben auf den Arm und zogen sie mit in den Taumel ohne Ende, um und um und um und um! Und zum Wein gab es Feigen und Mandeln – die beste Zusammenstellung, die es gibt.

Vieles hatte sich verändert. Trotzdem konnte er nicht

glauben, was Sofia ihm jetzt zeigte. Das konnte nicht von ihm sein. Deshalb schlug er die Arme übereinander und wandte den Kopf mit erhobenem Kinn ab. Sie zog ihn am Ohrring und befahl, wütend jetzt und keine Widerrede duldend: »Schau her! Hast du schon mal so ein Kind gesehen?«

»Es ist nicht von mir!« Der Schäfer stampfte mit dem Fuß auf. Immer noch ein Kind, dieser Baba Baluk!

»Ach, von wem soll's denn sonst sein? Hast du schon mal so ein Kind gesehen?«

Es stimmte. Das Kind, das Sofia ihm zeigte, ein Mädchen, sah wunderlich aus: Die eine Hälfte war weiß und von milchigblauer Durchsichtigkeit, die andere schwarz, blauschwarz. Denn Baba Baluks Haut war wie die seines Vaters tiefdunkel, er war ein Schwarzer mit den typisch hellen Handflächen: Stellen ohne Melanin. Er stammte von einst freigekauften Sklaven ab, das war vor langer Zeit geschehen – nur Cheira und Heira konnten sich noch daran erinnern –, und es war der Grund für die Verachtung, die man Baba Baluks Vater immer entgegengebracht hatte. Die Männer des Dorfes mochten keine Schwarzen, und deshalb nannten sie ihn »den Sklaven«. Ein Sklave, sagten sie, sei noch nie eine passende Gesellschaft für Freie gewesen, auch wenn er in den Kleidern eines freien Mannes geboren wurde. Der Sklave müsse dem Stock gehorchen wie der Stock dem Sklaven, ein Sprichwort besagte: »Kaufst du dir einen Sklaven, so kauf dir gleich den Stock dazu.«

Die Verachtung des Teppichhändlers war besonders groß. Jedesmal, wenn er Vater Baba Baluk zusammen mit seiner weißen Frau sah, schnaubte er durch die Nase und spuckte aus: »Früher kostete so einer nicht mehr als ein Korb Bohnen, und jetzt nehmen sie uns die Frauen weg.« Unerhört sei das. Zwar hatte Baba Baluk die feinen Züge seiner Mutter geerbt, die runde Stirn, die großen Augen und die zärtliche Ausstrahlung, doch die Haut hatte er von seinem Vater, die glänzende schwarze Rinde voriger Generationen. Wie ein Erbteil ging sie vom Vater auf den Sohn über.

»Und diese grauen Augen, die hat sie doch auch von dir, oder etwa nicht?« bohrte Sofia weiter.

Das stimmte nicht ganz. Baba Baluk hatte zwar helle Augen, aber sie waren, wie die von Mamurra, bräunlich grün, die Schattierungen eines Herbstwalds. Ein Hauch Grau war nur in fernster Ferne zu entdecken, in den Rändern der Iris, und dann auch nur bei bestimmtem Lichteinfall. Meist aber gab es überhaupt kein Grau in seinen Augen, und es war nur deren lichte Helle, die den Gedanken an Grau aufkommen ließ. Das Kind allerdings hatte sehr deutlich ein fernes Aufleuchten von Grau in seinen Iriden. War Baba Baluk eigentlich so kurzsichtig gewesen, oder hatte Sofia ihre Schwangerschaft derart gut zu verstekken gewußt? Wohl beides.

Für einen Moment öffnete das Kind die Augen, die Fäustchen geballt und erhoben, die Gesichtshaut war etwas schuppig, es zog eine Grimasse, als wollte es gleich losbrüllen, gähnte dann aber nur sein Mündchen zum Oval und schloß danach die Augen wieder. Sofia betrachtete ihre Tochter voller Rührung, sie hatte sie in ein weißes, feuchtfleckiges Tuch gehüllt, wiegte sie in den Armen, wie-wiewiegte sie in den Schlaf.

»Mein Schönpüppchen, mein Schätzchen«, flüsterte sie mit taunassen Augen. Um ihre Brustwarzen waren Milchkreise zu sehen und auf ihrer Stirn ein Kranz aus Sommersprossen. Sie sah Baba Baluk an, reichte ihm das Würmchen, das er ungeschickt und mit zitternden Händen entgegennahm.

»Na, komm schon. Es ist dein Kind. Gib ihm einen Kuß!«

Er spitzte den Mund und näherte sich damit der runden Stirn vorsichtig, als ob er einen Löffel heißer Suppe kosten wollte. Das Kind roch leicht nach Zwieback und Biestmilch und strahlte eine enorme Wärme aus. Ein kleines Menschenmolekül, ein Mondtröpfchen, ein Teertropfen der Nacht. Die Haut war so weich, und die Fontanelle pochte. Weiß und schwarz waren gleichmäßig verteilt, in vollendeter Symmetrie, das eine Profil zeigte ein negroides Kind, das andere ein Alabasterkind, Tochter einer Lilie.

Baba Baluks Lieder würden von nun an niemals mehr dieselben sein, so wenig wie sein Leben, das sich von nun an hinter den Vorhängen des Hauses auf der Hügelkuppe vollziehen würde.

Das Kind war noch zu klein, um lächeln zu können, doch im Schlaf kräuselte sich sein Mund für einen Moment, so daß man es durchaus ein Lächeln nennen könnte, und Vater und Mutter schauten sich erfreut und überrascht an.

»Schau, sie lacht schon.«

Die Mundwinkel des Kindes, noch naß von der eben genossenen Milch, zuckten, was in einer Zeit, in der Babys außer schlafen und weinen noch nichts können, so viel zählte wie ein Lächeln. Baba Baluk spürte einen Kloß im Hals, nicht vor Gerührtheit, sondern vor Mutlosigkeit. Er steckte die Hände in die Taschen seines Gewandes und kickte einen Stein weg. Es war vorbei, das spürte er intuitiv, die Zeiten des sorglosen Gesanges und des unbekümmerten Sex waren vorbei, die Tage der Intimitäten ohne Ergebnis, von Liebkosungen ohne die Gefahr einer Vaterschaft. Das alles war jetzt vorbei, und er kickte einen Kieselstein nach dem anderen weg, während er hinter Sofia her den Hügel hinaufstieg, zu beider Zuhause.

Warum, wußte er nicht, denn er kannte sie ja überhaupt nicht, aber er verfluchte Bombykina, die er so oft besungen hatte, Bombykina mit ihrer schwarzen Haut. Beinahe glaubte er, alles sei nur ihre Schuld.

Häßliche Bombykina, glaubt, sie sei schön.
Doch nicht honigfarben ist ihre Haut, sondern aus Teer,
Die Ziege folgt den Disteln, der Kranich dem Pflug,
Und der Wolf, oha! Er folgt dir, gierige Muttersau, du!

»Ach, das finde ich schön!« sagte Sofia und kicherte, »*sooo* schön.« Und lachte laut.

Baba Baluk ward hiernach von den anderen Frauen kaum mehr gesehen. Dafür waren morgens und abends seine wohlklingenden Trauergesänge zu hören. Die Frauen vermißten ihn auch nicht. Gelang es ihm doch einmal, Sofias Blicken zu entwischen und sich zu Quadryge zu schleichen, schickte diese ihn höhnisch weg. Vielleicht aus Eifersucht, vielleicht aber auch aus Dankbarkeit, daß ihr das Mutterlos bisher erspart geblieben war, sie wußte es selber nicht. Die anderen Fräuleins wichen ihm ebenfalls aus, nicht, weil er jetzt Vater geworden war und deshalb eine gewisse Verantwortung zu tragen hatte, auch nicht aus Solidarität mit der jungen Mutter, sondern weil sie alle Hände voll zu tun hatten. Das Abqar-Tal gehörte jetzt ihnen, und sie pflückten die Früchte, um sie an die Bauern und Bäuerinnen zu verkaufen, und sie hüteten die Ziegen und deren Zicklein. Aus der Milch machten sie Käse und aus den Trauben stampften sie Wein.

Wenn sie abends von ihrer Arbeit zurückkehrten, verdreckt und verschwitzt, die Füße rot von Henna, Staub und Trauben, und die Fußreifen klirrten, riefen sie: »Baba Baluk! Komm, sing uns noch ein trauriges Lied!«

Keine Frau wurde so verspottet wie die arme Bombyka, und die Lieder wurden immer unanständiger, zielten jetzt nur noch auf den Unterleib der besungenen Nutte mit der ausgeleierten Rührbutte. Er sang immer, wenn sie ihn darum baten, und sie lachten, Sofia lachte, und das wunderliche Kind flatterte auf dem Schaffell mit den Ärmchen und strampelte mit den Beinchen: ein schwarzes und ein weißes. Baba Baluk hatte eine schöne Stimme, die Nachtigallen zu gebären schien. Senunu schwebte über dem Haus, hörte zu und flappte danach weiter, in immer weiteren Kreisen.

»Ach und weh, ich Armer!« stöhnte Baba Baluk zum Abschluß.

In diesen Tagen der erzwungenen Abgeschiedenheit und Verzweiflung war ihr Zusammensein liebevoller denn je, zumindest für Sofia. Häusliches Glück tauchte ihre Augen in kürzester Zeit in die Farben schamfreier Liebe: Ihre Iriden blühten auf wie Sonnenblumen. Die innige Liebe für den Vater ihres Kindes hatte ihre Pupillen erweitert. Gierig nahm sie Baba Baluks Bild von allen Seiten auf, worauf sie es unter langsamem Absenken ihrer Wimpern nach innen sog und aufbewahrte. Es war eine fast fromme Bewegung. Ihr Blick und die Liebkosungen wurden zärtlicher und intensiver. Beim Streicheln streichelte jede Falte ihrer Hände ihn mit und wurde zum Wasserstrudel, der sich über seine Haut ergoß. Sie mußte jedoch ihr gesamtes erotisches Können aufbringen, um seine Mundwinkel in lustvollem Lächeln zum Kräuseln und den unwilligen Kater in ihm zum Schnurren zu bringen. Dann schauderte er zusammen. Ihre Fingerspitzen trippelten über seinen Rücken, so angenehm wie das Rascheln der Nacht, die so dunkel war wie er. Trotzdem blieb er mürrisch und stieß sie bisweilen mit dem Ellbogen von sich. Dann lachte sie und drehte sich auf die andere Seite, dem Kind zu. Sie hatte Geduld.

Wenn er dann eingeschlafen war, drehte sie sich wieder zu ihm um und betrachtete sein Profil, den Kopf in die Hände gestützt. So gerührt war sie dann, daß sie ihm wie hypnotisiert über Hände und Arme streichelte und ihre Hand weiterkrabbeln ließ in Richtung seines unbenutzten Striemels, schwarz und glänzend, eine kleine Aubergine, prall mit tatkräftigem Samen.

Lag er auf dem Rücken, setzte sie sich auf ihn. Er mochte alle Lektionen vergessen haben, sie hatte es bestimmt nicht.

Das Kind fing an, sich in zwei Teile zu spalten; es bekam zwei Köpfe: ein weißes, von schwarzem Haar umgebenes Antlitz, das Sofia wie aus dem Gesicht geschnitten war, und ein zweites, kraus und rund, das Baba Baluk nicht verleugnete. Das Kind wurde zu einem Siamesischen Zwilling, verbunden am Brustbein. Baba Baluk starrte mit offenem Mund verwundert auf die weibliche Zwei-Einheit, die seine Brut war.

Sofia mit ihren Fohlenhüften und ihren graziösen Bewegungen kümmerte sich um die Zwillinge. Sie kochte, wusch, holte Wasser, sammelte Kräuter, staubte die Kleider des Schäfers ab und den Teppich, den Cheira und Heira geknüpft hatten und der zusammengerollt in einem der Zimmer lag. Auf ihm waren Eulen abgebildet, Faune, Nymphen, ein Bach, ein Felsen, ein Baum und ein kleiner, eckiger Schäfer mit einer Flöte in der Hand.

Alles, was Sofia tat, strahlte das Glück junger Mutterschaft aus, und sie ließ die Zwillinge keinen Augenblick aus den Augen. Die ganze Zeit summte sie und war glücklich, sehr glücklich. Und sie war begehrenswert mit ihren Schwangerschaftssommersprossen, die nicht mehr vom Gesicht verschwinden wollten. Ihr Becken war geschmeidiger geworden, und sie bewegte es jetzt verführerischer, nicht mehr so jungfräulich, sondern mit der Behendigkeit einer reifen Frau. Sie betrachtete sich im Spiegel, drehte sich um sich selbst und streckte ihren Hintern heraus. Baba Baluk schüttelte jedesmal den Kopf darüber, worauf sie ihm mit trägem Achselzucken antwortete: »Wenn du mich nicht bewunderst und schön findest, muß ich es halt selber tun.« Dann rollte sie mit einer geübten Bewegung das Haar zum Knoten.

In solchen Augenblicken wollte er sie lieben, schnaubend wie ein Stier, ihr aber stand mehr der Sinn nach zärtlichem Minnespiel. Und das war gut so, er lernte, es zu akzeptieren. Im Umgang mit den fröhlichen, immer brabbelnden und lachenden Zwillingen war er unsicher. Er wußte nicht, wie er sie streicheln und mit ihnen spielen sollte. Jeder Versuch endete damit, daß die Kinder weinten. Dann kam Sofia und tröstete sie, wickelte sie in ein Tuch und band sie auf den Rücken, so daß sie mit der Hausarbeit fortfahren konnte.

Dann kam der Tag, an dem die jungen Frauen unter Quadryges Führung das Badehaus in der Stadt besuchen wollten. Von der Hügelkuppe aus beobachtete Sofia, wie die Frauen in weiße Überwürfe gewickelt die Häuser verließen. Sie riefen ihr etwas zu, winkten. Sie fragten, ob sie mitwolle, und als Sofia das Wort »Badehaus« hörte, flakkerte in ihr ein fiebriges Verlangen auf. Für eine junge Frau gab es kein größeres Vergnügen als ein Besuch im Badehaus. Sie flitzte durch das Haus, raffte alles zusammen, was sie brauchte – Bimsstein, Waschlappen, Seife, Kräutermischung, Kupferschalen –, und stopfte es in einen Beutel. Danach legte sie ein Messer und ein Häufchen Salz ans Kopfende der schlafenden Zwillinge, gab Baba Baluk einen schmatzenden Kuß, schaute ihn zärtlich an, gab ihm noch einen Kuß und eilte zu ihren Freundinnen. (So glücklich macht die Aussicht auf den Besuch des Badehauses ein Mädchen aus Morea, meine Herren. Und o wie schön sind die Frauen meines Landes!) Senunu flatterte über ihren Köpfen, wurde aber überstimmt vom Gelächter und Klirren der Frauen.

Betreten blieb Baba Baluk eine Weile stehen und schielte zu den Zwillingen hinüber, die schliefen wie ein Rosenstrauch. Er wollte die Gelegenheit nutzen und dem Mädchen in der Schlucht einen Besuch abstatten.

2

Vor dem großen Tor des roten Basars stand ein Geschichtenerzähler in weiten, schwarzen, fledermausärmligen Gewändern, um den Kopf einen zerwickelten Turban, und schlug elegant gestikulierend einen Kreis Zuhörer in den Bann. »Hört zu, meine Herren!« befahl er, und die Leute wichen vor Schreck zurück. Mit wundervollen Augen, aus denen die Nacht mit ihrer Milchstraße nicht weichen wollte, nahm er das Publikum in Augenschein, bevor er fortfuhr. Er war ein Riese von einem Mann, die Falten seiner eleganten Kleidung bildeten eine Skulptur, und es war nicht zu sehen, ob er auf einer Seifenkiste stand, einem Sockel. Vor ihm auf der Erde lag aufgerollt sein fliegender Teppich, von einem Stein an Ort und Stelle gehalten; diese Dinger waren unberechenbar, man konnte sie kaum allein lassen. Und außerdem waren sie hoffnungslos veraltet.

Sieben Frauen gingen kichernd an ihm vorüber. Sie betraten den Basar und bogen dann links ab. In einiger Entfernung, auf der rechten Seite, saßen die Schreiber unter einer Palme, ein Tisch war leer, die Palmblätter bewegten sich wie Trauernde. Nur der Wind in diesem grünen Kronleuchter konnte sich noch daran erinnern, was an jenem denkwürdigen Nachmittag gesprochen wurde.

»Meine Dame«, sagte der Schreiber und sah sie einen Moment lang an. Der Basar fiel in sein ursprüngliches Tempo und Getöse zurück. Die schwankenden Palmblätter kleckerten ab und zu etwas Licht über sein hübsches Gesicht, das von einem Schwall Locken umrahmt wurde, als wären es Rabenfedern. Samt und Leben lagen in seinem Augenaufschlag, über den sich sogleich die Wimpern fächerten. Er war ganz in Schwarz gekleidet, ein Herr aus der Unterwelt oder ein Verbannter vom grünen Himmel. Der Wind bewegte seine Haarschnörkel mit den flinken Fingern eines Friseurs. Eine einsame Locke baumelte über den Falten der nachdenklich verdüsterten Stirn. Es ging ein Traum von ihm aus, dessen dunstige Vision die Frau ihm gegenüber jedoch nicht deuten konnte.

»Hören Sie zu«, fuhr er fort.

»Mein Sohn,

jetzt trägst Du die Verantwortung für Deine Mutter und Deine Schwester. Ich hoffe, Du wirst tüchtig sein, Du Taugenichts. Sorge dafür, daß sie im Haus bleiben! Sei ein Mann! Hier ist alles in Ordnung. Wir arbeiten hart. Es ist ein merkwürdiges Land. Nicht gut für junge Leute oder Frauen. Die würden hier wie Spatzen vom Sturm mitgerissen werden.

Lies den Brief auch Deiner Mutter vor. Die Menschen hier sind zwar freundlich, doch kennen sie weder Höflichkeit noch Scham. Auch Gott und Gebot nicht. Wir machen uns große Sorgen. Es gibt viel Reichtum hier. Irgendwie ist das nicht gerecht, daß die Menschen hier das alles so einfach haben und wir so hart dafür arbeiten müssen. Aber wir strengen uns an und arbeiten. Hier regnet es viel, und so viele Wolken wie hier haben wir in unserem ganzen Leben noch nicht gesehen. Viele Wolken und wenig Himmel.

Wie geht es Euch? Ist es noch immer so trocken? Oder hat es im Herbst etwas geregnet? Wieviel kosten die Tomaten? Und was muß man für Kartoffeln bezahlen?

Wir arbeiten und arbeiten. Wir werden Geld verdienen und dann wieder heimkommen. Bald schicken wir Euch auch ein bißchen Geld. Tja, wir sind zu müde, um zu arbeiten. Wir haben alle Rückenschmerzen. Aber die Ärzte hier wissen nichts. Und dann diese Sprache! Es klingt wie Spatzengezwitscher. Kaum zu glauben, daß man so reden kann. Zum Glück weiß der Teppichhändler alles über dieses Land. Wir sind vollkommen von ihm abhängig.

Haben wir schon gefragt, wieviel die Kartoffeln kosten?

Sei ein Mann, paß gut auf Deine Schwestern auf. Wir grüßen Euch.

Vater.«

Die Zuhörer des Geschichtenerzählers wurden abgelenkt von einer Reihe Autos mit gelben Nummernschildern (PV), hustend und prustend fuhren sie auf den Platz. Das fröhliche Chaos der Stadt erstarrte. Die Menschentrauben, die auf den Bus warteten, drehten sich um, sogar der Fußgänger, der gerade zertrampelt wurde, hob den Kopf. Busse, bis zum Anschlag voll mit Passagieren, blieben stehen, Köpfe ragten aus den Fenstern, ein Fahrgast saß sogar auf dem Dach. Im schweigenden Gedränge wurde einem Jungen die Mütze gestohlen, doch die Hand des verblüfften Diebs ließ die Beute wieder fallen. Das Gebimmel von Glöckchen verstummte und auch das Geschrei von Fußgängern und Passanten. Ein vor einer Ampel wartender Esel preßte eine perfekte Kugel aus seinem After, der sich wie eine Rosette öffnete und schloß, und die Kugel schwebte in der Luft wie die Rauchwolken aus den brummenden Solexen und Simcas. Ein Polizeibeamter ruderte mit den Armen, pfiff sich die Backen rund und die Lungen leer, doch daß der Verkehr auf Rädern, Hufen, Babuschen und Schuhen zum ersten Mal seinen Anweisungen folgte, lag nicht an seinem Pfeifkonzert. Zwei Männer in braunen, grobwollenen Gewändern, der eine saß seitlich auf einem Esel und der andere trug einen Schnappsack und neue Turnschuhe, die so gar nicht zum Rest seiner ländlichen Erscheinung paßten, hörten auf, sich die Hände zu schütteln, und drehten mit aufgerissenen Mündern die Köpfe. Ein Mann schaute aus dem Fenster seines Fords, aber seine Verwünschungen blieben ihm im Hals stecken. Obstverkäufer, Eismänner, Karren, an denen gekühlte Orangen- und Mandellimonade verkauft wurden; Händler von Was-weiß-der-Himmel hörten mit einem Schlag auf, Lob und Preis ihrer Waren zu singen. Gendarmen, die Baretts entweder auf dem Kopf oder in der Hosentasche, erstarrten wie ihre schwingenden Knüppel. Am Boden kauernde Schwarze, von der Sonne geröstet, in Scharlachkleidung und schwarzen, venusmuschelverzierten Mützen, hörten auf, ihre Erdnüsse zu rösten, und betrachteten grimassierend das verschnarchte Schauspiel.

Die blauen, roten und weißen Ford Transit und Escort und ein einziger Golf GTI tasteten sich vorsichtig durch die zurückweichende Menschenmenge. Der Teppichhändler saß im vordersten Wagen, den der Karrenlenker steuerte. Er hatte offensichtlich noch nicht zur Kenntnis genommen, daß er keine Zügel mehr, sondern ein Lenkrad in Händen hielt. Der Teppichhändler, der nicht autofahren konnte, überschüttete ihn mit lautstarken Anweisungen und Flüchen. Er hatte gerade die sieben in Überwürfe gehüllten Frauen entdeckt, von Kopf bis Fuß verhüllt, keine Haarlocke, kein Stück Haut war zu sehen. Die Beschreibung stimmte also. Sogar die Hand, womit das umgeschlagene Tuch festgehalten wurde, war unsichtbar. Sittsamer ging es nicht mehr. Er hatte ein Gespür für solche Dinge und ein Auge auch – mit dem anderen beobachtete er den Polizeibeamten. Er nickte zufrieden, und sein Herz fing vor Vorfreude wild an zu pochen. Er war glücklich wie ein kleines Kind.

Er steckte den Kopf aus dem Fenster und gab den anderen Autos zu verstehen, daß sie ihm folgen sollten. Behutsam schlängelten sich die Wagen zur Westseite des Basars, wo sich der Ausgang des Badehauses befand. Ohne die Menschen auf dem Platz nur eines einzigen Blicks zu würdigen, fuhren sie arrogant durch die Menge. Den Kinnbart und die Nase in die Luft gereckt, schnaubte der Teppichhändler verächtlich aus und schielte gleichzeitig in den Augenwinkeln auf die nackten Frauenbeine. Der Sittenverfall hatte also auch hier schon eingesetzt, und merkwürdigerweise begann es hier wie überall damit, daß die Kleider der Frauen bis zum Knie gefressen wurden. Ein gefährlicher Virus.

»Irgendwann einmal werden auch auf diesem Platz hier lauter Minarette stehen«, prophezeite er. Denn er hatte die neuen Verkaufsstände für Feigenlikör und Wein entdeckt. Auch der ungezwungene Kontakt zwischen Mädchen und Jungen war ihm nicht entgangen. Das war zu seiner Zeit anders gewesen, und wenn es ihm gelang, seine rigide Zeit in so ferne Orte wie Paravion mitzunehmen, dann müßte es doch ein leichtes sein, sie hier wiederzubeleben. Seine Visionen waren also durchaus exportfähig. Zucht und Ordnung, so was brauchten die Leute hier.

»Aaah!« rief er zufrieden. Wie herrlich war es doch zu phantasieren, aber noch herrlicher war es, von frischen Bräuten zu träumen, und am herrlichsten war die Vorfreude auf die Zucht und Ordnung, mit denen er die Frauen empfangen wollte. Es gibt keinen geeigneteren Ort, Keuschheit zu lehren, als das eheliche Bett. Was ihn außerdem noch freudig stimmte, war die Tatsache, daß er sich die Kosten eines Überwurfs oder eines anderen Schleiers sparen konnte: Die Frauen hier waren schon eingepackt. Er suhlte sich in seiner Vernunft und seinem Geist. Eigentlich hätte er Geistlicher werden sollen.

Doch als die Frauen einfach nicht mehr aus dem Badehaus kamen, schlug seine Euphorie in Verärgerung um. Er hatte den Männern befohlen, sich mit Knüppeln, Jutesäcken und Tauen zu wappnen. Sie hatten ihre Positionen eingenommen, gespannt wie Raubtiere, aber allmählich erschlaffte die Aufmerksamkeit. Jetzt standen sie an die Autos gelehnt, sahen sich gelangweilt um, spuckten aus und rückten ihre Hoden zurecht; sie spulten ihr ganzes Repertoire an Gesten ab. Vom langen Warten wurde einigen von ihnen albern zumute, sie führten mit den Knüppeln und den Tauen Scheingefechte aus, hörten aber nach einer strengen Zurechtweisung ihres Anführers schnell damit auf. Diesem entging jedoch, daß einer von ihnen hinter ihm so tat, als schlüge er ihm mit dem Knüppel auf den Kopf. Die Männer kicherten.

»Halla! Wie sind die Frauen dieses Landes doch träge!« rief er verärgert und klatschte sich mit der Hand auf den Schenkel.

Da verließen ein paar Frauen, herausgeputzt und poliert wie Silberzeug, dampfend und rot das Badehaus, mit unbedecktem und großzügigem Dekolleté, und sahen die Männer frech an. Diese senkten die Blicke oder wandten sich ab, der Teppichhändler verfluchte sie innerlich. Das waren nicht die Frauen, die sie suchten.

Ein Glockenspiel aus Fußreifen und Ohrringen zog die Aufmerksamkeit der Männer auf sich, und sie nahmen ihre Ausgangsstellungen wieder ein. Sieben weiße Überwürfe in einer Reihe, kein Zweifel möglich. Quadryge, die wie immer voranging, zupfte gerade am Saum ihres Übertuchs, als die Finsternis in ihre Welt einfiel.

Die Autos rasten davon.

Im Abqar-Tal hatte das Mädchen aus dem Lumpenbrei endlich Papier gemacht und schnitt es gerade in Streifen. Ihre

Haut war verwittert, vergilbt und kurz vor dem Verfaulen. Sie weinte, und die schwarzen Tränen brannten Furchen in ihre blassen Wangen. Das ganze Gesicht war ein Schrecknis aus schwarzer Versengtheit, ein wahrer Elendsacker. Sie nahm einen Streifen des frischen Papiers und wickelte ihn sich vorsichtig und geschickt um den Unterarm, und siehe! – die Haut war wieder glatt. Stück für Stück, Glied für Glied wickelte sie sich in ihre neue Haut und hielt nur inne, um eine Träne wegzuwischen, wobei sich jedesmal ein Stück Haut löste.

Baba Baluk beobachtete das Ganze hinter dem Feigenbaum versteckt mit offenem Mund und verstörtem Blick. Dies waren Zeiten von offenstehenden Mündern und Verstörtheit. Zeiten der Veränderung. Als er zu Boden donnerte, schaute sie auf – er hatte sich am Stamm abstützen wollen und dabei mit seiner blinden Hand ins Leere gegriffen.

»Es ist fast vorbei«, sagte sie und wischte sich mit dem Saum ihres Kleids die Tränen weg. »Es *ist* vorbei.«

Sie ließ den Papierstreifen, den sie gerade um ihr Schienbein gewickelt hatte, los und stieß einen tiefen Seufzer aus. An den Gelenken hingen die Papierenden noch lose. Eine unvollkommene Mumie.

»Jetzt ist es sinnlos geworden«, sagte sie mit einem bereiften Lächeln. Baba Baluk rappelte sich auf, rieb sich den Ellbogen, noch immer das Kind, das sie einst gefunden hatte, unter den Feigenbäumen. Er war gewachsen, das war nicht zu übersehen, aber das infantile Kichern und die jungenhafte Launenhaftigkeit hatte er noch nicht hinter sich gelassen. Das rührte sie, und ihr sprangen wieder Tränen in die Augen. Er trug noch immer dasselbe Gewand, das ihm nur noch bis zu den aufgeschürften Knien reichte. Er konnte sich einfach nicht an die weiten Hosen gewöhnen, die die Frauen für ihn genäht hatten, er brauchte die Luftwirbel bei jeder Bewegung.

»Hör zu«, flüsterte das Mädchen; langsam fiel ein Wickel nach dem anderen zu Boden. »Auch du wirst eines Tages diesen Ort verlassen, es ist vielleicht auch besser so. Alle werden sie mich verlassen, und wer nicht dazu in der Lage ist, wird es sein ganzes Leben lang wollen. Es ist vorbei, ich habe dir nichts mehr zu sagen. Du kannst die Ohren verschließen, die Nacht meines Schweigens ist angebrochen. Eine bittere Nacht. Eingesperrt, einsam im heißgeliebten Paravion, sehe ich kaum das Tageslicht. Doch allein bin ich nicht, alle meine Geister leisten mir Gesellschaft, meine Gefährtinnen. Mein Geist kommt über viele. Frosch- und Insektenlärm und Vogelgezwitscher beleben meine Erinnerung. Vielleicht sollte ich meine Wutausbrüche bereuen, und auch das, was ich dem Eseltreiber und dem Lehrer angetan habe, die Erniedrigung des Teppichhändlers, aber ich bedaure nichts. Manchmal habe ich mich nicht unter Kontrolle, aber welches Herz in Gefangenschaft hat sich schon unter Kontrolle. Du solltest wissen, wie sehr wir hier verkümmern, wie ich hier zugrunde gehe. Die Bräute tragen Schleier aus Jute; sie werden nur entschleiert, um mit etwas anderem gefesselt zu werden. Alles ist in Bewegung, alles verändert und verwandelt sich, nur mein Zustand nicht. Der Bach hat mein Lied gehört, die Grachten wiederholen meine Worte und singen das Echo meines Liedes, Schnee fällt wie Mandelblüten vor meinen Augen herab, das einzige Weiß in meiner Finsternis. All meine Farben, Früchte, Blüten habe ich verloren. Ich höre das ferne Wimmern verlassener Kinder, das traurige Zwitschern einer einsamen Schwalbe in einem Apfelbaum – sie berichtet mir die neuesten Nachrichten. Ein Schatten ohne Körper, eine Stimme ohne Hülle – das ist aus mir geworden. Mein Zorn war berechtigt. Ich habe mich bemüht, dennoch wirst du werden wie sie, ich weiß es. Du bist wie dein Vater, dieser liebe Gimpel, mein einfältiger Ehemann. Du wirst leben: Wir sind tot. Doch wenigstens habe ich meine Stimme erhoben, habe die anderen Stimmen übertönt. Jetzt werde ich den mahnenden Worten des Windes Folge leisten: Ich werde schweigen, doch brechen wird mich niemand.

Deine Mutter Mamurra.«

3

Und so, meine Herren Torwächter, brach ich in der Verschwiegenheit der Nacht auf. Frau und Kinder, Ziegen und Feigenbäume ließ ich zurück, die eine im Badehaus, die anderen in der Ungewißheit. Das Abqar-Tal mit seinen Dämonen wird sich schon um meine Nachkommen kümmern. Mein Lebeweib von Frau ist überall glücklich, wo ein Badehaus steht. Sie ist schön, o gewiß, Sie wissen genau – u-hu –, wie schön die Frauen meines Landes sind und wie sittsam! Ihr Gesicht, das ich zuletzt streichelte, war jenes Gesicht, welches ich unter dem Weinstock unseres ersten Blickwechsels sah und unter der Myrte unserer ersten Berührung liebgewann. Das war, bevor sie anfing zu gebären.

Halla! Halla! Paravion ist groß, und Sie sind großmütig, aber bedenken Sie: Es gibt immer ein Wesen über uns.

Ich bestieg meinen Teppich, von geschickten Fingern geknüpft, und flog in den weißen Lichtraum.

Wie der Äther mir Kopf und Lungen füllte! Ich kam mir durchsichtig vor, meiner sterblichen Hülle entledigt. Mein Herz klopfte und hämmerte vor irrsinniger Freude, meine Adern erneuerten sich in reinster Luft, Sauerstoff putzte meine Organe durch und brachte mein Gehirn, eine wimmelnde Masse des Wahnsinns, beinahe zur Explosion. Ich schien kaum noch atmen zu müssen, als wäre ich davon befreit. Bizarre Visionen und Lichterspiele tanzten vor meinen geblendeten Augen. Ein azurnes Brüllen raubte mir fast das Bewußtsein und zerriß meine primitiven Freudenschreie.

Verlangen stieß mein Fahrzeug vorwärts, das Verlangen nach diesem Paravion aus Marmor und Grün, das Ziel so vieler, die mir vorausgegangen waren, Generationen. Das neue Land meiner Väter.

Deshalb will ich Sie, ehrwürdige Torwächter, darum bitten, mich einzulassen, wie Sie auch die Kolonne hupender Autos durchgelassen haben. Solch freudiges Hupen weist auf nichts Geringeres als eine Hochzeit hin! Der Aufruf zum Gebet erreicht mich von jedem Minarett herab.

Und könnten Sie mir nicht gleich den Weg zum Teehaus zeigen?

Wir können Sie nicht hereinlassen. Solche Geschichten hören wir zuhauf. Jeden Tag dasselbe Lied. Es geht leider nicht.

Hören Sie zu, meine Herren, gähnen Sie nicht und schauen Sie mich nicht so gelangweilt an!

Mein lieber Mann, Sie können hier nicht rein.

Und warum nicht, wenn ich fragen darf?

Guter Herr, weil Sie eine Eule sind.

September 2003 *Hafid Bouazza*

DANK

Die Veröffentlichung und Übersetzung dieses Romans wurde großzügig ermöglicht durch die Foundation for the Production and Translation of Dutch Literature/Nederlands Literair Productie- en Vertalingenfonds.

Klett-Cotta
Die Originalausgabe erschien 2003 unter dem Titel »Paravion« im Verlag Prometheus, Amsterdam.

Printed in Germany
Schutzumschlag: Philippa Walz, Stuttgart
Unter Verwendung eines Fotos von akg-images/Erich Lessing
Gesetzt aus der Griffo Classico von Typomedia GmbH, Ostfildern
Auf säure- und holzfreiem Werkdruckpapier gedruckt und gebunden von Clausen & Bosse, Leck
ISBN 3-608-93734-X

Nicholas Christopher:

Eine Reise zu den Sternen

Roman

Aus dem Englischen von Pociao und Roberto de Hollanda
662 Seiten, gebunden, Lesebändchen

»›Eine Reise zu den Sternen‹ lässt das Amerika der Sechziger- und Siebzigerjahre wie eine Projektion in der Kuppel eines Planetariums vorüberziehen ... Romanfiguren, die sich aus glitzernden Einfällen und funkelnden Gedanken zusammensetzen.«
Kolja Mensing / taz

»Ein vor Phantasie und Erzähllust strotzender Roman.«
Max

Catherine Hermary-Vieille:

Der Großwesir der Nacht

Roman

Aus dem Französischen von Bettina Runge
220 Seiten, englisch broschiert, ISBN 3-608-95087-7

Wenn am Abend der Muezzin zum letzten Gebet gerufen hat und die Hitze über Bagdad erträglicher geworden ist, läßt sich ein alter Bettler am Fuß der verfallenen Stadtmauer nieder und beginnt zu erzählen. Allmählich versammeln sich Zuhörer, und Achmed erzählt, damit die Erinnerung nicht verloren geht, die Geschichte von seinem Herrn Dschafar, dem Günstling des Kalifen Harun al Raschid. Zehn Abende lang läßt er die märchenhafte Pracht einer Zeit entstehen, die vergangen ist wegen der Leidenschaft zweier Männer, ebenbürtig an Schönheit und Hochmut, aber doch tödliche Gegensätze: Der eine, der Kalif, ist der Beherrscher eines Weltreichs, der andere, Abkömmling eines unterworfenen Volkes, dessen Liebe zur Schwester seines Herrn ein grausames Ende findet.

Klett-Cotta